Akio Fukamachi

深町秋生

Let Not the CAT Know What the Spy is Doing

猫に知られるなかれ

角川春樹事務所

猫に知られるなかれ

Let Not the CAT Know
What the Spy is Doing.

装幀
五十嵐 徹（芦澤泰偉事務所）

カバー写真
須貝智行

章扉イラスト
るりあ046

中国語翻訳
佐藤嘉江子

韓国語翻訳
葉音

エンブレムデザイン&パッチ製作コーディネート
穂波衛一／kwn（萩原組）

撮影協力
株式会社ウエスタンアームズ
「WA【コルト】M1911A1パールハーバー／ビンテージ」モデル

目次

連合国軍最高司令官総司令部（GHQ）周辺地図

占領時代、GHQや米軍関連施設は、現在の丸の内や内幸町近辺に多数設けられた。第一生命館、農林ビル、帝国ホテルを始めとして、空襲の被害を免れた建物の多くが接収され利用された。

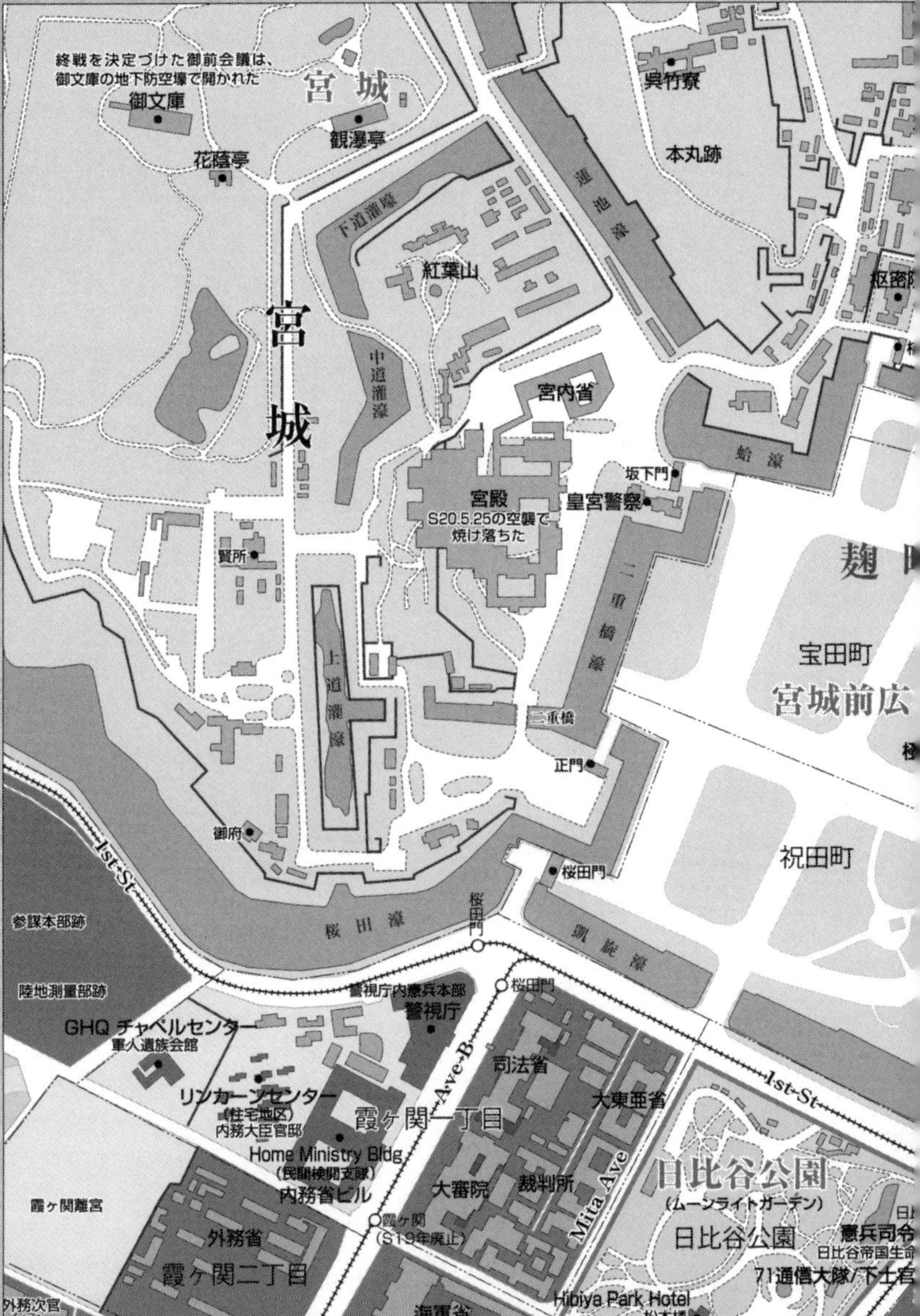

重ね地図シリーズ　東京　マッカーサーの時代編(光村推古書院)から引用

登場人物紹介

永倉《なが くら》一馬《かず ま》　かつては香港憲兵隊に所属し、泥蜂《ニーフォン》の異名を誇ったスパイハンター。池袋の闇市で野田組の用心棒をしていたところを藤江にスカウトされ、緒方機関「CAT」に所属するようになる。不良米兵を叩きのめしていたため、「キャプテン・ジャップ」とも呼ばれる。

藤江《ふじ え》忠吾《ちゅう ご》　陸軍中野学校出身の旧日本軍の諜報員。変装と英語を得意として、戦争の間、大陸での様々な謀略に携わる。戦後、大陸からの引き揚げた後、緒方竹虎と岩畔豪雄の依頼から、緒方機関「CAT」の創設に関わる。永倉一馬とは、大陸時代から色々と因縁がある。

新田《にっ た》勝三《かつ ぞう》　「CAT」の車輛班に所属する、東北出身のドライバー。ひどい訛りの持ち主だが、確かな運転技術と狙撃技術を持っている。

緒方《お がた》竹虎《たけ とら》　戦前・戦後に活躍したジャーナリスト、政治家。朝日新聞社取締役で主筆を務めた後、戦前は小磯内閣の際に国務大臣兼情報局総裁を務める。戦後は、吉田茂の右腕として活躍する。小野派一刀流免許皆伝の剣の腕を持つ。

岩畔《いわ くろ》豪雄《ひで お》　元陸軍少将。後方勤務要員養成所、のちの陸軍中野学校の設立者。「謀略の岩畔」の異名を持つ。戦前の日米交渉に加わり、開戦を回避しようとしていたため、親米避戦派と目されていた。

Cedant arma togae, concedat laurea laudi.

武具は市民服に従うべし。

月桂冠は文民の誉《ほま》れに譲《ゆず》るべし。

キケロー選集〈9〉哲学Ⅱ――大カトー・老年について ラエリウス友情について 義務について

（翻訳／中務 哲郎・高橋 宏幸）

第一章

蜂と蠍のゲーム

The Game of Killer Hornet and Venomous Scorpion.

昭和22年冬

〝彼〟はハロー帽をかぶった。巨大ビルの玄関を出る。

目の前には皇居の馬場先濠《ばばさきぼり》があった。深緑色の水を満々と湛《たた》えた濠と、江戸城の名残を示す石垣。その手前には大きな道路――かつての日比谷通りで、今はAアベニューと呼ばれている。そのまん中を都電の青電車が通り過ぎていく。

歩道には街路樹が整然と並び、名だたる建築家たちが意匠をこらしたビルが生き残っている。かつては帝都自慢の美観地区だった。明治生命館ビル、東京会館、そしてGHQ本部がある第一生命館ビル。今はすべて米国人に接収されている。

青い目をした歩哨《ほしょう》が、GIの制服を着た〝彼〟に訝《いぶか》しげな視線を投げかける。〝彼〟は黄色い肌と黒い目の持ち主だ。日本人にしか見えない。

玄関に立つ歩哨に笑いかけて歩きだした。しばらく歩道を進んでから振り返り、たった今出てきたばかりのビルを見上げる。

郵船ビルディング。関東大震災にも耐え、B29の爆撃にも耐えた七階建ての建築物だ。玄関の上には、クリスマスを祝う電飾看板が取りつけられてある。屋上には、皇居を見下ろすかのように、星条旗が翻っていた。

Aアベニューから日比谷交差点へ。白いヘルメットのMPと、日本人の警官が交通整理に当たっていた。道標《みちしるべ》の看板は英語で満ちあふれている。〝STOP〟〝ONEWAY〟〝ATTENTIO

N〟〝TO　MARUNOUCHI〟。

左へ曲がってZアベニューへ。〝彼〟は歩く速度を上げた。数寄屋橋《すきやばし》を渡って銀座に向かう。有楽町のマーケットのほうから、醤油《しょうゆ》やバターの香ばしい匂《にお》いが漂ってくる。

クリスマスが近いこともあり、通りは米兵たちであふれていた。どこかの店の蓄音機から、明るいジャズが聴こえてきた。

商品をいくつも抱えた占領軍の将校が、人力車に揺られている。濃い化粧をしたパンパンを連れ、鼻の下を伸ばした若いGI。露天の小間物屋を冷やかす婦人兵――通り自体は異様な活気に満ちあふれている。その周辺は、砕けたビルや焼け野原が広がっていたが。

〝TOKYO　PX〟の赤い看板が掲げられた松屋のビルには、米兵と家族たちがひっきりなしに出入りしていた。食料品や生活物資、贅沢品《ぜいたくひん》がたっぷり売られている。ジャパニーズは立ち入り禁止《オフ・リミット》だ。

〝彼〟はひっそりと呟《つぶや》く。

「さて、どら猫に鈴をつけに行きますか」

米兵たちに混じり、何食わぬ顔をしてPXのなかへと入る。

日系アメリカ人になりすました〝彼〟を、呼び止める者は誰もいなかった。ズボンのポケットには米ドル札の束がある。早急に人員をそろえる必要があった。

1

永倉一馬《ながくらかずま》は刃をかわした。

中華包丁が首の横を通りすぎる。首筋に風圧を感じながら、そのまま飲食を続けた。右手に持っていたコップの酒を飲み干す。左手には、串《くし》に刺さったウナギのカバ焼きがあった。

マッカーサーみたいなサングラスをかけた中国人が、再び中華包丁を振り上げる。

永倉はすばやく右手を突き出した。コップが包丁男の鼻で砕ける。顔に破片が刺さり、血まみれになりながら地面を転がった。サングラスが空を飛ぶ。

「人が一杯やってるときによ」

永倉はあたりを見回し、カバ焼きに齧《かじ》りついた。タレが兵隊服にしたたり落ちる。二口で食べ終え、三本の串を地面に放《ほう》った。瘦《や》せた野良犬が、串を咥《くわ》えて逃げていく。

闇市《やみいち》前の広場では、派手な恰好《かっこう》をした男たちが、永倉を取り囲んでいた。赤いシャツ、つるつるに剃《そ》り上げた坊主頭、革のジャンパー。やつらの手には、大きな青竜刀や棍棒《こんぼう》、鉄棒をヤスリで磨いた手槍《てやり》が握られている。

「永倉《ヨンツアン》、你這手下敗將《ニージョーショウシアバイジアン》、擺啥臭架子《バイシャーチョウジアズ》！（永倉、てめえが、いつまでもでけえ顔してやがるからだ。日本人なら負け犬らしくしてろ！）」

池袋駅西口で勢力を拡大させている隆興公司《りゅうこうコンス》の連中だ。

マッカーサー風のサングラスをかけた包丁男をぶち倒し、残りはあと三人となった。永倉の手には、男の血がべっとりとつき、餃子《ギョーザ》や煮込みの香りに混じって、血の臭《にお》いが鼻に届く。

あたりには新宿や新橋と同じく、露店や屋台がぎっしりと軒を連ねている。今や池袋らしい風景といえば、戦災を免れた立教大学の赤レンガの建物ぐらいだ。

闇市の商売人や大勢の客たちが、暴れる永倉たちを見物していた。犬肉を焼いている屋台のオヤジが、串の肉を焦がしながら永倉を見つめ、焼酎《しょうちゅう》で顔を赤くさせた傷痍《しょうい》軍人が、杖《つえ》を突きながらわめいている。

やじ馬のなかには、西口マーケットを仕切る野田《のだ》組の若い連中が、不安げな顔で立ち尽くしていた。永倉は野田組の客分だ。用心棒として雇われている。

「我啥時候敗給你了《ウオシャーシーホウバイゲイニーロ》（おれは負けた覚えなんかねえぞ）」

永倉は兵隊服のボタンを外した。服を脱いで、それを左腕に巻きつけた。中国人たちが息を呑《の》む。やじ馬たちの視線が、裸になった永倉の上半身に集まる。

野田組の用心棒となってからは、栄養がきっちり摂《と》れるようになった。米兵の残飯シチューや、悪臭まみれの魚を貪《むさぼ》る必要はない。粗悪な焼酎とヒロポンで痩せこけたヤクザたちとは異なり、その身体《からだ》の筋肉は岩のように盛り上がっている。

しかし、その肉体にはおびただしい数の傷痕《きずあと》があった。胸や腹には裂傷の痕。ムカデの脚に似た縫合痕が、いくつも走っている。脇腹と肩には銃創。前腕には火傷《やけど》痕があり、皮膚がひきつれを起こしていた。永倉は言った。

「怎麼啦《ゼンマラ》？　怕了《バーロ》⁉　有種就他媽過來《ヨウジョンジウターマーグオライ》。也許你天生就是個孬種《イエシユーニーティエンションジウシーゴナオジョン》（どうした。負け犬相手にびびってるのか？　さっさとかかってこい。キンタマ、母ちゃんの腹んなかに置き忘れてきたのか？）」

半裸の永倉は薄笑いを浮かべた。歪《ゆが》めた唇の周りを、濃いヒゲが覆っている。

青竜刀を持った男が、着ていたジャンパーを荒々しく脱ぎ捨てた。二の腕に彫られた龍の刺青《いれずみ》が露《あらわ》になる。

「你別自鳴得意《ニービエズーミンドイー》（調子に乗りやがって）」

刺青男が青竜刀で襲いかかった。

振り下ろされる刃を、後ろに下がってかわした。刃の先端が左腕の兵隊服を切り裂く。刺青男の手首を摑《つか》み、同時に足を払った。刺青男が尻もちをつく。

永倉は刺青男の手首をひねった。木の枝がへし折れるような音がし、骨を折られた刺青男が絶叫する。刺青男の手首を引っ張り、青竜刀ごと、煮込み屋の屋台へと投げ飛ばした。

屋台にぶつかった衝撃で、七輪に載っていた大鍋《おおなべ》が落下し、刺青男は煮込みを頭からまともに浴びた。熱々の煮汁にまみれた刺青男が転げまわる。

気がつくと丸坊主の男が、すぐそばで棍棒を振り下ろしていた。永倉の肩を激しく打つ。指先まで痺《しび》れるような衝撃が走る。思った以上に威力があり、永倉は頬《ほお》を歪ませた。

二撃目をくわえようと、丸坊主が棍棒を振り上げた。永倉は隙《すき》を逃さず、肩の痛みに耐えながら、男のシャツの胸倉をつかんだ。足を刈って地面に投げ飛ばした。間髪容《い》れず、倒れた丸坊主の胃袋を足で踏みつける。丸坊主はウシガエルに似た鳴き声をあげ、腹を抱えて悶絶《もんぜつ》する。

三人の中国人を叩《たた》きのめすと、永倉は、ひとりぼっちになった若い男に近寄った。派手な赤いシャツのガキだ。手槍を持っているが、腰は引けている。

永倉は自分の腹を叩いた。

「你扎呀《ニージャーヤ》！　你不是說贏我了嗎《ニブーシーシュオインウォロマ》？　放手扎呀《ファンショウジャーヤ》（刺してみろ。勝ったって言うんなら、もっとでかいツラして突いてこい）」

ガキの顔はまだ幼かった。ポマードで頭をてからせて粋がっているが、今はズボンの股間《こかん》から小便をたらしている。

永倉は白けたように言った。

「帯著你的狗黨滾吧《ダイジョニードゴウダングンバ》！　再讓我看到你《ザイランウオカンダオニー》、剁了餵狗吃《ドウオロウエイゴウチー》（仲間を連れて、とっとと帰れ。このあたりでツラを見かけたら、ひねり潰《つぶ》して犬のエサにしてやる）」

ガキは何度もうなずくと、手槍を放り出して、手首を折られた仲間を肩で担いだ。叩きのめされた残りふたりも、戦意を失ったらしく、覚束《おぼつか》ない足取りで引き揚げていく。

「おととい来やがれ！　ここは日本人のもんだ！」

野田組の若衆たちが、逃げ帰る中国人に罵声《ばせい》を浴びせ、永倉のもとへと駆け寄ってくる。

「やったぜ！　やっぱ兄貴は日本一強ぇ」「チャンコどもが。調子に乗りやがって、ざまあみやがれってんだ」

当の永倉は笑う気になれなかった。巻いていた兵隊服を腕から外す。青竜刀の刃で、生地が大きく裂かれている。

かまわずに袖《そで》を通した。さっさとその場を立ち去ろうとする。やじ馬たちをかきわけながらマーケットを歩く。

若い組員たちが追いかける。

「どこ行くんすか。手当をしねえと」

「黙れ。ついてくるな」

「だけど兄貴、隆興のやつら、すぐに仕返しに来るぜ。今度は刃物なんかじゃ済まねえよ。あいつら、ピストルだって山ほど持ってるしよ。米軍から機関銃まで譲ってもらったらしいぜ。ひとりでいたらやべえよ」

「黙れってんだよ!」

永倉は声を張り上げた。人一倍大きな拳《こぶし》を振り上げた。やじ馬と組員らは蜘蛛《くも》の子を散らすように去る。

池袋西口界隈《かいわい》では、永倉はもはや有名人だ。勢いに乗る三国人《サードナショナルズ》だけでなく、屈強なGIをも投げ倒すことから、〝キャプテン・ジャップ〟という、ふざけた異名までつけられた。

永倉はマーケットを離れて北のバラック街に入った。マーケットと同じく、空襲で焼け野原となっていた地域だ。遠く板橋駅のあたりまで焦土と化していた。今はトタンと木板でできた掘っ立て小屋が密集している。闇市の食い物の匂いが薄れ、線香と便所の臭いが漂っていた。

どこかの家からラジオが聞こえてきた。アナウンサーが淡々と、出征したまま行方が知れない兵隊たちの名を読み上げている。路地では、鼻をたらしたガキどもが走り回っていたが、永倉の巨体を見かけると、顔色を変えて逃げていった。

バラック街の道端には共同井戸があった。再び服を脱いで裸になった。兵隊ズボンのポケットから手ぬぐいを取り出すと、ポンプでくみ上げた水で濡《ぬ》らす。じんじんと熱を持つ肩に手ぬぐいをあてる。

永倉はその場でしゃがみこんだ。肩の痛みに思わず声が漏れる。骨は折れていないと思うが……。

そのときだった。背後で拍手が鳴った。永倉は反射的に立ち上がって身構える。

「誰だ」

永倉のそばには、メガネをかけた若いＧＩが立っていた。白人ではなく、黄色い肌をしたアジア系だ。永倉は周囲に視線を走らせた。他にＧＩの姿はない。逮捕のために駆けつけたＭＰではなさそうだ。米兵の恰好さえしてなければ、日本人にしか見えない。背丈も低く、兵隊にしては身体の線も細い。

エサをつめこんだリスみたいに頬がふくらんだ醜男《ぶおとこ》で、上の前歯が突き出ていた。日系アメリカ人の通訳だろう。奇妙な顔をしているが、真新しいハロー帽と、清潔な軍服に身を包んでいた。大きな背嚢《はいのう》を背負っている。

「なんだ、お前は《フー・アー・ユー》」

永倉は英語で言い直した。さっきのケンカでも、この醜男はやじ馬に混じって、永倉の戦いぶりを観察していた。

醜男は、ゆったりとした仕草でラッキーストライクに火をつけた。のんきに洋モクの煙を吐く。なで肩で痩せた身体つき。殺気は感じられないが、永倉は醜男の手に注意を払った。やつの腰にはピストル入りのホルスターがある。

なにより気に食わなかったのは、永倉に気配を悟られずに、背後に近づいたことだ。かつて永倉がいた土地なら、それは即座に死につながる。

人を殺《や》るのに、体格や性別など関係ないことを、大陸の便衣《べんい》兵《へい》やスパイが嫌というほど教えてくれた。小男だろうが女だろうが、とんでもないやつを腐るほど見た。醜い小男からは同じ臭いがする。

永倉は拳のフシを鳴らした。やつが武器を抜く前に、カタをつけなければならない。

「公司のやつらから頼まれたか。戦勝国同士、仲良くつるんでお礼参りってわけだな」

醜男は丸メガネのつるをいじくりながら微笑《ほほえ》んだ。訛《なま》りのある日本語だが、なれなれしい口調で答えた。

「ぼくは、連中の仲間なんかじゃありませんよ。ずっと探してました。あなたをね」

「アメ公に知り合いはいねえ」

永倉は首を振った。かつての職業柄、人相を覚えるのは得意だった。だがこんな特徴だらけのブサイク野郎を忘れるはずがない。それとなく周囲に目を走らせる。場合によっては、戦うどころか、逃げ出さなければならない。

醜男は両の掌《てのひら》を向けた。

「言っておきますが、ぼくはMPなんかじゃありませんよ。危害をくわえるつもりは――」

言い終わらないうちに、永倉は一気に距離をつめた。男の襟と袖をつかんだ。すぐに投げ飛ばせる姿勢に入る。男はくわえていたタバコを落とす。

「さっさと名乗れってんだよ。ぶっ殺されてえのか」

押し殺した声で訊《き》く。泣く子も黙る永倉に凄《すご》まれても、男の微笑みは変わらなかった。醜男はゆっくりと手を動かす。

醜男は予想外な行動に出た。自分の突き出た前歯を指でつまんだ。永倉は眉《まゆ》をひそめる。

「なに」

醜男は自分の前歯を引き抜いた。歯茎ごと三本の歯が口から外れる。本物の歯ではないと気づいたが、永倉は思わずひるんだ。出っ歯が消えたかわりに、きれいに並んだ白い歯が現れる。

醜男が言った。

「見抜けませんでしたね。あなたらしくもない。永倉軍曹どの」

「貴様、藤江《ふじえ》……藤江忠吾《ちゅうご》か」

藤江と呼ばれた男が下を向いた。顎《あご》をモゴモゴと動かし、路上になにかを吐き出す。唾《つば》に濡《ぬ》れた大量の綿のつめ物だ。それで頬を膨らませて、人相を変えていたのだ。

改めて男の顔に目をやる。リスみたいな出っ歯の醜男から、ほっそりとした二枚目に変わる。丸メガネの奥にある切れ長の目が、怜悧《れいり》な光を放っている。その顔なら見覚えがあった。永倉がいた香港《ホンコン》に、やつは同じく商社の駐在員という肩書で滞在していた。

藤江は、永倉の腫《は》れた肩を見やった。傷で埋め尽くされた上半身もしげしげと眺める。

「戦争はとっくに終わってるのに、また一段とすごい身体になってますね」

「貴様こそ、なんだって今も化けてやがる」

藤江が洋モクを勧めてきたが、永倉は受け取らなかった。喉《のど》から手が出るほど欲しかったが。

藤江は再び微笑を浮かべる。

「訊くまでもない。戦争が終わっても、時代がぼくやあなたのような人間たちを必要としているということです。泥蜂《ニーフォン》殿」

2

永倉と藤江は、池袋駅東口にあるバーに入った。

関東大震災のころから営業している石造りの古い酒場だ。爆撃で焼けずに済んだのだろう。若い娘がいるわけでもなく、渋い面をした老店主がひとりでやっていた。

店主の後ろの棚には、ウイスキーやリキュールの瓶がずらっと並んでいるが、中身はみんな空っぽだった。飲ませるのはもっぱら密造の焼酎やドブロク、工場から横流しされたエチルアルコールだ。

酒の質の悪さをごまかすかのように、蓄音機で藤山一郎《ふじやまいちろう》の軽快な曲を大音量で流していた。賑々《にぎにぎ》しく管楽器やアコーディオンの音が鳴り響いている。

腰かけに座ると、藤江は背嚢から酒瓶を取り出した。無愛想な老店主もさすがに目を剝《む》いた。カウンターに置かれたのがスコッチのホワイト・ホースだったからだ。

藤江は老店主に注文した。言葉をアメリカ訛りにし、日系アメリカ人に成りすましている。

「水と氷をもらえますか?」

「も、持ちこみは困るんだがね」

「固いこと言わないで。マスターも一杯いかがですか」

老店主はいそいそと準備に取りかかった。

心が浮わつくのは、永倉も一緒だった。そんな上等な酒は数年ぶりだ。日本に戻ってからはありついていない。ラベルを見ただけで喉が鳴る。

藤江が米軍の酒保《PX》に潜りこんで手に入れたのだろう。日本人が立ち入れない場所だが、やつにとっては、それぐらい朝飯前のはずだ。偽の身分証明書も用意していたのだろう。

老店主は氷を入れた三つのグラスに、琥珀《こはく》色の酒をワンフィンガー分だけ、しずしずと注いだ。

藤江がそれを手に取って掲げる。

「再会を祝って。乾杯」

「………」

永倉は応じずに、ウイスキーを一気にあおった。まろやかな舌触り。豊かな薫香《くんこう》と甘い香りが鼻と口を駆け抜け、食道を灼《や》きながら胃に炎をともらせる。あまりのうまさに涙が出そうになったが、決して顔には出さなかった。

老店主を睨《にら》み、瓶をひったくる。

「人のいいGIさんのおごりだ。ケチケチすんな」

永倉は、空になった自分のグラスに、高級洋酒をどぼどぼと手荒く注いだ。

老店主がせつない顔で永倉の暴挙を見やったが、持ち主である藤江は、涼しい表情を見せるだけだった。そのひょうひょうとした様子は香港時代から変わっていない。

「あなたと再び酒を酌み交わすことができて光栄ですよ」

「こうでもしなけりゃ、貴様はおれの周りをいつまでもうろちょろするだけだろう。ぶん殴って追い払えるようなタマじゃねえから、言い分だけは聞いておこうと思っただけだ」

藤江はわざとらしく身体を震わせた。

「ぶん殴るだなんて。勘弁してください。さっきの支那《しな》人じゃありませんが、おしっこ漏らしてしまいます」

　永倉は鼻を鳴らした。

　藤江の顔は血色もよく、ヒゲもきれいに剃られている。本物のＧＩたちよりもよほど清潔で、青年将校のような知的な雰囲気をかもしている。戦前、高級官僚の間で流行《はや》ったというオーデ《47》・コロン《11》の香りをほのかに漂わせている。負け戦を経ても器用に立ち回って、優雅に生き延びたのだろう。永倉とは違って。

　永倉は終戦後、中国人の復讐《ふくしゅう》に怯《おび》えながら大陸から戻った。復員して郷里の山梨に帰ったが、すぐにそこを出ざるを得なくなった。当て所もなく上京したが、すぐに飢えが待ち受けていた。タバコの吸殻やガム、コンドームの入った米兵の残飯《ギャベ》で飢えをしのぎ、シラミと垢《あか》にまみれながら、地下道や防空壕《ぼうくうごう》で夜露をしのいだ。

　池袋の駅周辺でルンペンとして生きていたが、三人の黒人ＧＩとケンカになり、柔道技で痛めつけているところを、野田組の幹部が目撃。極道の客分として拾われた。

　米兵にケンカを売る日本人は尊敬される。黒人たちの肘《ひじ》関節を破壊し、首を絞めて失神させると、野田組のゴロツキたちは浮浪者と化した永倉を〝兄貴〟と呼んだ。以来、人の食い残しのエサではなく、人並みの食い物にありつけるようになった。

　戦争が終わって二年が経《た》つ。復興のきざしは見えず、未《いま》だに地下道や駅の構内には、ただ死を待つだけの乞食《こじき》や、野犬に身体を食い千切られた浮浪児の死体が転がっていた。食糧をエサにして若い女をつけ狙《ねら》う鬼畜もごろごろしていた。食糧不足を訴えるデモも毎日のように行われている。

ウイスキーをさらにあおった。暴力という特技が永倉を生かしてくれた。藤江も自分の技能を駆使して生存できたようだが、この地獄のなかで、闇市の顔役のような羽振りの良さだ。華族や高級官僚でも、今どきこんなスコッチにはありつけない。

永倉は酒をあおると、出し抜けに切り出した。

「要するに極道か、それとも闇商人か」

「はい？」

「貴様の雇い主だよ。話をとんとんと進めようじゃねえか。どこの誰が、おれを必要としているっていうんだ？」

「どちらでもありません。ただの用心棒なら、なにもあなたでなくちゃならない理由はない。そこいらの腕自慢で充分です。だけど、ぼくはあなたを探した。わざわざ甲府にまで足を延ばしてね。なぜだか、わかりますか？　泥蜂《ニーフォン》と呼ばれたあなたでなければ、難しい仕事だからです」

藤江が真顔で見つめてくる。

「その名で呼ぶな。せっかくの酒がまずくなる」

永倉はグラスを強く握りしめた。泥蜂《ニーフォン》。香港憲兵隊にいた永倉に、地元の中国人たちが憎しみをこめてつけたあだ名だ。獲物の虫を捕らえては、巣に持ち帰るジガバチを意味する。

戦火を逃れてやって来る避難民で、香港の人口は爆発的に増加した。人々であふれ返った港湾都市に潜む抗日ゲリラを見つけ出すのが永倉の任務だった。

「なぜです？　そのあだ名を気に入っていたでしょう。じっさい、あなたはスパイ狩りの名手だった」

「つまんねえ嫌味を言うために、おれを探し出したのか？　その名のおかげで、こっちに戻ってからは、何度も嬉《うれ》しい目にも遭った。甲府じゃ、おもしれえ話が聞けただろう」

「そりゃいろいろと」

永倉はため息をついた。

「言うまでもねえが、香港憲兵隊の評判ってのは最悪だった。どうしようもねえクズが揃《そろ》っていたからな。虫の居所が悪いだけで、通行人を袋叩きにするやつらもいれば、きれいな女を見かけりゃ、重慶分子《じゆうけい》の濡れ衣《ぬぎぬ》を着せて、無理やり手籠《てご》めにした将校もいる。大和魂《やまとだましい》もクソもありゃしねえ。ただのならず者だ。その手の話を、占領軍が日本の隅々にまで知らせてくれたからな」

「でも、あなたはそうじゃなかった。将校たちから疎まれてはいましたが、同僚や下の者からは信頼されていた。日本人だけじゃない。支那人の密偵からも慕われていた。だからこそ、大陸から戻ってこられた」

「その分、故郷の連中からはたんと石を投げられたよ。大陸から戻れたとしても、占領軍や警察がおれをいずれ捕えに来る。監獄にぶちこまれるのも時間の問題だ。それをお前は知っているはずだ」

藤江は永倉のグラスに酒を注いだ。

「もちろんです。その事情を知ったうえで、あなたを選んだ」

「なに？」

「我々に協力してくださるのなら、あなたをこれ以上、不名誉な目に遭わせたりはしない」

永倉は藤江の顔を見つめた。穴が開くほど。

「戦争犯罪人《せんぱん》の指名を免れるってことか？」

藤江はうなずいた。永倉は声をひそめる。

「なるほど。噂《うわさ》には聞いている。参謀本部《みやけざか》あたりのお偉いさんのなかにゃ、華麗なる転身を遂げた方々もいるってことをな。なんでもＧＨＱ《おほりばた》には、赤いものを見ただけで狂い出すアカ嫌いがごろごろいるらしい。共産主義者の侵攻を食い止めるために、日本の元軍人を利用していると。お前もそのひとりか？」

永倉は、藤江のハロー帽をつまんだ。

「ぼくの雇い主はアメリカじゃありません。戦争後も変わることなく、ただこの国に仕えているんです」

「ああ、そうかい。誰でもいいけどよ」

「あなたにも加わってほしい。せっかくの力を、ヤクザの用心棒なんかに費やすのではなく」

永倉はグラスの酒を再び飲み干した。スコッチを空にし、氷をガリガリと噛《か》み砕く。

「くだらねえなあ。その国とやらのおかげで愉快な目に遭った。戦犯だってクソ食らえだ。もう戦《いくさ》ゴッコなんかに興味はねえよ。ごちそうさん、うまい酒だった」

藤江が、腰かけから降りる永倉の左腕を捕まえた。すばやく兵隊服の袖をまくり、彼の前腕を露《あらわ》にする。

「その腕の傷、覚えてますよ。三年前の夏でしょう。重慶分子に捕らわれた支那人の密偵を、助けたときにできたものです。あなたは敵のアジトに乗り込み、拷問で死にかけた密偵を救い出した。あなたの同僚たちは呆《あき》れてましたよね。『たかが支那人ごときに』とね。香港人は憲兵隊を憎悪してましたが、あなたの密偵たちは違っていた。保身のためだけに従っていたわけじゃない。悪鬼の憲兵隊にも、あなたのような義を知るボスがいたことを知っていたんです」

永倉は腕を振り払った。ウイスキーのボトルの首をつかむ。

「その口を閉じろ。スパイ野郎」

藤江の目が冷たくなる。ホルスターのボタンを外す。拳銃《けんじゅう》の銃把が見えた。もともと藤江とは、香港時代から少なからぬ因縁がある。

永倉は言った。

「これで何度目になる。貴様がおれを欺くのは」

永倉がスパイ狩りの名人なら、藤江は軍が育てた選《え》り抜きのスパイだ。永倉が学んだ中野の憲兵学校の近くには、藤江のような諜報員《ちょうほういん》の養成機関の校舎があったのだという。

藤江は商社の駐在員として、香港に二年ほど滞在していた。商社員として穀物の買いつけを行う一方、国民党や八路軍《はちろ》、それを支援する欧米各国の情報収集にあたっていた。同じ地で任務に励んでいた永倉は、幾度も煮え湯を飲まされている。

「とっとと帰れ。声をかけてきた相手がお前だというのなら、なおさらつきあうつもりはない」

永倉はボトルを握ったまま告げた。危険な気配を察知したのか、老店主がカウンターの奥へと離れていく。

藤江はグラスの酒を飲んだ。

「気持ちはよくわかりますが――」

「なにが国のためだ。スコッチの一本でも持っていけば、おれがほいほいと話に乗るとでも思ったのか」

「このままヤクザと遊んでいれば、あなたはいずれ逮捕される。すでに捕えられた香港憲兵隊員のなかには、あなたに罪をかぶせようとしている輩《やから》もいると聞きます」

言われるまでもなかった。GHQの指令により、戦犯の捜査が行われているのは耳にしていた。とくに海外占領地で治安維持にあたっていた憲兵は、目の敵にされているという。

香港憲兵隊にいた永倉は、国民党の諜報員や英国の抵抗組織の摘発を行った。水責めや殴打による拷問もだ。なかには決定的な物証を突きつけられても、最後まで民間人だと言い張るスパイもいた。

永倉が斬《き》ったスパイもひとりやふたりではない。それが戦争犯罪に該当するとして、大陸から逃げ遅れた憲兵の多くは軒並み逮捕されたらしい。命からがら日本へ戻ってきた香港憲兵隊の同僚も、GHQの走狗《そうく》となった警察によって逮捕され、巣鴨《すがも》にぶち込まれているという。

永倉は鼻を鳴らした。

「上等だ。監獄にぶちこまれるまで、好きにやらせてもらう。なんたって自由な時代なんだからな。チンピラを適当に小突いて、メシと酒にありつければ、それで満足だ」

「意地を張らないでください。ゴロツキを殴り倒したときのあなたの顔、じつにひどいものだった。一度、鏡で見てみるといい。今にも首でもくくってしまいそうな、しょぼくれたツラをしてましたよ。とても自由を謳歌《おうか》しているとは思えなかった」

「謳歌してやろうじゃねえか、今ここで」

永倉は笑いかけた。身体の筋肉が緊張で張りつめていく。

「これが最後です。我々に協力してください。あなたが本来いるべき場を提供できる」

「お断りだ――」

藤江の手が拳銃に伸びる。

ボトルを振り上げた。それよりも早く、藤江がホルスターから、自動拳銃を取り出した。黒い銃口が永倉のほうを向く。

銃口から光が迸《ほとばし》り、拳銃が跳ね上がる。乾いた発砲音が鼓膜を震わせる。熱線と化した銃弾が、永倉の頰の横を通過する。

「なに！」

永倉の背後で、男の悲鳴があがった。

あわてて後ろを振り返った。赤いジャンパーを着た男が、尻もちをついていた。手には房がついた青竜刀。藤江の銃弾は男の腕をかすめていた。

赤いジャンパーの男には見覚えがあった。西口で勢力拡大を図る隆興公司の幹部――永倉がぶちのめした三下たちの兄貴分だ。思っていたよりも早く、中国人たちが仕返しにやってきた。藤江は公司の幹部に発砲したのだ。

ボトルを男に投げつけた。ボトルは額を直撃した。鈍い音がして、男は床を転げまわる。

「お貸ししますよ」

藤江は、拳銃のグリップを永倉に向けた。銃口から白煙が昇っている。米軍のコルト・ガバメントだ。永倉は受け取る。

「どうしてだ」

「どうしてもなにも、暴れるのはあなたの専門分野でしょう」

「そうじゃねえよ」

永倉と藤江は、カウンターを乗り越えた。隆興公司のならず者たちが、倒れた赤ジャンパーの男を踏み越え、雪崩を打ってバーへと押し入ってくる。

「永倉《ヨンツァン》、今兒個我一定要宰了你《ジアゴウォイーディンヤオザイロニー》！（永倉、今日こそ殺してやる！）」

連中は銃を持っていた。何発もの銃声が鳴り響く。店内が硝煙に包まれた。棚に並んでいた空き瓶が砕け散る。

「悪いな。壊れたもんは、みんなこいつに請求してくれ。本物の酒を持ってこさせる」

永倉は藤江を指差し、震えている老店主に言った。

拳銃のマガジンを抜いて装弾数を確かめると、カウンター越しに腕を突き出した。隆興公司の男たちに向けて連射する。

白煙であたりはなにも見えない。しかし、その火薬の臭いがなつかしかった。拳銃の手入れはきちんとなされている。弾づまりも起こさず、軽快に弾を吐き出す。ゴロツキのひとりのズボンが、弾《はじ》けるのが見えた。被弾した太ももを抱え、絶叫しながらのたうち回る。

しかし、隆興公司どもはひるむことなく応射してくる。煙のおかげで、敵の数すら把握できない。だが、圧倒的な火力を有しているのがわかった。永倉が一発撃つたびに、三倍以上の銃弾が返ってくる。

藤江が耳元に口を寄せる。

「十人以上はいますよ！」

「ちょうどいい。返り討ちにしてやる。もっと弾よこせ」

「そんなのまで、持ち合わせちゃいません。バカなこと言ってないで、さっさと逃げましょう」

隆興公司の銃弾が、カウンターの板を貫通してくる。いくつも穴を開け、銃弾が二人の側《そば》を駆け抜けていく。永倉らの身体を穿《うが》つのは時間の問題だ。

「蜂《はち》の巣になりたいのなら、こっちでいくらでも機会を与えてあげますよ！」

藤江の腕力は思いのほか強い。永倉の身体が引きずられる。

「クソ！」

二人は床を這《は》って、匍匐《ほふく》前進した。カウンターの裏には、店の裏口へとつづく倉庫がある。這いつくばりながら倉庫へ入る。

永倉は立ち上がって、裏口の扉のドアノブに手をかける。藤江がその手を制した。

「ちょっと待ってください」

藤江は着ていた制服の上着を脱ぐと、永倉に代わってドアノブを握った。ドアを開ける。

「去死吧《チューースバ》！（死ね！）」

裏口は待ち伏せされていた。ドアを開けると同時に、隆興公司の若者が襲いかかってきた。夕日を背にして、青竜刀を上段に振り上げている。

間髪容れず、藤江が若者の顔めがけて上着を放つ。上着で顔をふさがれた若者は、刀を振り上げたまま、身体を大きく泳がせた。

永倉はその隙を逃さず、若者の股間《こかん》をつま先で蹴《け》り上げた。若者は奇妙なうめき声をあげ、内股《うちまた》になってその場に崩れ落ちる。

藤江に言った。

「お前……」

藤江は平然と上着を拾い上げた。土埃《つちぼこり》を払う。

「礼ならあとにしてくださいよ」

「別逃《ビエタオ》！　永倉《ヨンツアン》！（待ちやがれ！　永倉！）」

背後から怒号を浴びせられる。銃声が轟《とどろ》き、裏口のドアが木片をまき散らす。ふたりは走ってバーを離れ、人で混み合う東口の路地にまぎれこんだ。

3

路地を抜け、池袋駅の東口に向かった。停《と》まっていたタクシーに乗りこむ。

血相を変えて飛びこんできた二人に、運転手は目を白黒とさせたが、藤江が紙幣をチップとして差し出すと、顔をほころばせてハンドルを握った。

彼はあらかじめ決めていたかのように、品川区へ向かうよう運転手に指示した。永倉はあえて行き先まで訊かなかった。

心臓が激しく鳴っている。あれだけの激しい戦闘は、復員してからは初めてだった。落ち着きを取り戻すと、今度はぐったりと疲労に襲われる。腹に差した自動拳銃が重たい。

藤江は上着のポケットから、ラッキーストライクの箱を取り出した。黙って永倉に、タバコを一本差し出す。

永倉はそれをひったくるようにして受け取る。手が震えているのを気づかれたくなかった。

藤江がライターで火をつける。香りのいい紫煙が胸に深く染みていく。洋モクなら野田組からたまにもらっているが、内地に戻ってから、これほどタバコがうまいと思ったのは初めてだった。

永倉は訊いた。

「どうしてだよ」

「なにがです?」

「なぜ助けた。おれにぶん殴られるところだったんだぞ」

「不思議なことを訊きますね。ぼくはしつこいんです。たとえ、あの酒瓶で頭をかち割られたとしても、そうそう簡単にあきらめたりするもんですか」

藤江はタバコの煙をゆっくり吐きながら続けた。

「八路軍の諜報員もそうだったでしょう。腕を叩き折られれば、足の指で爆弾のピンを抜くようなマムシみたいな輩ばかりだったはず。ぼくもずいぶん泣かされたものです」

「お前も筋金入りのマムシってことだな」

「とんでもない。ぼくなんて誠実ですよ。本当の悪人だったら、こうしていたでしょう。事前にあの中国人たちに情報を流して、バーを襲うように差し向ける。いくら〝キャプテン・ジャップ〟といっても多勢に無勢。おまけにスコッチも入っている。そんな窮地に陥ったあなたを華麗に救って、大きな恩を売れば、あなたを仲間に引き入れやすくなる。それが諜報というものです」

永倉がなにか言う前に、藤江は両手を振って否定した。

「言っておきますが、ぼくはそんなことはしちゃいませんよ」

「ふん、どうだかな」

「お貸ししたピストルは、しばらく持っていてください。またいつ襲われるか、わかったもんじゃありませんから」

腹に差した拳銃は、すっかり冷たくなっている。ついさっきまで、発砲によって熱を持っていた。今の永倉の心を表しているかのようだ。

いつくたばってもいい。ケンカで殺されても、GIに撃ち殺されても。あるいは中国に送り返されて銃殺されても。故郷を出てから、思い続けていた。今は違う。心が異様に湧《わ》き立つのを感じた。戸惑う永倉とは正反対に、藤江は相変わらず平然としている。下手をすれば、命を失いかねない状況だったというのに。肝っ玉が太いのか。あるいは優秀なスパイとは、どんな状況でも冷静でいられるように鍛えられているのか。

永倉は理解した。戦争が終わってからも、やつ自身は未だに戦い続けている。ゴロツキとのドンパチなど、争いの部類に入らないほどの過酷な戦いを。

永倉は窓に目を走らせた。外は焼け野原が続いていた。焼夷弾《しょういだん》で黒焦げになったビルの前で、派手な化粧をした街娼《がいしょう》が立ち、コッペパンを大切そうに齧っていた。

「うわ、危ない」

運転手があわててハンドルを切る。

道路のまん中で、酔った土方が大の字で寝転んでいた。彼の姿が一瞬、永倉自身に見えた。

今すぐタクシーを降りるべきだ。飛び降りてでも、藤江から逃げなければならない。永倉は自分に言い聞かせる。

藤江は言っていた。自分を必要としていると。闇市のシマ争いとは比べものにならない戦いができる。香港時代と同じように。心のなかでうずくものがあった。

永倉は小さく首を振る。また、やつらに使い捨てにされ、汚名をなすりつけられて死ぬだけだ。吸い終えたタバコを窓から放ると、動こうとしない自分の脚をつねった。

藤江が見とがめる。

「どうかしましたか?」

「なんでもねえよ」

自問自答した。なぜ逃げようとしない。

「急ぎましょう。思わぬ小競り合いで時間を食ってしまいました」

品川区島津山の住宅地でタクシーを降りると、藤江は勝手にすたすたと歩き出した。永倉がついてくるのを見越したような動きだ。逃げようと何度も思う。かかわってはならないと。だが、けっきょく藤江の背中を睨みながら後を追った。

このあたりも戦災によって焼け野原と化していた。戦前は金持ちが暮らす高級住宅街として知られていたが、今は急に建て直したような家々が並んでいる。

その一方で、近くにはヨーロッパの貴族が住むような石造りの大邸宅がそびえたっていた。島津公爵の屋敷だったが、今はやはりGHQの将校が暮らしているという。

空を見上げた。隆興公司との戦いで、たしかに時間を浪費している。すでに日は沈み、あたりは闇に覆われつつあった。どこかの家のラジオから、関西弁の長閑《のどか》な漫談が聞こえてくる。

藤江はそのうちの一軒に入る。戦禍を免れた古い洋館だった。まるで洋食屋のようなハイカラな造りだが、風雨にさらされて、建物自体はだいぶくたびれている。永倉は拍子抜けした気分で家を見上げた。

「こちらです」

藤江は永倉を手招きすると、玄関の戸を静かに叩いた。家のなかから、女が返事をした。

「藤江です。夜分、申し訳ありません」

ややあってからドアが開けられる。初老の痩せた女性が現れた。黒髪をひっつめ、着物を重ね着している。洋館の雰囲気とは、あまりそぐわない。

ハロー帽を取った藤江が恭しく頭を下げた。つられて永倉も汚れた兵隊帽を取って一礼する。

「どうぞ。主人がずっと待ってましたわ」

女性は二人をなかへ招じ入れた。声には張りがあり、気の強さを感じさせる。強面《こわもて》の永倉やGI姿の藤江を目にしても、とくに驚く様子は見せない。

家のなかは清潔だったが、思ったよりも狭い。藤江の〝雇い主〟が住んでいるのだろうが、予想以上に質素な邸宅だった。

通されたのは、居間の隣の部屋だ。藤江がノックをしてからドアを開ける。そこは家の主人の書斎兼客間であるらしく、周囲は大きな書棚に囲まれていた。

もとは広い部屋だったのだろうが、隅には大きな執務机が置かれてあり、床の隅もぎっしりと本で埋め尽くされているために、やけに室内が狭苦しく感じられた。インクや墨汁の匂いが立ちこめていた。

机の前では、大島紬《おおしまつむぎ》に羽織を着た初老の男が、黒革の椅子《いす》に腰かけていた。がっちりとした体格の持ち主で、豊かな頭髪を七三にわけ、鼻の下にはヒゲをたくわえている。眠たそうな目をしているが、それが落ち着きと独特の風格を感じさせた。

男は万年筆を握り、分厚く積まれた原稿用紙に、なにかを書き記していたが、二人の入室を機に筆を置き、にこやかに迎えた。

「あんたは」

永倉は目を細めた。会ったことはないが、どこかで見た覚えがあった。藤江は腰を深々と折って最敬礼をした。

「局長、永倉元軍曹を連れてまいりました」

〝局長〟と呼ばれた老人は立ち上がり、永倉に向かって頭を下げた。

「よく来てくれた。君のことは藤江君から聞いている」

「べつに構わねえよ。あんたが藤江の雇い主ってわけか。緒方《おがた》総裁」

「その肩書は過去のものだ。今はただの素浪人だよ」

緒方はなごやかに笑った。永倉は緒方を凝視した。

緒方竹虎《たけとら》はかつて新聞社の主筆を務め、戦争末期に政治家へと転身した男だ。終戦直後まで内閣直属の情報機関である情報局総裁の地位にあった。政府の要職についていたため、公職追放の憂き目にでも遭ったのだろうが、未だに大物らしい風格を漂わせていた。

情報局は、戦争に向けた世論形成、プロパガンダの強化を目的とした内閣直属の組織だ。内閣、外務省、陸軍省、海軍省、内務省など、各省が収集した情報の統一を目指して設置された。緒方は、名目上は日本中のすべての情報を入手できる立場にあった。

椅子を勧められた。永倉は緒方と向き合って座った。藤江は永倉の横に腰かける。

緒方は羽織の袖からタバコを取り出した。マッチをつけるその右手は、泥んこ遊びをした子供みたいにインクで汚れていた。それを気にするふうでもなく、椅子に身を預けながら、端然とした様子でタバコをふかす。

緒方の妻らしき人物が、部屋に人数分の緑茶を持ってくる。

「なにやら一戦交えてきたようだね」

緒方は茶を啜《すす》りながらのんびり切り出した。永倉の傍らに座る藤江が、着ている制服に鼻を近づける。

「臭いますか」

「いい匂いだよ。吉田《よしだ》さんや白洲《しらす》君がつけているのと同じ香水だ。こうして墨とインクまみれの暮らしをしていると、それ以外の香りに敏感になるらしい。血や硝煙の臭いなどにね」

「なるほど」

緒方が尋ねてきた。

「永倉君、君は池袋で用心棒をしているそうだな。毎日のようにドンパチが絶えないと聞いている。ケガはしなかったかね」

「問題ねえよ」

藤江がとがめた。

「永倉さん」

「なんだよ」

「闇市で大立ち回りをしたさいに、肩を打たれたでしょう。腕がもう上がらないはずだ」

永倉は眉間《みけん》に皺《しわ》を寄せた。たしかに左肩は熱を発していた。ずきずきと痛む。

緒方は心配そうに永倉の肩を見やった。

「それはよくない。服を脱ぎたまえ。私は医者ではないが、若いころは剣の道を志したものだよ。棒で打たれたというのなら、その対処の仕方ぐらいは知っているつもりだ」

「小野派一刀流の免許皆伝らしいな」

永倉が言うと、老人は眠そうな目を見開いた。

「ほう」

「昔の上官が博多出身だった。郷土の英雄であるあんたのことを、自慢していた」

軍人よりも腹の据わった豪傑。かつての上官はそう称賛していた。二・二六事件では、新聞社を襲撃した青年将校らと、社を代表して折衝に当たっている。春風駘蕩《しゅんぷうたいとう》と呼ばれる温和な性格でありながら、いざとなれば血気盛んな軍人や右翼と渡りあう豪胆さでも知られ、永倉もいくつもの逸話を耳にしていた。

腹に拳銃を差した〝キャプテン・ジャップ〟と向き合っても、悠々とした態度を崩さない。

「それなら話は早い。我が家には、九州鳥栖《とす》の湿布薬と痛み止めがある。診せてみなさい」

「手当は無用だ。おれはあんたの兵隊ではないし、配下になるつもりはない。せっかくの薬が無駄になるだけだ」

藤江は肩をすくめた。

「だったら、なぜここまで黙ってついてきたんですか？　タクシーを降りる機会はいくらでもあったでしょう」

「うるせえ」

緒方が言った。

「ヤクザの世話になっているらしいが、池袋の俠客《きょうかく》にでもなるつもりかね」

「盃《さかずき》を貰《もら》う気はねえ。野田組のほうだって、おれに与えようとは思っちゃいない。連中から小遣いをもらって、あの闇市のお守りをしているだけだ。じきに巣鴨《すがも》プリズンにぶち込まれて、支那に送り返されるか、長い監獄暮らしが待っている。そこから生きて出られるのかもわからない」

「ふむ……それについては、藤江君から聞いているだろう。戦争犯罪人の容疑については――」

言葉をさえぎった。

「聞いてるよ。どんな手を使うのかは知らないが、あんたほどの大物なら、戦犯の件もなんとかしてくれるのかもしれない。だいぶ、しみったれた家に住んじゃいるが」

天井に目をやった。

雨漏りでもするのか、天井には茶色い染みがいくつもある。焼夷弾を食らわなかっただけマシだが、家の老朽化がかなり進んでいる。去年の金融緊急措置令や新円切替、財産税法の施行で、多くの金持ちが財産を失った。大きな新聞社の社主を務め、政府高官でもあった緒方も、例外ではなさそうだ。しかし、彼はほがらかに笑うだけだった。

「私も戦犯指名を先日解除されたばかりだ。巣鴨《すがも》プリズンに収監されずに済んだが、無官の身なのは確かだ」

「あんたは悔しくないのか？」

「悔しいとは？　日本が敗れたことがかね。それとも私自身のことがかね。公職追放だの戦犯指名だの」

「両方だよ。金も名誉もなくなったというのに、今度はなにをするつもりなんだ。わざわざ藤江やおれみたいな人間を集めているぐらいだ。ただの商人みたいに、金儲《かねもう》けに励もうって話でもないだろう」

「少しは関心を持ってくれたようだね」

「急に興味が湧いたよ。答えによっては暴れたくなるぐらいにな」

　永倉は腹に差した拳銃を握った。藤江が間に割って入ろうとするが、緒方は手で制する。

「恨むもなにもないよ。戦犯指名も、公職追放も。むしろ、私には負うべき責任がある。この国を悲惨な運命へと導いたひとりだからね。その拳銃で撃たれても仕方のない身だ。しかし、その前にやらなければならないことがある」

「………」

「いずれこの国は占領時代を終え、独立を果たす時期がやって来る。ただし、武力の放棄を謳《うた》った平和憲法が施行された以上、丸裸となった日本が身を護《まも》るには、どの国よりも優れた情報収集能力を持った組織が必要になるはずだ。私は英国に留学していた時期があってね。かの国の外務省には、情報局秘密情報部《SIS》という優秀な諜報機関があることを知った。独立国日本を形作るためには、そうした組織が必須だと考えている」

　永倉は緒方の顔を見すえた。

「また防諜でもやらせようというのか。戦争は終わったというのに」

「この手の戦いに終わりはないよ。組織はすでに動き始めている。私たちは組織名をCAT《キヤット》と名づけた」

「CAT？　なんだそりゃ。猫ってことか」

思わず眉をひそめた。

「Cedant arma togae《ケーダント・アルマ・トガエ》。古代ローマの政治家で文学者だったキケローの言葉だよ。このラテン語の頭文字を取ってCAT。意味は『武器は平服に譲るべし』とでも言おうか。軍部の専横を許してしまった過去を見直し、新たな日本を構築するのにふさわしい言葉と考えて拝借した」

「なんでもいいけどよ。そのCATだか、猫だかの組織に入れってわけか」

「香港での活躍は聞いている。〝泥蜂《ニーフオン》〟と呼ばれ、多くの諜報員を捕えたことを。ヤクザの用心棒で終わるには、あまりに惜しい」

緒方は深々と頭を下げた。

「頼む。私に力を貸してくれないだろうか」

永倉は思わず目を背けた。そうせずにいられなかった。目の前の男に惹《ひ》かれつつあった。偉ぶった態度はなく、拳銃を持った復員兵にも動じない。緒方は続けた。

「戦犯指名の解除に関しては、私に任せておいてほしい。無官の身だが、これ以上、君の名誉に傷をつけるような真似《まね》はさせない。追放を免れた政治家やGHQの高官とも交流がある。もし、リストに君の名がある場合、解除するように取り計らう」

「つまり……よっぽど危ない仕事ってことだろう。そこまでするからには」

緒方はうなずいた。

「諜報戦については、君のほうが詳しかろう。情報収集とは言っても、新聞記者のようにはいかん。国自体がひとつの巨大な闇市のようなものだ。香港もそうだったろうが、敵味方の色分けもできない混沌《こんとん》が待ち受けている。くわえて、CATはあくまで時代の黒子に徹しなければならない」

「しかも、人材を養成する時間も資金もない。だから藤江のようなやつが動いて、こうして勧誘して回っているわけか」

「このとおりの貧乏暮らしだが、報酬については心配いらない。この計画に賛同する協力者はたくさんいる。故郷に錦《にしき》を飾れはしなくとも、仕送りは充分できるだろう」

永倉は故郷の両親を思い出した。生きて帰った息子を喜びつつ、疲れと悲しみをにじませた顔。それから恨みがましい目を向けてきた義兄や親族たち。何者かに塩をぶちまけられ、荒れ果てた永倉家の田畑。出征前に交わした婚姻の約束をなかったことにし、面会すら許そうとしなかった婚約者の一族。じっと永倉の動向を見張る地元の刑事たちの姿が、次々に浮かんでは消える。

香港時代、故郷から送られてくる手紙に、どれだけ励まされたかわからない。国のために命を投げ出して戦う永倉を、故郷は英雄だと持てはやした。

戦争が終わって、すべてが変わった。永倉は自分の膝《ひざ》を握りしめる。

「聞かなかったことにさせてくれ。おれにはやれない」

永倉は目に熱さを感じた。涙があふれていると気づく。恥ずかしさで顔全体が火照《ほて》る。爪《つま》はじきにされた故郷でも、泣くことなどなかったというのに。

「もうなにも信じられん。おれを戦場に送り、英雄と称《たた》えておきながら、故郷のやつらは戻ったおれを鬼と罵《ののし》った。鬼は米英のほうじゃなかったのか。本当にわからないんだ。ウジに食われたガキの死体があちこちに転がっているのに、どうして誰も見向きもしないんだ。この国と人間を焼き払った鬼畜米英の親玉に、どうして感謝の手紙なんぞを書くのか。神と崇《あが》められた男は、どうして今になって人間だと言い出す。おれはなんのために命を張った。こんなデタラメがあるか。また茶番につきあうぐらいなら、監獄にぶち込まれたほうがいい。あんたたちはあまりに無慈悲だ」

「今は苦しい負け戦から解き放たれ、国民も冷静ではいられない。だが私は、いずれ君のような男の奮闘をみなが理解してくれる日が、必ずやって来ると信じている。そうでなければ生き残った者も、そして死んでいった者たちも浮かばれん。そのために力を貸してほしいのだ」

永倉は強く首を振った。子供が駄々をこねるように。いったん流れ出した涙は止まってくれない。兵隊服の袖で、いくら顔をぬぐってもあふれてくる。藤江が背中を揺さぶってくる。

「永倉さん。我々には時間も人手も足りない。どうかお願いします。考え直してください」

「やめろ。そんな話、おれは受け入れられない」

緒方は永倉に近づいた。和服の袖から手ぬぐいを取り出し、永倉に差し出す。それも拒んだ。

緒方が藤江のほうを見た。藤江がハロー帽をかぶってうなずく。その顔は冷えきっていた。瞳《ひとみ》に失望の色が浮かんでいる。

「タクシーを呼んできます。お送りしますよ」

「かまわないでくれ」

永倉はうつむいたまま立ち上がった。部屋を出て行こうとする。

だが、そのときだった。表のほうがにわかに騒がしくなる。涙顔の永倉は気を取り直し、腹に差していた拳銃を握る。

まさか隆興公司のやつらが、ここまで追いかけてきたのか。藤江も顔を引き締めていた。表から叫び声が聞こえる。

「火事だ！　火事だ！」

緒方は灰皿にタバコを押しつけた。

「藤江君」

藤江はうなずくと、書斎を飛び出した。永倉は判断に迷ったが、彼の後をついていった。

「火事だ！」

外の叫び声が続いている。廊下に出て、庭に目を向けると、たしかに板塀越しに白煙が見えた。

永倉と藤江は、玄関まで駆けた。ドアを開けると、斜め向かいにある平屋建ての敷地が白煙に包まれていた。すでに多くの近所の住人たちが駆け回っている。

割烹着《かっぽうぎ》を着た婦人やドテラを羽織った老人、買い出しから戻ったモンペ姿の若い女や兵隊服の男など。バケツをめいめい持ち寄り、隊列を組んで、消火リレーを行おうとしていた。戦中に叩きこまれた防火訓練のおかげか、その動きはすばやく整然としている。道路にはやじ馬が集まりつつあった。

騒ぎの元となっている火事自体は、大したほどではなさそうだった。視界が濁るほどの白煙が昇っているが、家屋そのものが燃えているわけではなく、敷地を囲う板塀の一部が炎に覆われている。

「こりゃいかん」

永倉らと同様に、玄関へとやって来た緒方が唸《うな》った。羽織を脱ぎ捨てて、リレーの隊列に加わろうとする。

「待てよ」

永倉は腕を横に伸ばして押しとどめる。

「ちょっと、永倉さん」

藤江の注意を無視し、永倉は隊列とやじ馬を眺め回した。炎自体には目もくれない。

突然、永倉は猛然と駆けだした。邸宅の鉄門を押し開け、路上に出ると、やじ馬の一角へと向かっていく。いきなり飛び出してきたヒゲ面の大男に、近所の人間たちが目を剝く。

職人風の印半纏《しるしばんてん》を着たやじ馬。血色のいい若い男だ。突進してくる永倉に気づき、身を翻らせて走り出した。火事の現場を離れて逃走する。

永倉はやじ馬たちを避け、黙って追い続けた。職人風の男は狭い路地へと入り、永倉の追走を撒《ま》こうとする。

路地は人ひとりがやっと通り抜けられるほどの幅だった。盆栽や家屋に肩がぶつかりそうになった。路地の隅を走るドブに気をつけながら追う。

窓から漏れる家々の灯《あか》りを頼りに、路地の地面を見やる。職人風の男はドブ板を踏み抜いたらしく、黒い足跡が点々と残っている。それを目印にする。

四度目の曲がり角で足を止めた。黒い足跡が途絶えている。職人風の男が履いていた地下足袋が脱ぎ捨てられていた。息を殺して、ゆっくりと歩む。前方にポンプ式の井戸があった。永倉は腹に差した拳銃に手を伸ばす。

「出て来いよ」

永倉は井戸の陰に呼びかけた。

同時に、職人風の男が飛び出してくる。暗闇のなかできらめくものがあった。やつの右手には短刀。永倉の腹めがけて、鋭い刃が向かってくる。

永倉は拳銃の銃身を握っていた。安全装置はかけてある。拳銃を手斧《ておの》代わりにし、銃把で右手を殴りつけた。

男の指がへし折れた。骨が折れる感触が手に伝わる。短刀が地面に落ちる。

永倉は短刀を蹴とばした。きれいに研がれた刃物は、黒いドブのなかへと消えた。拳銃を持ち直し、親指で安全装置を外すと、右手を押さえているやつの額に銃口を突きつける。

「何者だ」

職人風の男は顔面を汗と涙で濡らしていた。銃を向けられ、困惑した表情を見せる。

「て、てめえこそ、なんなんだ！　おれはただボヤを見物してただけ――」

永倉は当て身を喰《く》らわせた。拳を鳩尾《みぞおち》に喰らわせる。

「でけえ声だすな。近所迷惑だろう」

あたりは住宅密集地だ。近隣の住民が火事に気を取られているとはいえ、いつこっちにやじ馬が殺到するかわからない。追いつめられたネズミは、決まって騒ぎ出しては人をかき集めようと試みる。

職人風の男は、息をつまらせて膝をついた。苦しげにうめき声をあげる。

「……なんで、こんな目に遭わなきゃならねえ。火事見物してたらいきなり、あんたが怖い顔して向かってきたんだろ」

「お前、火なんか見てなかっただろう。おれたちのほうを、じっとうかがってばかりでな。あの洋館を監視していたな?」

「な、なんのことだよ」

「おれたちのツラを確かめるために、お前が火をつけたんだろう。一日の仕事を終えた職人のわりには、印半纏もシャツもきれいすぎる。汗の臭いもろくにしねえ。とぼけるのは止《や》めにしようや」

背後で足音がした。藤江が後から駆けつけてくる。

「永倉さん」

「戦いが続いているってのは本当らしいな」

やつの左腕が動いた。上体を反らせて、拳をかわしたが、永倉は頬に熱い痛みを感じた。手で頬をなでると、血が掌にべっとりとついた。印半纏の袖のあたりに隠し持っていたのか、やつの左拳の指と指の間には、小さな刃が突き出ている。

永倉を怯《ひる》ませると、男は再び駆け出した。拳を鳩尾に喰らっていながら、その足取りはしっかりしている。どうやら男は三味線を弾いていたらしい。

「ふざけた真似を」

永倉は拳銃を構えた。裸足で駆ける男に狙いを定めたが、藤江に肩を叩かれた。

「待ってください」

「ちくしょう」

永倉は拳銃を下ろした。周囲の家屋の窓には住人たちが貼《は》りついている。老人から子供まで、複数の視線が永倉たちに降り注いでいた。男の姿が闇に消える。

頬の傷からあふれた血液が、永倉の無精ヒゲを濡らし、顎からしたたり落ちた。染みだらけの兵隊服が、さらに赤く汚れていく。

藤江がハンカチを差し出す。

「さすがです。〝泥蜂《ニーフオン》〟は未だ健在といったところでしょうか」

永倉は、藤江をじっくり睨みつけ、それからハンカチを受け取った。井戸のポンプを漕《こ》いで手を洗い、ハンカチを濡らして傷口を拭《ぬぐ》った。

「とんでもない。本音ですよ。よく気づきましたね」

「嫌味な野郎だ」

「何者《なにもん》だ」

「さあ……なんでしょう」

藤江はわざとらしく首を傾《かし》げた。

「とぼけんな」

「追跡していただいたのはありがたいのですが、しょせん門外漢のあなたには関係ないことです」

「待てよ」

永倉は歯ぎしりをした。じつにくだらない挑発だが、藤江の頭に拳銃を突きつけざるを得ない。

「まさかあの野郎は、お前が仕込んだわけじゃないよな」

藤江は鼻を鳴らした。

「当たり前です。あんな出来の悪い工作、ぼくはしません。あの半端な変装も、ぼくの美学に反する」

「敵の目星はついているんだな」

「だったら、どうだと言うのです？」

永倉は奥歯を噛みしめた。それから言った。

「……一枚噛ませろ。あのふざけた野郎、とっ捕まえてやる」

4

永倉は左肩を動かした。棒で打たれた痛みは、だいぶ緩和されている。

どこの病院も薬さえない時代だが、藤江が連れてきた医者は、豊富に医療物資を抱えていた。アスピリンや湿布薬や消毒薬。ガーゼや包帯に油紙。頬の切り傷と肩の打撲の治療を受けた。

「で、あの野郎はなんだ」

隣の藤江がタバコに火をつけた。

「あの職人に化けた男ですか。そうですね……変装の技は甘いですが、体術にすぐれている。それに日本人。わかっているのはこんなところでしょうか」

「んなのは、おれだってわかる。もっとマシな――」

永倉はうめく。舌を噛んでしまった。

乗っている車の緩衝装置にガタが来ているらしい。荒れた道を通るたびに、座席は上下に大きく揺れた。車はとんでもないスピードで走り続けている。

二人が乗っているのはタクシーではない。CATの車輛《しやりよう》班とやらが用意した古いフォードだ。CATに関する情報も、永倉はまだ満足に聞かされてはいない。

治療を終えると、藤江は包帯まみれの永倉を外に連れ出した。車に乗せられてからも、職人に化けた男の正体はおろか、どこへ向かっているのかもわからない。日本橋から中山道をひたすら走り、どんどん東京から離れていく。

運転席にいるのはゴマ塩頭の初老の男だ。無愛想なやつで、ろくに挨拶《あいさつ》もしないまま、ハンドルを握っている。

藤江が言った。

「やつ自身の素性はわかりかねますが、どこの集団の者なのかは見当がついています」

「もったいつけるな」

藤江は上着の内ポケットから封筒を取り出した。永倉に渡す。中身を確かめると、二枚の写真が入っていた。

一枚は軍服姿の日本人だ。どこかの写真館で撮影したらしく、椅子に腰かけ、胸を張った姿勢で写っている。がっちりとした顎が特徴の若い男だ。軍人らしく唇をきりっと引き締めているが、温和な目の持ち主で、育ちのいい青年将校といった印象だ。

藤江が写真を指差した。

「あなたとそっくりな男ですよ」

「どこがだ」

貧しい百姓一家の次男坊である永倉とは、似ているところなどありそうにない。

「顔や格好じゃなくて心のほうです。戦争をいつまでも引きずっている。未来を見すえられない憐《あわ》れな男です」

永倉は口を曲げた。どこまでも嫌味な男だ。

「育ちのよさそうなご令息って感じだぜ。危険な臭いがしてこねえ」

「写真はもう何年も前のもので、面構えはもとより、今は心も境遇もまったく違います。大迫征司《おおさこせいじ》元少佐。東部軍の参謀部に所属していました。軍人一家の名門に生まれましたが、第十四方面軍の将官だった父親は、マニラでの軍事裁判で、〝マレーの虎《とら》〟と一緒に死刑判決を受けてましてね。ついこの前、銃殺されたそうです。二人の兄もそれぞれ北支とニューギニアで戦死。母親も、昨年腸チフスにかかって病死してます」

「へえ」

「宮城《きゅうじょう》事件、知っていますか？　終戦時に、将校たちが起こしたクーデター未遂事件です」

「宮中を占拠して、玉音放送を中止しようとしたというんだろう」

「宮城だけじゃありません。あのときは複数の事件が同時に発生しましてね。たとえば東京警備軍の警備隊長が、工業学校の純心な生徒たちを率いて、首相官邸や政治家の私邸に火を放ってます。大迫元少佐は、その襲撃事件を計画したひとりと言われています。もっとも、証拠不十分で釈放されましたが」

「戦争をまだまだ続行したかったんだろうが、あれから二年経《た》っても、その根性は未だに変わっちゃいないってことか？」

「できたばかりのＣＡＴですが、すでに広い情報網を築いています。偽情報もたまにまぎれこんできますけど。情報元は明らかにできませんが、この大迫を中心とした陸海軍の元将校らが、横須賀の闇ブローカーを通じて、銃器類を入手したという話でしてね」

「まさか占領軍相手に戦争しようってのか？」

「そこまで大がかりなものじゃありません。賛同しているメンバーは一小隊にも満たない。今さら玉砕を企てる人間なんて、軍人のなかにだって、そうはいませんからね。ただし大迫のような例外が、たまに発生するわけです」

「テロか」

「大迫はなかなかの戦術家でしてね。ちなみに反ユダヤ思想に凝り固まったナチス好きの天皇主義者でもあります。共産主義はもちろん、アメリカもイギリスも嫌っている。とくに新憲法を押しつけたGHQを激しく憎悪しています。政治家にでも転身して憲法改正論者にでもなればいいんですが、なにしろ議会政治すら信用していない。もう一枚の写真を見てください」

永倉はもう一枚の写真を見た。

こちらも鮮明な顔写真だった。面長で前頭部が禿《は》げ上がった西洋人が写っている。眉の太い端正な顔の男。こちらも軍服を着ているが、知的な雰囲気を漂わせていて、あまり軍人の匂いがしてこない。藤江が写真を指差した。

「大迫元少佐の攻撃目標です。チャールズ・L・ケーディス氏。この国の憲法草案を作った男ですよ。民政局《GS》という部署に属する高官で、ニューディーラーと呼ばれるGHQ左派の中心人物です。もとは弁護士からアメリカ財務省の役人になったんですが、第二次世界大戦を機に軍人へと転身。マッカーサーの側近で、我が国の占領政策に深く関わっています。とくに財閥や軍閥の解体、軍国主義思想の破壊に力を入れてましてね。労働組合の尻を叩いたり、今の社会党片山《かたやま》内閣を支持したりと、GHQ内部にも敵が多く、〝ピンカーズ〟などと陰口を叩かれています」

「ピンカーズ？」

「桃色みたいに、半ばアカに染まっているという意味ですよ。ＧＨＱも一枚岩じゃないんです」

「大迫のような男にとっちゃ、許しがたい米国人ってわけだな」

「しかもケーディスはユダヤ人です。大迫は、この国がユダヤに支配されるのを危惧《きぐ》しているんでしょう」

永倉は鼻をほじった。

「それでおれたちは、この大迫って野郎を邪魔するのか。それとも助太刀するのか」

「あれこれ質問してくるくせに、人の話をちゃんと聞いていなかったんですか？」

「からかってみただけだ。だいたい、この車がどこに向かって突っ走ってるのかもわからねえんだ。こんなバカな話があるかよ、ええ？」

永倉は足で運転席のシートを蹴とばした。運転手のゴマ塩頭が揺れる。

「黙ってねえで、名ぐらい名乗れ。口が利けねえのかよ」

ゴマ塩頭が振り返った。

運転手は藤江とは違い、獅子舞《ししまい》のお獅子様のような大づくりな顔だ。鼻と口がやけに大きく、前歯の何本かが欠けている。

「ぬったかつぞう」

「あん？」

「新田《ぬった》勝三《かつぞう》ど言います。口が利げねってわげでねえんだげんど、すんません。おら、東北《とうほぐ》の生まれなもんだがらって、訛りもきっついがらってよ、こっぢの人とはながなが話が通じねもんだがら」

運転手の新田は、恐縮したように何度も頭を下げた。自分のお国言葉が恥ずかしいのか、ぼそぼそと小さな声で言う。

ただし車の速度はまったく落とす気はなく、小石を撥《は》ね飛ばしつつ、猛然と中山道を駆け続けていた。

「わかった。わかったから、早く前を向いてくれ」

永倉は藤江に耳打ちする。

「どこで見つけてきたんだ。こんな純朴そうなお父《と》っつぁんをよ。いざドンパチとなったら、びっくらこいて車ごとトンズラしそうじゃねえか」

「あなたって人は。あやしい人物の変装を鮮やかに見破ったかと思えば。人は見かけで判断できないことは、嫌というほど知ってるでしょう。新田さんは山形の大地主のもとで、長年にわたって運転手をされていた方です。その運転技術は一流で、度胸だって据わってる。先日だって、若いＧＩと箱根の峠でレースをしましたけれどね、まったく連中を寄せつけなかった。同じ日本人として、胸のすく思いをしましたよ」

永倉は疑わしげな目を向けた。

「お前の言うことなんざ、なにひとつ信じられねえよ。緒方竹虎なんて名乗っていたが、本当はそこいらの詐欺師じゃねえのか？」

藤江はタバコの煙を盛大に吐いた。ぼそっとこぼす。

「今さらなにを。泣きべそかいてたくせに」

「こ、この野郎！」

永倉は藤江の首を絞める。藤江の首を揺すりながら訊く。

「桃色だか青色だか知らねえが、どうしてそんな毛唐を助けなきゃならねえ。さんざん理屈こねやがって。やっぱり米国人どもの犬になれってことじゃねえか」

「ちょ、ちょっと……苦しい。痛めつけたいのか、質問したいのか、どっちかにしてくださいよ」

永倉は手を放した。藤江が咳《せ》きこみながら言う。

「これはあくまで我が国の未来のためです。戦争は終わりました。今さら、そんな軍国主義の亡霊に暴れられるわけにはいかない。かりにケーディス氏が暗殺されれば、日本の主権回復は遅れに遅れるでしょう。占領がいたずらに長引くだけの話です。最悪の場合、それを口実に、アメリカは永久に統治し続けるかもしれない。東京裁判にも影響を与えるでしょうし、報復として多くの要人が処刑台に送られるでしょう。今の日本は、細いロープのうえで綱渡りをしているようなものなんですよ。暗殺なんかを許せば、我が国はさらに深い谷底に転げ落ちてしまうんです」

永倉はケーディスの写真を指で弾《はじ》いた。

「そんだけの大物なら、おれたちごときに出番があるとも思えねえがな。マシンガン持った屈強な護衛が、ずっとついているはずだろう。GIどもがすぐに蜂の巣にしてくれるだろうさ」

「言ったでしょう。大迫は戦術家だと。それに、あの戦争で家族をすべて失っています。蜂の巣にされるのを覚悟で、ケーディスを道連れにするつもりです」

永倉もつられて車窓に目をやった。

自動車は利根川支流の橋へと入っている。雄大な川の流れが覗《のぞ》け、冷たい風が車内の温度を下げる。冬の北関東らしい寒々しい光景だった。この調子で中山道を突っ走れば、やがて佐久地方へといたる峠道が待ち受けているはずだ。

「この車はどこに向かってる。いいかげんに吐けよ」

「行先は軽井沢です。時期外れの避暑地で遊ぼうという趣向でしてね。ああ、そうそう。峠は雪に覆われているようなので、あとでタイヤに鎖を巻くのを手伝ってください」

「ケーディスか」

「ここ数日、冬期休暇を取った彼は、軽井沢の山荘に滞在しています」

軽井沢は、明治の時代に外国人宣教師が別荘を作ったのをきっかけに、避暑地として発展していった土地だ。洋式のホテルがいくつも建ち、外国人には人気がある。それに合わせて多くの財界人や文化人も訪れるようになった。広大なゴルフ場やテニスコートといった欧米流の運動場が作られた。

戦争中は、外国人が日本を離れたために、だいぶ寂れていったらしいが、終戦後は鉄道会社が資本を投じて開発に乗り出すなど、再び外国人の憩いの場として、息を吹き返そうとしている。

「なんだってこのクソ寒い時期に、高原なんかに行きたがる。アメリカにはそんな風習でもあるのか?」

藤江は制服の襟を合わせた。山道に入ったようで、車内の気温も急激に下がっている。

「軽井沢には鳥尾小弥太《とりおこやた》子爵の別荘がありましてね。今は、孫の敬光《のりみつ》氏が所有しているわけですが」

「誰だって?」

「憲兵学校かどこかで習ったでしょう。鳥尾小弥太中将ですよ。明治の陸軍四将軍と呼ばれた。山《やま》県有朋《がたありとも》と対立した長州閥の軍人ですよ」

「んなことは知ってる。その子爵の孫とケーディスが、どう関係してるんだって訊いてんだ」

「孫の敬光氏は、お堅い国粋主義者だったお爺様《じいさま》と違って、車いじりが好きな洒落《しゃれ》たお人でしてね。その趣味が高じて自動車工場を経営してらっしゃるんですが、こういう時代ですから、今は金策のために飛び回っていて、なかなか家にも帰れない日々が続いているんです」

新田が後ろを振り返った。

「敬光様があ。いや、懐かすいなや。若えころから車がお好きな人でねっす。たすかにあちこちでよぐレースしたもんだべ。おらの主《あるじ》も車がお好きな人だったもんだがら、よぐ一緒にドライブしたずねえ」

新田は懐かしそうに遠い目をした。永倉はあわてて手足をバタつかせる。

「昔話はあとでゆっくり聞くから、頼むから前を向いてくれよ」

「大丈夫だあ。このあだりもよく来ただがら、道はわがってますがら」

「そういう問題じゃねえ」

運転席にいる朴訥《ぼくとつ》そうな初老の男は、ろくに前も見ずに、すいすいと速度を維持したまま、カーブだらけの山道を走り続けている。その手腕は見事だが、心臓にはよくない。藤江は慣れているのか、にこにこしながら、新田の思い出話に耳を傾けている。

「日本自動車があった赤坂にも、よく行ったもんだずね。おらの主が、経営者の大倉《おおくら》男爵様と交流があったもんだがら、上京するどきはまずそごさ寄って、自動車談義に花を咲かせてらっしゃったねっす。たしか当時は敬光様が、そごの工場長をしてでよっす」

永倉はシートにしがみついた。

藤江が姿を現してから、なにやら夢でも見ている気分だ。じつはマーケットで隆興公司の連中にやられて意識を失い、本当は池袋の道端で転がっているのではないか。あるいは藤江を含めた全員がペテン師で、自分を嵌《は》めて引っかけようとしているのではないか。ヤクザの用心棒でしかない永倉を、ペテンにかける理由は見つけられないが、多くの人間の恨みは買っている。

藤江が永倉に言った。

「その後、敬光氏は自分の工場を経営しているんですが、件《くだん》の事情があって、家を留守にしがち。美しい夫人にまでは気が回らない状況にあるわけです」

永倉は目を細めた。

「なるほど。アメリカの軍人弁護士さんは、極東の島国のレディと、休暇を楽しんでいるわけか。火遊びをするには、ちょっと寒すぎる場所だがな」

「敬光氏の奥方の鶴代《つるよ》夫人は、三十五歳の女盛り。銀座の洋装店を営んでいる経営者でもあります。ケーディス大佐もアメリカ本国に妻子がいるわけですが、国境を越えて、そのような仲になったというわけです」

「占領地の軍人が、現地で情婦《おんな》を抱えてても、べつに不思議じゃねえけどよ」

永倉は自分の香港時代を思い出した。娼館には人並みに出入りしたが、故郷の山梨に婚約者がいたため、特定の女を持ったりはしなかった。将校のなかには、熱心に何人もの愛人を抱えているものもいた。

あの時代、八路軍系の諜報員は好んで女を武器に使った。将校の情婦から軍の機密情報が漏れるという恥ずべき事態が、香港に限らず、あちこちの占領地で発生したものだ。軍隊内の秩序を守る憲兵という軍務についている以上、永倉は現地の女と深くつきあうのを避けていた。

碓氷峠《うすい》はうっすらと雪化粧していた。自動車のライトに照らされた雪が、闇夜のなかで白く輝いている。新田は車を路肩に寄せると、車をさっさと降りた。トランクから鎖を取り出す。

三人は手袋をすると、タイヤに鎖をつける作業に取りかかった。冬の高地特有の張りつめた冷気が襲いかかる。耳や指先が痛む。

藤江が永倉に軍用の防寒コートを渡す。永倉はそれを急いで着こんだ。

「その夫人は賢いな。相手は憲法までいじくった男だ。この国の首相よりも力を持っているんだろう。旦那《だんな》は金策にあくせくしている。これ以上にない強力な武器を得たってことか。それにしても、子爵夫人が愛人稼業とはな」

「頼りになる男性に、女性が惹かれるのは自然なことでしょう。昨年、ある日本の政治家が、大がかりなパーティを催しましてね。GHQ高官の家族と、日本の財界人や華族たちによる親睦会です。むろん、相手は国土や民を焼き払った敵国の輩。はらわた煮えくり返る思いで参加した日本人も多かったようですが、夫人はケーディス氏を魅了することに成功したようです」

「夫人はスパイなのか」

「さあ、どうでしょうね」

藤江は意味ありげな笑みを浮かべた。気がつくと、四本すべてのタイヤに鎖が巻かれていた。永倉と藤江が二人がかりで、一本の後輪タイヤと格闘している間に、新田は他の三本のタイヤに鎖を巻き終えていた。

永倉が目を丸くすると、新田は照れたようにうつむいた。

「雪国生まれだから、慣れでっぺ」

藤江はシガレットケースを新田に差し出した。新田はありがたそうに洋モクを一本受け取ると、欠けた前歯のところにタバコをはめた。藤江はライターで火をつけてやる。

「おかげで凍えずに済みましたよ。新田さん、もうひと頑張り頼みます。急ぎましょう」

「わがりやした」

新田は運転席へと駆け戻り、藤江は永倉の背を押して、後部座席に押しこんだ。タイヤに鎖を巻いたとはいえ、曲がりくねった雪の山道を突っ走るかと思うと、気分が沈んでいく。

予想通り、新田はエンジンを快調に吹かした。派手に鎖の音を鳴らしながら、狭い山道を突き進む。タバコを盛大に吹かしながら、前のめりで運転する新田はまるで蒸気機関車だ。

永倉は、窓から崖《がけ》を見下ろしながら尋ねた。

「そんなに急ぐなよ。一歩まちがえれば、おれたちがお陀仏《だぶつ》になっちまうんだぞ」

「何度も言わせないでください。人手も時間もないんです。ぼくらは後手に回っているんですよ。大迫は、ケーディス氏と鳥尾夫人の不倫関係を知っています。軽井沢にいることもね」

「なんだと?」

「我々にこの情報を寄こしてくれたのは、ある雑誌記者でしてね。記者といっても、俗悪なカストリ誌で食っているゴロツキです。恐喝のネタを探して日々の糧を得ているようなやつで、GHQ高官と華族夫人の情事という大ネタをつかんだまではよかったんですが、記事にはできないし、脅そうにも相手は大物すぎる。そこで有力な情報の買い手を見つけた。我々と、それに――」

「大迫たちってことか」

藤江がうなずいた。

「ゴロツキ記者がネタを売ったのは、横浜の老舗《しにせ》の政治結社です。GHQによって、解散させられましたがね。その政治結社の総師と、大迫に武器を売ったブローカーというのが、中学時代の同級生で、今でも交流があるというわけです。大迫がこの機を見逃すとは思えません」

「参謀部の人間でなくとも、そう考えるだろうよ」

「そうでしょう、そうでしょう」

藤江は大げさな仕草で首を縦に振った。頭の鈍い生徒に、ようやく理解してもらえた教師みたいな顔つきだ。もう一度、首を絞めてやりたかった。

「しかもお互いに配偶者がいるわけですから、生真面目《きまじめ》なマッカーサーが問題視するかもしれない。それゆえ、たいして護衛もつけていないはずです。ほとんど裸で過ごしていることでしょう。文字通りの意味でもありますが」

「苦々しい。お前の冗談も状況も」

碓氷峠を越えて国道を走った。

信越本線と並行して走る国道を進む。やがて道は平坦になり、不思議な形の街が姿を現す。北側には数万平方メートルにもなるという旧ゴルフ場があった。戦中時に閉鎖され、今はGHQに接収され、訓練場になってしまったらしい。木造の洋風建築のニューグランドロッジも見えるが、夏場だけの経営らしく、冬の今はひっそりと静まり返っている。

軽井沢駅前には、パン屋や喫茶店といった店舗が軒を連ねている。遠くには雪に覆われた洒落た洋館や教会が見えた。資産家の所有物らしいヨーロッパ風の山荘を見かける。

どの店の看板も英語が併記されており、ホテルやゴルフ場は大方ＧＨＱに接収されている。こんな山のなかで、東京と変わらぬ占領の実態を見せつけられるとは思わなかった。

夏場は外国人であふれ返るのだろうが、どこも休業中で敷地に自動車はなく、建物も灯りひとつ点《つ》いていない。多くの別荘の敷地も、雪が積もったきりで人の足跡すらない。

「たしか、こっぢだったなや」

新田は呟くと、軽井沢の雪道を迷わず進んだ。

鳥尾子爵とカーレースをしたという話は、あながちホラではないのかもしれない。軽井沢の集落に入ってからは、鎖の音を消すために、車のスピードを極端に落としている。

ある西洋風の建物の前を過ぎ、五十メートルほど進んだところで車を停めた。新田は山荘を見やった。

「あそごだべっす」

それほど大きくもない古びた山荘。だが、建物の前には豪奢《ごうしゃ》なリムジンが停まっていた。屋根には雪が積もっている。山荘の玄関の周辺は、シャベルで掻《か》いた形跡があり、建物に灯りはないものの、人が暮らしているとわかった。リムジンの存在は大きく、それだけで山荘自体に華やいだ印象を与えている。

「あちらに行きましょう」

藤江が鳥尾家の隣の山荘を指さした。

新田が車を侵入させ、隣の敷地に勝手に停めた。そこの玄関も雪で埋まっている。鳥尾家の山荘と広さも造りも似たようなものだったが、人気はなかった。魂を失った抜け殻みたいだ。

監視するには恰好の場所だが。永倉は息をついた。疲労がずっしりと肩と背中にのしかかる。東の空がいつの間にか明るくなっていた。

「やれやれ。やっと着きやがったか」

「油断できません。もうすでに大迫たちが来ているかもしれない」

永倉は舌打ちした。

「ハエみたいにうるせえ野郎だ」

「お互いさまですよ」

二人は静かに車を降りた。藤江が双眼鏡を永倉に渡した。それを使って鳥尾家の山荘を見る。山荘の敷地は、玄関の周囲以外は新雪が降り積もっている。かりに誰かが襲ってきたとしたら、無数の足跡がついているはずだ。

「間に合ったらしいな」

「飛ばした甲斐《かい》がありました。さて、準備に取りかかりましょう」

「あん?」

「玉砕覚悟の軍人相手に、コルト一丁で挑むつもりですか?　これから我々が相手にするのは、闇市の愚連隊なんかじゃないのをお忘れなく」

藤江は車のトランクを開けた。なかには荷物がぎっしりと積まれてあった。

5

朝日が顔を出し、軽井沢の雪を輝かせている。

ときおり、新聞配達の子供や牛乳配達の人力車が、道を通りかかったが、永倉らの車を見とがめる者はなかった。

永倉たちは鳥尾家の山荘を監視し続けた。双眼鏡を通して、道や森にも気を配った。照空灯のように目を動かすが、しんと静寂があたりを包んでいる。

だが、退屈ではなかった。疲労感と眠気が薄れていく。神経がやけに昂《たか》ぶっていた。のんびりとした高原の光景とは対照的に、身が引き締まるような緊張が身体を支配していた。

それが心地よくもあり、何度か陰茎が固くなるのを抑えられなかった。目ざとい藤江に気づかれないように、何度か脚を組みかえ、ズボンの位置を直した。アメリカ人将校と華族夫人の情事が、頭のなかで何度もちらつく。そんな妄想が浮かぶこと自体、久しぶりだった。

戦争に敗れてからは、支那人による憲兵狩りから逃れるのに必死だった。故郷にたどりつけば、婚約者一族に裏切られ、永倉の一家は村で肩身の狭い思いをさせられていた。女の肌を恋しがる余裕はなかった。ヤクザから得た用心棒代で、特飲街の女を何度か買った。まともに勃起《ぼっき》すらしなかった。股間が屹立《きつりつ》していく感覚。それ自体が懐かしかった。

やがて鳥尾家の山荘にも動きが現れた。寝室と思《おぼ》しき二階の部屋の窓に灯りがともった。双眼鏡で覗く。しばらくして、一階に人影が見え始める。窓のカーテンが開けられる。

ふくよかな顔立ちの女が目に入る。日本人にしては背が高い。寝間着姿を想像していたが、暖かそうな赤いセーターにスカートという洒落た洋装姿だ。さすがに店を経営するだけあって、西洋風の格好が板についている。パーマをかけた短めの頭髪を整え、控えめだが化粧を施していた。

そしてその横には、さらに長身の西洋人の男性。ケーディスと思われる男も、すでに背広を身につけていた。部屋は暖炉で暖められているらしく、ふたりともくつろいだ姿勢を取っている。彼の手にはコーヒーカップがあった。

「どうやら、どこかへお出かけのようだぜ」

藤江はタバコをくゆらせていた。

「近くのホテルで朝食を摂りにいくのでしょう」

「のんきなもんだな。お命を頂きたいと企《たくら》む輩がいるってのに」

「〝知らぬは亭主ばかりなり〟って諺《ことわざ》がありますが、この場合はなんといえばいいのか——」

「ちょっと待て」

永倉は双眼鏡を道路へ向けた。車のエンジン音が遠くから聞こえてくる。うつらうつらと舟をこいでいた新田が、目を覚まして口のヨダレをふく。

「ん、こいづはジープの音だべ」

たしかに見えるのは、ホロのついた深緑色の軍用ジープだ。永倉は目をこらす。顔はよく見えないが、運転手は米軍のヘルメットを目深にかぶり、カーキ色の軍用コートを着ている。助手席にも同様に、ヘルメットをかぶった男が座っていた。

「ちゃんと護衛がいるんじゃねえか」

拍子抜けしたように、永倉は藤江に双眼鏡を渡した。彼はあわててタバコを灰皿に押しこんで、双眼鏡に自分の目を押しつけた。

「たしかに……そのようですね」

「さんざん脅しやがって。出番なんかありゃしねえじゃ――」

言いかけてから、永倉は藤江から双眼鏡を引ったくった。もう一度、双眼鏡を覗く。

ジープは山荘の敷地の入口で停まった。そこには、大きな鉄柵《てっさく》の門扉が設置されている。ヘルメットをかぶった運転手が車から降り、留め金を外して門扉を開ける。

永倉は山荘に目を移した。窓辺にはケーディスの姿。彼は、けげんそうに表情を曇らせている。

「まずいぞ、やつらだ」

「なんですって?」

永倉は自動車のドアから転がり出ると、トランクを開けて武器をつかんだ。

米軍の主力ライフルであるM1ガーランド。すべて藤江が調達した武器だ。初めて手にする小銃だったが、操作方法は藤江からたっぷり聞かされた。ジープへと走る。

運転手が門扉を開けると同時に、ジープに乗っていた男たちが一斉に降り立った。藤江と同じく、米兵に化けている。MPのヘルメットと腕章をつけているが、わずかに覗く黒い髪と短い身長で日本人とわかる。なによりもケーディスが見せた表情が、闖入者《ちんにゅうしゃ》であると知らせていた。

そもそも連中が持っている火器はなじみ深いものだった。帝国陸軍の主力武器の九九式短小銃――天皇陛下が赤子《せきし》に貸し与えたものだ。ジープから降りたのは五人。全員が小銃を抱え、ケーディスがいる山荘へと駆けていく。

門扉を開けた運転手が、永倉の存在に気づいた。双眼鏡で見たときは気づかなかったが、緒方邸を見張っていたあの男だとわかる。

そいつが、顔を強張《こわば》らせながら小銃を構えた。永倉に驚いているのか、姿勢が充分ではない。発砲してきたが、腰を低くかがめて弾をやりすごす。

男がボルトを引いた。次の弾を薬室に送るために。永倉はその隙を逃さない。引き金を三回引いた。半自動式のライフルから三発の弾が発射され、そのうちの二発が男の胸と腹を貫いた。血煙があがり、周囲の雪を赤く汚し、男は崩れ落ちた。

永倉は唇を噛んだ。日本製の小銃を持った相手を撃つことになるとは。しかもアメリカの銃で。だが、立ち止まっている暇はない。

侵入した大迫ら四人が、小銃を山荘の窓に向けていた。四人は次々に撃った。大口径の弾丸が、ガラス窓を窓枠ごと吹き飛ばす。

山荘の敷地に入った永倉は、雪のうえで膝立ちになった。四人の襲撃者たちの背中に狙いを定めた。ボルトを引いている男たちに、何度も撃った。M1ガーランドは連射が可能だ。弾倉に入っていた五つの弾を吐き出した。ひとりの男の胸と脚が弾け、飛散した血で姿が見えなくなった。残り三人。

山荘を撃っていた三人が振り返り、一斉に永倉に狙いをつけた。

だがその瞬間、遠い位置から尾を引くような重い発砲音がした。三人のうちのひとりが、銃を放《ほう》り出して喉を押さえた。苦しげに舌を出し、喉から血を噴き出させながら倒れた。新田が撃った狙《そ》撃《げき》ライフルの弾丸に貫かれたのだろう。

藤江が新田に渡したのは、スプリングフィールドM1903という狙撃銃だ。新田は優秀な運転手であり、東北の山々でウサギやハトを獲《と》る猟師でもあった。新田は隣の山荘の屋根にいる。残りふたり。永倉は弾切れのライフルを捨てた。腹に差していた拳銃を手に、ふたりへと距離をつめる。襲撃者らは混乱していた。永倉だけでなく、見えない狙撃手の存在に戸惑っている。ライフルの銃口がさまよう。その間、ひとりに照準を合わせ、コルトを三度撃った。すべての銃弾が、襲撃者の下腹に当たるのがわかった。発砲の連続で耳鳴りがひどかったが、身体を丸めて倒れる襲撃者の悲鳴が耳に届いた。

残りひとり。大迫らしき男にコルトを突きつける。やつは永倉に九九式短小銃を向けた。実物の大迫は、写真とだいぶ異なる。

人相を見極めるのが得意な永倉でも、戸惑いは隠せない。骸骨《がいこつ》のように痩せ、何本も奥歯が抜けたのか、がっしりとしていたはずの顎が細くなっている。目が落ちくぼみ、肌は荒れている。ヒロポン中毒の典型だ。育ちのいい陸軍将校の品のよさはどこにもない。

血走った目で、大迫は永倉を睨む。黒いライフルの銃口が見える。大迫は息を弾ませている。

「何者だ。貴様も軍人だろうに。エサ欲しさに、占領軍の犬になったたか」

ひどいダミ声だが、意外にも大迫の口調は静かだった。

「ここで議論をやらかすつもりはねえ。とっとと銃を捨てな。わかっているのは、お前の襲撃が失敗したってことだ」

北風が吹きつけ、新雪を舞い上げる。大迫の姿がわずかに白く濁った。やつはライフルを放そうとしない。

永倉は両手に神経を集中させた。相手がヒロポンを使っているのなら、痛覚が麻痺《まひ》している場合もある。一発で急所を撃たなければならない。

「投降しろ。今さら玉砕なんて流行らねえぞ」

それは命令であり、願いでもあった。瞬間的に思う。大迫は永倉と同じだ。終戦とともに、生きる意義を見失った亡霊。姿こそ違うが、鏡を見ているようだ。

「聖戦は終わっていない。誰が何と言おうと」

大迫は笑う。だが、その目は永倉を見てはいなかった。そして続けた。「おれには見える。醜く堕《お》ちていくこの国の姿が。道端でまぐわう野犬のように、ただ、だらしなく荒廃していく将来が」

「聞こえねえのか。捨てろと言ってんだ」

大迫は笑みを消した。

「貴様はなんのために戦う。なぜだ」

ふいの問いが、わずかに永倉の動きを鈍らせる。大迫は永倉に背を向け、ライフルの狙いを山荘へと変える。

発砲音がした。大迫の背中が弾ける。やつのライフルの銃口が逸《そ》れ、銃弾は空に向かって放たれる。大迫は背をのけ反らせ、雪のなかに倒れた。軍服や雪が赤く染まる。新田のライフルによるものだ。

思わず永倉は駆け寄った。新田の腕は正確だった。大迫の胸の中央を撃ち抜いている。血が次々にあふれる。

大迫は血で汚れた口を動かした。うわ言のように呟く。

「……すべて、滅んでしまえばよかったのだ……なにもかも。宮城も。もはや穢《けが》れることはない……」

永倉は大迫の手を握った。やつの呟きは、永倉の心を表していた。徹底的に壊されてしまえばいい。呪《のろ》いと破壊に取りつかれている。

「隙がありましたよ。あやうく、やられるところだった」

タバコの煙が鼻に届いた。背後にはタバコをくわえた藤江が立っている。永倉は大迫のかさついた手を放す。

周囲を見渡す。新雪で覆われた山荘の敷地が一転し、男たちの死体と赤い血で染まっている。多くの足跡で雪原は荒れ、そして山荘にはいくつもの弾痕《だんこん》ができた。窓ガラスは飛散し、嵐《あらし》に遭遇したような惨状だ。

その状況でも、藤江の態度は冷静なままだった。山荘の壊れた窓に近づき、英語で告げる。

「ミスター・ケーディス！　ご無事ですか！　ご安心ください！　襲撃者をすべて片づけました」

返事はない。永倉がそっと窓から覗くと、居間の隅に男の背中があった。夫人をかばうように抱きしめながら、床に身を伏せていた。藤江がさらに言う。

「ミスター。おケガはありませんか？」

ようやくケーディスは身を起こした。青ざめた顔で、夫人の身体に触れながら、彼女に具合を尋ねている。藤江らに返事をしたのは、それを終えてからだった。

「寒くてすみませんが、ちょっと外で待っていてください。やつらの援軍が来ないともかぎらない」

藤江は永倉に言って窓から侵入した。警戒するケーディスに、藤江は両手を広げて、丸腰であるのを示しながら、笑顔で近づいた。

ケーディスは身構えながら尋ねた。

「き、君らは？」

藤江とケーディスのやり取りは簡潔だった。

お互いに立ったまま、英語で会話をしている。香港では英語が公用語ではあったが、永倉はあまり得意ではない。お互いに早口で話し合うため、内容はよく聞き取れなかった。ただふたりとも、訛りのないきれいな英語を操っているのだけはわかった。

話し終えると、藤江はケーディスに軽く一礼する。しかしふたりが握手を交わすことはない。ケーディスは、むしろ去っていく藤江の背中を、苦々しく睨んでいた。

藤江は永倉の腰を叩いた。

「帰りましょうか」

「なんの話をしていた。こっちは命の恩人だってのに、ケーディス氏はご立腹のようだぞ」

「短い挨拶を交わしただけなんですがね。子爵夫人が、ご無事でなによりでしたと言っただけです」

永倉はため息をついた。

「脅しじゃねえか。ゴロツキと変わりねえだろう」

「言葉が悪いなあ。戦勝国とまともにおつきあいしていくための、大きな一歩と言っていただきたいですね。うまく撮れましたか？」

いつの間にか、新田が藤江のそばに近づいていた。両手にはライフルではなく、ライカの小型カメラを手にしている。

「問題ねっす。バッツリだべ」

火薬の臭いをさせた新田を、永倉はじっと凝視した。朴訥そうな田舎者に見えるが、藤江同様に油断ならない老人だ。ケーディスと鳥尾夫人を撮影したのだろう。

敷地には、大迫たちのジープと死体が残されていた。

「こいつらはどうする」

「ケーディス氏がどうにかするでしょう。意地でもね」

永倉は死んだ男たちを見下ろした。

藤江が声をかけなければ、自分もこのように骸《むくろ》をさらしていただろう。マーケットや汚れた酒場で、もしくは大迫のような亡霊とつるんでいたかもしれない。

「永倉さん」

藤江は、大迫のライフルを拾い上げると、狙いを永倉に定めた。永倉は顔をしかめる。

「なんのつもりだ」

藤江は微笑んだ。

「未だに迷ってらっしゃるようだ。さっきのように隙を作ってしまったら、この組織では働けない」

永倉は雪原に唾を吐く。

「誘っておいて、使い捨てるつもりか」

「そうするには、ちょうどいい場所です」

「お前の冗談はやっぱり笑えねえ。その銃、排莢《はいきょう》がなってねえぞ。どうやって撃つんだ」

藤江は満足げにうなずいた。ライフルを捨てる。どうやら正解を得られたようだ。

「まああってところでしょうか。合格です。ＣＡＴへようこそ。ぼくら、いいコンビになるかもしれません」

「誰がお前なんかと。蠍《さそり》みてえな野郎だ」

「蜂と蠍。お似合いじゃありませんか。どちらも鋭い針を持っている」

藤江の言葉が、永倉の心を揺らした。胸のうちにわだかまる暗い破壊衝動が消えたとは思えない。命を張るほどの価値が、ＣＡＴとやらにあるのかもわからない。

永倉は鼻を鳴らした。香港時代のときと似たような昂揚があったのは確かだ。昂ぶりの正体を知るまで、つきあうのもわるくない。心のなかで呟きながら、永倉たちは山荘を後にした。

第二章

竜は威徳をもって百獣を伏す

All Beasts Submit to the Virtuous Dragon.

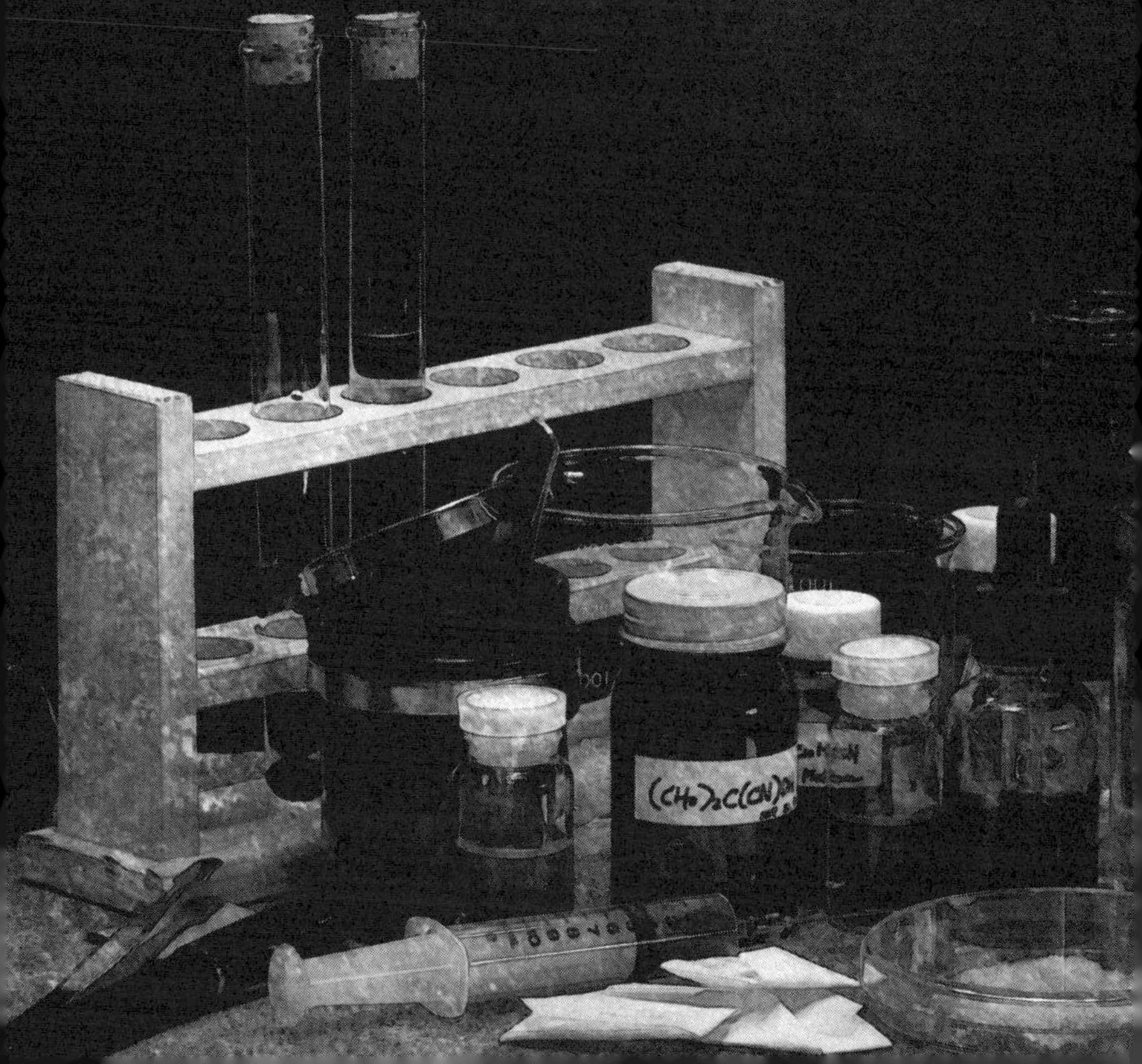

昭和22年秋

藤江忠吾は後悔していた。

都電の混雑ぶりがあまりにひどく、電車がカーブに差しかかるたび、荷物を抱えた人の波に襲われた。隣に立つおばさんの抱えた風呂敷《ふろしき》が、さっきから藤江の肩や腕にぶつかっていた。風呂敷には固い干物でも入っているのか、衝突するたびに、棒切れで小突かれているような痛みが走る。風呂敷から漂う干物のアンモニア臭にも閉口させられる。

ただでさえ、乗っている電車はヤミの物資を抱えた人々で寿司《すし》詰《づ》め状態にあり、乗降口の手すりにしがみついている者もいた。汗と垢《あか》にまみれた人間たちの、つんと来るような体臭が鼻に届く。

敗戦後の交通状況を甘く見ていた。〝彼ら〟はジープで送ると言ってくれたが、藤江はそれを断った。

自分の足と目で、まずは帝都東京を確かめたい。そう意気込んで日比谷から九番系統に乗りこんだものの、赤坂を過ぎたあたりで気分が悪くなった。

窓からかろうじて見える風景に戦慄《せんりつ》した。ここは本当に東京なのだろうか。ときおり目まいを覚えた。終戦から二年が経《た》つというのに、目の前に広がるのは茫漠《ぼうばく》たる焼け野原、瓦礫《がれき》と化したビルや家々だ。

有楽町駅近くの東京都庁、震災をも乗り切った法務省、海軍省……あらゆる日本の中枢が崩壊し、日枝《ひえ》神社や善福寺といった官幣大社や古刹《こさつ》までもが焼失していた。

残存している建築物はのきなみGHQに接収されていた。二・二六事件の舞台ともなった山王ホテルは、米軍関係者の住居となっていた。三宅坂の陸軍施設は、かまぼこ状の形をした占領軍用の住宅地区に変貌《へんぼう》しており、赤坂見附《あかさかみつけ》近くにも真新しい洋風の家々が立ち並んでいる。それぞれパレス・ハイツ、ジェファーソン・ハイツというらしい。

対照的に日本人の住処《すみか》は粗末だった。吹けば飛ぶようなバラック小屋が軒を連ね、栄養不足で痩《や》せ細った人々が、少しでも食料を得ようと野原を耕している。まっ黒に焼け焦げて半壊したビルでは、復員兵らがドラム缶で薪《たきぎ》を燃やし、暖を取っている。

マッカーサーが「日本は四等国に転落した」と述べたらしいが、たしかに意匠をこらした建築物も文化財も、のべつまくなしに破壊された帝都は原始時代にまで戻ったかのようだ。

「痛っ」

青山一丁目から南青山へと差しかかるカーブで、今度は風呂敷が後頭部にぶつかった。

かぶっていたハロー帽がずれる。おばさんは悪びれることなく、藤江から顔をそむけていた。彼のうめき声は周囲の人々に聞こえたはずだが、反応をする者は誰もいず、じっと窮屈さに耐えぬいている。

むしろ、無数の視線が突き刺さった。裏切り者の日系野郎め——物騒な気配が充満している。混雑にまぎれて、ブスッと刺されないだけマシといえた。のこのこ戦勝国側の軍服なんかで、都電に乗った自分が悪かったのだ。アタッシュケースを抱える。

戦時には、日本の陸海軍はもちろん、敵側の国民党軍、八路軍《はちろ》の軍服にも袖《そで》を通してきた。しかし、まさか終戦を迎えてからも、敵軍に化ける羽目になるとは思っていなかった。

しかも今度は戦勝国の進駐軍。ゴワゴワとしたカーキ色の生地が、藤江の身体《からだ》を包みこんでいた。貸与されたばかりの制服も帽子も、まだ身体になじんでいない。

青山の風景が目に飛びこむ。敗戦の年の五月に、集中的に爆撃を浴びたらしく、建物の損壊はもちろんのこと、人間は通常の焼死体ではなく、蠟《ろう》のように溶けた状態で発見されたという。人間の焦げた脂がコンクリートに黒くへばりついている。そんな噂《うわさ》を裏づけるように、残骸《ざんがい》の壁も土も他の土地より黒ずんで見える。まるで溶岩が固まったような有様だった。かつてはあちこちに林が点在していた地域だが、木は一本も残ってはいない。

遠くに代々木の風景が目に入った。かつて広大な練兵場があった場所だが、やはり米軍によって接収され、ワシントン・ハイツと呼ばれる住宅地帯に生まれ変わっていた。

藤江はため息をついた。焼け野原の先に、おぼろげながら富士山が見えた。やはり、ここが東京なのだ。

東京には五年ぶりに戻ってきたが、台湾から引き揚げたばかりの彼には、にわかに信じられなかった。

渋谷駅前の停車場で降りた。渋谷らしいゆるやかな丘が目に入るが、かつての面影はどこにも見当たらない。

渋谷駅周辺はごった返していた。渋谷駅から道玄坂《どうげんざか》のあたりまで、闇市《やみいち》の屋台や露店が無秩序に並んでいる。野菜売りやうどん屋、路上で万年筆を売る者もいる。

白衣を着た傷痍軍人《しょういぐんじん》たちが募金箱を抱え、アコーディオンの演奏に合わせて、『美《うるわ》しき天然』をへたくそなコーラスで披露していた。その横では、派手な化粧をしたパンパン娼婦《しょうふ》が、GIと腕を組んではしゃいでいる。

中国大陸でも、上海《シャンハイ》や香港といった魔都に滞在していたが、それとは別種の混沌《こんとん》がここにはあった。新宿や新橋にはさらに大きなマーケットがあるというが、この渋谷だけでも目を見張る欲望の力がみなぎっている。周囲が徹底して破壊されているだけに、その喧騒《けんそう》が際立って見える。

東京の土地には詳しかったはずだが、目印になるビルも神社も破壊され、自分がどこにいるのかを忘れそうになる。目的地はもう近いはずだ。

――ひとりで行くのかね。単独でうろつくには危険な場所だ。

緒方竹虎が言ったものだった。

闇市がある場所はどこも荒っぽい土地だろう。聞けばマーケットを仕切るヤクザだけでなく、ケンカっ早い愚連隊《グレン》や不良学生、銃器で武装した台湾人がしょっちゅう衝突しているという。

たしかにクジャクのようなシャツにサングラスをかけた愚連隊、目つきのよくない半纏《はんてん》姿のヤクザたちがうろついていた。藤江にも理解できない閩南語《びんなんご》が飛び交っている。

危ないのは充分承知している。占領軍の制服を着ているため、手こそ出されないが、行き交う人々は暗い目つきで藤江を見やる。汚い詰襟《つめえり》を着た不良学生に睨《にら》みつけられる。

藤江はそれらを無視して、恵比寿《えびす》方面へと歩いた。渋谷警察署のある並木橋を目指す。あたりは危険な気配がするものの、露店から漂う醤油《しょうゆ》やカツオだしのかぐわしい香りが鼻に届き、ようやく内地に戻ったのだという実感が徐々に湧《わ》いた。

台湾から引揚船で戻り、鹿児島港に着くなりＭＰに囲まれ、あれよあれよという間に、東京へと連行された。製糖工場の技官を示す偽造身分証を持っていたのだが、ＧＨＱ相手には通用しなかった。

監獄にぶちこまれるものと覚悟を決めていた。だが、彼が連れていかれた場所は予想と異なっていた。

日本の地を久々に踏んだばかり。まだ右も左もわからないというのに、藤江はやっかいな任務を押しつけられたのだった。

戦争はとうに終わったはずだというのに。

1

「わっ」

藤江は思わず飛びのいた。三日前のことである。

足元の地面が破裂した。銃弾がめりこみ、コンクリートが飛散する。

大男のアメリカ人将校が拳銃《けんじゅう》を発砲したのだった。手にしているコルト・ガバメントの銃口から白煙があがる。もともと赤鬼のような顔をしていたが、苛立《いらだ》ちでさらに顔をまっ赤にさせている。

藤江は、鼻血を袖で拭《ふ》きながら英語で抗議した。

「あ、危ないでしょう。無抵抗の民間人に向かって。それが正義と民主主義を広めにやって来た軍人のやることとですか」

「ふざけた口ばかり利きやがって。このクソジャップ。頭に弾をぶちこまれてえのか」

コルト・ガバメントが火を噴いた。

弾は藤江の横をかすめ、ビルの壁に当たった。セメントの欠片《かけら》が頰《ほお》や頭にぶつかる。

このテキサス訛《なま》りの情報将校は、なにかというとすぐにピストルを持ち出す。場所をわきまえずに発射した。射撃の名人ではあるようで、脅しとわかっていても、この将校はアルコールの臭いをぷんぷんさせている。いつ手元が狂ってもおかしくない。

鹿児島港で逮捕された彼は、どこかの収容所や拘置所ではなく、東京駅近くの日本郵船ビルに連行された。丸の内を代表する七階建ての壮麗な建築物だが、マッカーサーがいる第一生命館と同じく、GHQによってまるごと接収されていた。のちに情報部の本部として活用されるのを知った。

そこで、連日のように取り調べを受けた。相手は対敵諜報局《CIC》というセクション。まさに藤江のようなスパイと戦うのを目的とした防諜《ぼうちょう》部隊だ。

彼らは、すでに旧日本軍における諜報活動の実態を摑《つか》んでいた。藤江を育《はぐく》んだ東部第33部隊——陸軍中野学校の存在はもちろん、そこから巣立っていった者たちが、アジア各地で諜報、防諜、煽《せん》動《どう》などに携わっていた事実をほぼ摑んでいた。

また昭和十五年卒業の二期生であり、藤江忠吾という名で活動していた男についても。

CICの取調官は、藤江の活動歴を得意気に語ってみせた。満州国のハルピンを皮切りに、上海や香港では、商社や通信社の社員に化け、国民党軍や八路軍のスパイたちと熾烈《しれつ》な情報戦を繰り広げてきたこと。終戦間際はジャカルタに留《とど》まり、インドネシアの民族主義者たちに、旧宗主国のオランダと戦わせるため、情報戦やゲリラ戦のやり方を徹底指導していた事実も。

すべて知っているぞ、ぐうの音も出まい——取調官は自慢顔だった。

終戦から二年。日本人の気質や社会に通じたマッカーサーが、天皇という伝統的な手段を用いて、日本軍をまったく抵抗させずに武装解除させるという離れ業をやってのけた。そのため占領軍のなかには、終戦後の日本人は戦中と違い、誰もが自分たちになびくものという思いこみが刷りこまれていた。

取調官もそのひとりで、その目的は明け透けだった。多くの旧日本軍の軍人たちやスパイらを取り調べてきたが、アメとムチを同時に与《あた》えれば、たやすく陥落するという油断があった。

戦犯として首を吊《つ》る羽目になるか、GHQという新しい主君に忠誠を誓うか。どちらかを選べ。そう迫ると、たいていの者はあっさりと後者を選んだ。総力戦による大敗と玉音放送。そして終戦後の深刻な物資不足も、日本人の心をへし折るのに一役買った。

陸軍や参謀本部の高官のなかには、自らGHQのもとで働きたいと売りこみにやって来る者もいるほどだと豪語し、藤江もそのなかのひとりとなるだろうと踏んでいた。

鹿児島港では屈強なMPが、数人がかりで襲ってきたものの、いざ取り調べの段となると、CICの取調官は寛容な態度で接し、藤江にラッキーストライクを勧めた。郵船ビルの三階にある戦史編纂室《へんさんしつ》と呼ばれる部屋で、旧日本軍の将官たちが働いているところを見せてもくれた。

参謀本部の重鎮や、ムッソリーニに惚《ほ》れこんだファシストたちが、監獄に放《ほう》りこまれることなく、将官の扱いを受けながら、ペンを取っていた。

アメリカは合理主義の国だ。占領政策を円滑に進めるためなら、大罪人とも取引を交わして利用する。大物たちさえも協力を惜しまないのだから、つまらぬ罪悪感を感じることなく、配下に加われという説得だった。

マッカーサー流のキリスト教的な慈愛と憐《あわれ》みでもって説き伏せてくる取調官の努力を、藤江は首を傾《かし》げながら踏みにじった。

――あの……藤江って、なんのことでしょうか。私はただの工場の技官に過ぎません。なにがなにやら、さっぱりわかりません。

とぼけ続けること数十回。微笑《ほほえ》みを絶やさなかった取調官の顔が、次第に奇妙な形へと歪《ゆが》み、やがてこめかみに浮かんだ血管が痙攣《けいれん》した。

――後悔することになるぞ。忌々《いまいま》しいモンキーが。

取調官は捨てゼリフを吐いて、取調室から出て行った。

そして次にやって来たのが、この銃狂いの男だった。諜報・治安・検閲の総本山である参謀第二部《G2》の情報将校だ。

G2のトップは、戦時中から連合軍の謀略担当として辣腕《らつわん》を振るったチャールズ・ウィロビー少将。ドイツ系の貴族の血を引くという熱烈な反共主義者で、ミニ・ヒットラーなどという仇名《あだな》を持つ。銃狂いの男はウィロビーの右腕だった。

藤江は鼻血を拭《ぬぐ》った。

取調官が代わると状況が一変した。簡潔に自己紹介を済ませると、出し抜けに藤江の頭髪を摑み、テーブルで彼の顔面を何度も打ちつけた。鼻血はそのときに出たものだ。

男は藤江をひとしきり痛めつけてから言った。

――今どき、またこんなくだらねえ意地張る野郎がいるなんてな。それとも、アジアをあっちこっちうろついているうちに、アカの手先になりやがったか。ええ？

――とんでもない……何度も言ってるでしょう。私はただの工場の技官で。

藤江は腹を打たれた。大きな拳《こぶし》が叩《たた》きこまれる。彼は息をつまらせた。

――しっかり鍛えてるじゃねえか。ただの技官風情が、こんな堅《かて》えボディしてるわけねえだろう。

男は藤江をビルの地下室へと連行し、問答無用でコルトをぶっ放したのだった。

前の取調官が、キリスト教的な寛大さでアプローチしてきたのに対し、G2の男はいわば米国の暗黒面――フロンティア・スピリッツとやらを体現したような男だ。先住民たちを迫害し、メキシコの領土を奪い取り、ハワイを呑《の》みこんでいく。南方戦線の同胞たちを生きながら焼いた火炎放射器、東京を中心に主要都市を壊滅させた戦略爆撃、ふたつの街を一瞬で壊滅させた原子爆弾……圧倒的な暴力を駆使した死神のカウボーイたちだ。

男はコルトを振り回した。

「すっとぼけても無駄だ。こっちはお前のなにもかもを知ってる。本名はもちろん、東京外国語学校から陸軍予備士官学校を経て、中野に入学したこともな。生まれは長崎で、両親とふたりの兄と妹がいる。肉親に会いたくはねえのか？」

藤江は肩をすくめた。くだらない誘導尋問だ。

「そうおっしゃられても」

男はまっすぐにコルトを向けた。ぴたりと藤江の額をとらえる。銃口には殺気がともなっていた。撃たれる。覚悟を決めたが、やつは発砲しなかった。

男は急に天を仰ぎ、カタコトの日本語で語り始めた。

「メーヨやチイを求めず、ニホンのステイシとなってクちハてること」

藤江は眉《まゆ》をひそめた。それは、陸軍中野学校で教えこまれた訓話のひとつだ。

男はテキサス訛りの英語に切り替えた。

「てめえは生粋のスパイ野郎だ。生きて虜囚の辱めを受けても、なおゴキブリみてえに生き残る。敵に捕まりゃ相手の靴を舐《な》めてでも、媚《こ》びへつらって二重スパイにもなる。どんな汚《きたね》え手段を使ってでも、任務を遂行する。そう教えこまれたはずだ」

藤江は沈黙した。

やつは、ただのカウボーイではない。日本の諜報活動の実態を熟知していた。

男の言うとおり、中野ではそのように教えられた。同じ陸軍にありながら、戦陣訓のような「生きて虜囚の辱めを受けず」といった訓戒が及ばない世界で、極秘にスパイとしての教育を受けている。

なるべく敵国語を多く収得し、八紘一宇《はっこういちう》や大東亜共栄圏といった思想をも脇《わき》に置き、諸外国から日本がどのように見られているのかを、教官や同期生たちと徹底的に討論した。天皇制の是非をめぐって討論することさえ少なくなかった。あの時代、もっとも過激で自由な教育を行っていたといえる。

それゆえ、高い軍人教育を受けた陸軍士官学校出身のエリートほど、中野で学ぶのには苦労をしていたのを覚えている。びしっと軍服を着用し、軍刀を佩用《はいよう》し、日本男児の名誉を全《まっと》うする。古典的な武士道精神を叩きこまれた者にとっては、中野での教育は苦痛であり、容易に受け入れられるものではなかっただろう。

藤江の父親は、長崎の貿易会社に勤務していた。日ごろから外国文化と接する機会も多く、戦争が本格化する前は、藤江自身も父とともに上海や仏印を訪れている。

長崎から上京し、東京外国語学校へ入学したのも、もともとは将来、父が勤務する会社で働くためだった。ところが人生とはわからぬもので、中野を次席で卒業した彼は、その後数年にわたり、スパイとしてアジアを飛び回ることになる。

軍人の堅苦しい雰囲気を消し、髪を伸ばして平服姿を常日頃から身に着け、柔軟かつ融通の利く思考を持つ。どんな卑怯《ひきょう》な手を使ってでも生き延び、任務を全うする。

それゆえ至誠の心を忘れるなとも教えこまれた。陸軍中野学校の教えに従えば、まっさきにこの戦勝国の情報将校に、取り入るべきなのかもしれない。長崎にいる親兄妹《おやきょうだい》とは、未《いま》だに連絡が取れていない。彼の誘いに乗れば、安否も確認できるようになるだろう。

媚びへつらってでも生きる。しかし、それは戦《いくさ》をしていたときの流儀だ。戦争はもはや終わったのだ。帝国陸軍も解体された。

男が釘《くぎ》を刺した。コルトを構え直す。

「気をつけてものを言えよ。おれはこう見えても忙しい。これで最後だ。てめえは民間人じゃねえ。平塚三郎《ひらつかさぶろう》陸軍中尉」

男は藤江の本名を呼んだ。しかし深呼吸をしてから首を振った。

「……だ、誰ですか。それは」

コルトが火を噴いた。

地下室いっぱいに銃声が響き、鼓膜が針を突きたてられたかのように痛んだ。ひどい耳鳴りがする。ただし、痛みはそれだけだ。銃弾は首筋の横を通り過ぎていた。

男は白煙が漂うコルトをだらりと下げた。ニヤリと笑い、藤江へと近づいた。

「たいしたタマだぜ。てめえは」

「まだそんなことを。あなたがたは誰かと勘違いしてるんですよ。ああ、下着を替えなきゃ。小便が漏れてしまった」

「勘違いしているだと？」

男は顎《あご》をなでた。親指でコルトの安全装置をかける。藤江は両手を組んで祈った。

「そうですとも。藤江だの平塚だの、さっぱりわかりません。後生です。どうか許してください」

「ふむ」

男は考えこむような顔を見せた。勝算の光がほのかに見えた気がした。しかし、男の太い腕は、表情とは異なる動きを取っていた。

コルトの銃把が、藤江の顎をとらえた。骨を打つ固い音がしたかと思うと、下半身から力が抜けた。

「今のジャップに、お前みたいな頑固野郎がいるとはな」

拳銃を握った手で放たれたアッパーカットは、藤江の脳みそを揺さぶった。気がつくと床に這《は》いつくばっていた。前歯が下唇を嚙《か》みきり、口のなかが血であふれる。地下室がぐるぐると回転している。藤江は立ち上がろうとしたが、脚に力が入らず、すぐに尻もちをついた。

「……知らないと言ってるでしょう」

「てめえみてえなやつは嫌いじゃねえ。グッドナイト」

男はブーツを振り上げていた。

やつのつま先が藤江のコメカミを蹴《け》とばした。回転していた視界は闇へと変わり、ひどい耳鳴りも消えた。肉体が床に崩れ落ちるのを感じながら、藤江は気を失った。

藤江は目を覚ました。ひどい頭痛とともに。

暴力によって失神するのは、たびたび経験している。粗悪な酒を呑んだ翌朝とよく似ていた。なにがあったのかを思い出せずにいたが、頭と同様に鈍い痛みを訴える顎が、記憶を蘇《よみがえ》らせてくれた。情報将校によるアッパーカットとブーツの蹴りが脳裏をよぎった。着ていたシャツから、火薬の臭いがした。三途《さんず》の川を渡りそこなったらしい。

口のなかで呟《つぶや》く――軍人らしい最期を迎えられると思ったのに。

頭をそっとなでた。頭には湿布薬が貼《は》られ、そのうえから包帯が巻かれている。

あわてて、あたりを見回した。そこは留置場や監獄の類《たぐい》ではない。彼が寝ているのは、ふかふかのベッドだ。終戦後はもちろん、ここ数年、経験していない寝心地のよさだった。頭と顎の痛みで気づくのが遅れた。

部屋はローズ色に染まっている。ベッドの掛け布団もカーテンも布地も。ベッドの横には素木そのままの色をしたデスク。天井と壁には、根岸と呼ばれる上等な砂地が塗ってある。

高級ホテルの客室だとわかった。室内にはもうひとつのベッド。十畳以上はあるだろう。藤江はカーテンに手を伸ばしたが、それを途中で止めた。

客室にいるのは彼だけではなかった。ゆったりとした一人掛けのソファがふたつ。そこには背広を着た男ふたりが腰をかけていた。どちらも日本人だ。

藤江は目を見張った。ひとりはがっちりとした体格の持ち主で、豊かな頭髪を七三に分け、鼻の下にはヒゲをたくわえていた。眠たそうな目をしている。高級ホテルの客室が似合う風格を感じさせた。

もうひとりは髪を短く刈り、眼鏡をかけた初老の男だ。同じく鼻の下にはヒゲをたくわえているが、眼鏡の奥に鋭利な光を宿らせており、隣の老人とは異なる峻厳《しゅんげん》な気配を漂わせていた。こちらは藤江がよく知る人間だった。

ベッドから起き上がろうとすると、頭にずきんと鋭い痛みが走り、表情を歪ませた。眠そうな目の男が手を上げる。

「寝たままでいい。そのまま、そのまま」

藤江は首を振った。そんなわけにはいかない。寝たままでいるには、ふたりともあまりに大物すぎる。

制止を振り切ってベッドのうえで正座をした。眼鏡の男に頭を深々と下げる。

「ごぶさたしております。岩畔《いわくろ》少将」

眼鏡の男は深々とうなずいた。軍人らしい太い声で答える。

「こうして再び会えるとは。ご苦労だった」

「はい」

「堅苦しい挨拶《あいさつ》は抜きにしよう。横になりなさい」

「ですが……」

「面倒な話をする。その姿勢のままでは、きちんと伝わらないかもしれない」

「わかりました」

藤江は膝《ひざ》を崩した。ありがたかった。ほんの少し会話をしただけだというのに、殴られた顎が悲鳴をあげていた。

陸軍士官学校出身の岩畔は、生粋の軍人ではあるが、細かい規則にとらわれる男ではない。大物たちを前にして、藤江はベッドに横たわった。

鹿児島の港に着いたときから、無事に故郷へ帰れるとは思っていなかった。おそらく占領軍に捕えられるだろうと。GHQが自分を欲しがる可能性も考慮していた。

しかし、まさか陸軍中野学校の設立者その人が、現れるとは思っていなかった。

岩畔豪雄《ひでお》。〝謀略の岩畔〟と呼ばれるなど、日本軍の諜報技術の発展に軍人人生を捧《ささ》げた男だ。

昭和十一年に兵務局員として、外国大使館の盗聴や郵便検閲、偽札研究などに従事。昭和十三年にのちに陸軍中野学校と呼ばれる、日本初のスパイ学校の後方勤務要員養成所を設立。

その翌年には、軍務課長に抜擢《ばってき》され、奇抜な才能を生かして、陸軍の兵器行政の改革を実行した。兵器本部や科学研究所を一本化し、兵器行政本部を設けると、その下に十の技術研究所を設けた。その研究所のひとつが精巧な偽札工作を実行し、中国経済の攪乱《かくらん》を図っている。中国の秘密結社である青幇《チンパン》と協力関係を築き、膨大な偽札を投入した。

また、満州では軍需国策会社の昭和通商という会社を作り、商社としての業務を行う一方、実業家から学者、ジャーナリストやスポーツ選手までかき集め、中国大陸だけではなく、世界各地の情報の収集にあたらせた。兵を動かすことなく軍事目的を達成させる。それが岩畔の十八番《おはこ》だった。

しかし、その情報収集能力の高さが、陸軍内における立場を悪くしたともいえた。昭和十六年には日米開戦回避のために、日本大使館付武官補佐官として渡米。アメリカとの圧倒的な物量と戦力の違いを把握していた彼は、駐米大使の野村吉三郎《のむらきちさぶろう》らと日米諒解《りょうかい》案の策定を行い、陸海軍や参謀本部、宮内省にまで足を運んで折衝を重ねた。

しかし、枢軸国との関係を強める外務大臣の松岡洋右《まつおかようすけ》や、陸軍大臣の東條英機《とうじょうひでき》に疎まれ、軍政の中心から外れることとなる。米国との戦争が始まると知り、岩畔が天を仰いで嘆いたのは、彼を知る者の間では有名な話だ。

岩畔は隣の老人を指し示した。

「紹介するまでもないだろうが……」

「存じております。緒方《おがた》元大臣。きちんとしたご挨拶もできず……申し訳ありません」

大柄な老人は掌《てのひら》を向けた。

「かまわんよ。それに今の私はただの浪人だ。楽な姿勢で聞いてくれ。ざっくばらんに語り合おう」

やはり隣にいるのは、日本を代表する言論人であり、戦中は政界に進出した緒方竹虎だった。戦後の食糧不足のせいか、顔色はあまり優れず、新聞などで見かける写真よりも痩せて見える。

緒方竹虎は、朝日新聞記者として活躍し、同紙主筆を経ている。戦争末期の昭和十九年に政界へと転身。小磯《こいそ》内閣の国務大臣兼情報局総裁として入閣している。

小磯総理とともに、蔣介石《しょうかいせき》の重慶国民政府を相手に和平工作を推進するものの、軍部や他の大臣からの反対に遭って頓挫《とんざ》。しかし終戦を迎えてからも、敗戦処理の東久邇宮《ひがしくにのみや》内閣で内閣書記官長を務めた。政府の中枢にいながらも、昨年の昭和二十一年には公職追放の目に遭っている。昨年十二月にA級戦犯指定を受けたが、先月になって戦犯容疑が解除されたばかりだ。大臣まで務めた男のわりには、着ている背広はくたびれている。

緒方は頭を指した。

「こっぴどくやられたようだね。頭の湿布薬は、九州鳥栖のもので、効き目はたしかだ。顎のほうも骨には異常ない」

「閣下自ら診てくださったのですか？」

「たいしたことはしとらんよ。若いころ、多少剣術の心得があったのでね。腫《は》れや打ち身の対処法は知っているつもりだ」

「恐縮です」

ふたりの大物たちと会話をしながら、藤江はここがどこなのかを悟った。

上等なベッドと豪奢《ごうしや》な洋室。気を失ってから、さほど時間は経っていないはずだ。

焼夷弾《しょういだん》で焼き払われた東京界隈《かいわい》で、これほどのホテルがあるとすれば、日比谷の帝国ホテルぐらいしか思いつかない。たしか現在は、連合軍将官やＧＨＱ高官の宿舎として接収されたはずだった。

立ち入り禁止《オフ・リミット》の場所に日本人が三人。しかも全員が浪人の身にある。かつて帝都が誇った最高級ホテルの寝床で、こうして横臥《おうが》できるのは、相変わらずＧＨＱが絡んでいるからであろう。

藤江はふたりを交互に見やった。

「ざっくばらんというのなら……遠慮なく言わせていただきます。ＧＨＱの次に、おふたりほどの御方が、私を説得する気なのですか」

「そうだ」

岩畔が即答した。豪気果断な性格は変わっていない。あまりに潔い答えが返ってきたので、藤江のほうが面を喰《く》らった。しかし、今度は藤江の番だった。

「お断りします」

岩畔を見すえた。自然と呼吸が荒くなる。

「私は中野を卒業してから、あらゆる汚れ仕事をこなしてきました。あるときは市民の会話を盗聴し、郵便を盗み読みし、またあるときは悪党と組んでアヘンを売りさばいた。みすみす死ぬとわかっていながら、現地人の尻を焚《た》きつけて、欧米人と戦うように仕向けたりもした。二重スパイも命《いのち》乞《ご》いもなんでもござれです。しかし、一度として私は忘れたことがありません。学校が教えてくれた『至誠』という言葉を。卑怯者と呼ばれながらも、日蔭《ひかげ》の任務に従事できたのは、祖国のためです。占領国のためではありません」

藤江は本心を明らかにした。室内の会話はＣＩＣの連中に盗聴されているだろう。とはいえ、かまわなかった。

「それが死のうとした理由か」

「あのカウボーイも、とっとと私を撃ち殺してくれたらよかったのです。最後ぐらい、軍人としてケジメをつけることもできた」

「終戦とともに、至誠も消え失《う》せたというわけだな」

藤江は顔を歪ませた。

学校を卒業してから終戦までの五年間。どんな屈辱も甘んじて受け、挑発を受け流していた。すでに諜報員藤江忠吾の仮面は剝《は》がれ落ちつつある。語気を強めた。

「エサ欲しさに働く気はないということです。とくにアメリカ人のエサは口に合わない」

岩畔が射るような視線を向けてきた。藤江の言葉は、彼の逆鱗《げきりん》に触れてもおかしくはない。岩畔は戦時中、日米和平に全力を尽くした男であり、当時の国務長官だったコーデル・ハルから高い評価を受けるなど、親米避戦派として知られていた。藤江は終戦後、日本へと戻る途中においても、情報収集を怠らなかった。

岩畔は終戦直前にビルマから単独で帰国。彼が手がけたインド独立工作に手を焼かされたイギリスは、岩畔の身柄を引き渡すようにアメリカに要求したが、未だにこうして日本に残り続けている。アメリカの庇護《ひご》を受けているのは明らかだ。

その彼に、アメリカ人のエサ欲しさに働くのはごめんだと言い放ったのだ。岩畔への挑発であり、侮辱といってもいい。

岩畔はソファから立ち上がった。ステッキを使いながら、ぎこちなく歩く。彼は太平洋戦争序盤のマレー作戦で、左脚を撃たれている。ベッドの藤江と近づく。

ステッキで殴打されるのを覚悟した。しかし、岩畔はベッドではなく、窓辺に寄ってカーテンを開けた。

岩畔が尋ねてくる。

「この光景をどう思う」

窓からは、爆撃を免れたビルや広大な焼け野原が目に入る。藤江は答えられなかった。岩畔は微笑む。

「怒らせたつもりだろうが、そうはいかない。なにを言われようと、私の心は揺るがん。なぜなら至誠の精神を忘れていないからだ。たしかに長い戦争は終わった。しかし、すでに次の戦いが始まっている。この荒廃した祖国を蘇らせるための」

藤江は再び身を起こした。再び頭に痛みが走る。それでも起き上がらずにはいられなかった。

岩畔は窓に目をやった。

「この占領下の時代も、いずれは終わりを迎える日が来るだろう。だが、どのような形で独立をするのかは、まったくといっていいほど見えていない。今でこそマッカーサーの方針で、慈悲による統治を目指そうとしているが、アメリカというのは根が臆病《おくびょう》な国だ。武力放棄を謳《うた》った平和憲法を作らせておきながら、さっそくソ連や中国共産党の動きに怯《おび》え、我が国に軍事力を持たせようと画策している。すでに、かつての高級参謀たちを諜報員として利用し、反共の防波堤として利用するつもりだ。いずれにしろ、新しい日本を築くためには、他国の動向をより早く感知できるような、今まで以上に優れた情報収集能力を持った組織が必要になる」

「そのためには、アメリカをも利用する……ということですか？」

「我々がやられてきたことだ。アジア各国も欧米からの独立のために、日本から軍事技術を学んでいった。アジアの盟主などと、図に乗る我が国に怒りをたぎらせながらもな。次は我々の番だ」

それまで黙っていた緒方が口を開いた。

「我々の組織も動き始めている。かりにＣＡＴ《キャット》と名づけた」

「ＣＡＴ？」

「Cedant arma togae《ケーダント・アルマ・トガエ》。古代ローマの――」

「キケローですね。頭文字を取ってＣＡＴですか」

緒方はうなずいた。

「岩畔少将を始めとして、名のある人間が賛同してくれている。ただし、肝心な諜報のスペシャリストが決定的に不足しているがね」

武器はトーガに譲るべし。古代ローマの共和主義者だったキケローは、軍服を着た者は、市民服であるトーガを着た政治家の指示に従うべきだと、一種の文民統制を唱えた。だが、のちに軍人のカエサルやアントニウスと対立し、刺客を送りこまれて殺害されている。軍部に支配されていた日本において、キケローのこの言葉はまさにお似合いといえた。

「なるほど」

藤江は同じく窓を見つめた。帝国ホテルも無事だったわけではなく、焼け崩れた建物の一部が目に入った。多くの大工が道具を持って、改修工事を行っている。

焼け野原を見渡した。すべてが消失したかのように見えるが、そこには底の見えぬほどの混沌が渦巻いているらしい。

公職追放の憂き目に遭った支配層たちに代わって、共産主義者や社会主義者が力をつけ、闇市を仕切るヤクザや三国人《サードナショナルズ》が、警察に取って代わって街を支配している。終戦を迎えたことで、抑圧的な軍政から解放された首都東京は、狂乱状態に陥っている。

藤江は尋ねた。

「その組織のトップは誰が」

「不肖ながら、私が務めようと思っている」

緒方が答えた。

「あなたが？」

「幸いなことに、時間だけはたっぷりあるからね」

岩畔が告げた。

「君には拒む権利もある。軍人らしく自決したいというのなら止めはしない。だが、君は生粋の諜報員だ。新生日本のために力を貸してほしい」

緒方も立ち上がった。深々と頭を下げる。

「私のほうからも頼む」

藤江は無表情を装った。

だが、内心は穏やかではいられなかった。大臣まで務めた男と、秘密戦業務を推進した学校の設立者。アメリカ人からコルトを突きつけられても、心はまるで揺らぎもしなかったというのに。

「理屈と膏薬《こうやく》はどこにでも貼りつきます。高級参謀たちが、すでにGHQに仕えているとのことですが、あなたがたも反共の防波堤を理由に、再び軍人が大きな顔をできる世の中を形成しようというのではないですか」

「それを夢見て働く将校がいるのは否定しない。国防軍の設立を目論《もくろ》む者、国共内戦に首を突っこみたがる者、軍閥を復活させたがる者。それぞれが強い野望を抱いている。我々は、そうしたグループと対立するかもしれん。目的はキケローの言葉にこめたとおりだ」

岩畔は静かに答えた。藤江の心が揺らぐ。

彼は陸軍きっての奇才の持ち主であると同時に、その誠実かつ真剣な性格は、日本に事実上の最後通牒《つうちょう》をつきつけたコーデル・ハルをも唸《うな》らせたという。

緒方にしても毀誉《きよ》褒貶《ほうへん》の多い言論人だが、その豪胆さは陸軍の間でも評判だった。朝日新聞時代は、右翼対策という神経の使う仕事に従事した。かつて、この帝国ホテルで血の気の荒い右翼に、コンクリートで頭を殴られ、骨膜に達するほどの傷を負っている。

また、昭和十一年の二・二六事件では、やはり血気盛んな反乱軍に新聞社を襲撃されるが、主筆の緒方は冷静に応対して、反乱軍を引き下がらせている。言論の自由を守るために、ときには妥協を強いられたが、右翼団体や軍部という強大な暴力と対峙《たいじ》し続けた男だ。

とはいえ、今の彼らが相変わらず誠実であるかはわからない。戦争は人の性格を簡単に捻《ね》じ曲げる。なにかと御国のためと言い放っては、自分の欲望や野心を肯定してきた不届き者を、山ほど目撃している。

藤江は言った。

「G2といい、あなたがたといい……よほど深刻な事情があるようですね。ひどく焦っているように見える」

岩畔はカーテンを閉めた。

「秘密戦向けの兵器が野放しになっている」

「はい?」

「もし不届き者の手に渡ってテロに使われた場合、被害者は少なく見積もっても数百人。最悪の場合は数万人にもなるだろう」

「まさか……」

岩畔は胸ポケットから万年筆を取り出した。それを藤江に手渡す。

万年筆のキャップを外した。思わず呟く。

「これは研究所の――」

「起きるのは明日か、もしくは数年後か。あるいはテロなどではなく、よその国に売り飛ばされるかもしれん。なんにしろ、厄介な代物であることには変わらん」

藤江はペン先を凝視した。

形こそただの万年筆に見えるが、ペン先は毒針であり、刺せば即座に死に追いやれる。陸軍の秘密研究所が開発した殺傷器材だ。万年筆の内部には、毒物容器が入っている。かつて藤江も何度か活用している。

岩畔は続けた。

「GHQはまっさきに研究所を押さえた。しかし、本来保管されているはずの資材が、一部消え失せていた」

「…………」

「続きを聞きたいかね」

藤江は唾《つば》を呑んだ。

岩畔の話が事実であれば、たしかに状況は危うい。秘密研究所がどこにあったのかは知らない。その存在は噂程度にしか聞いていない。詳細な実態は、一部の陸軍将校や参謀本部にしか知られていなかった。

その秘密研究所には、ほんのわずかな量で、無数の人を死に追いやれる生物兵器や毒薬が眠っている。アメリカ本土に対する風船爆弾、中国にばら撒《ま》いた偽札を作ったのも、同研究所であると言われていた。この万年筆のように、武器には見えない諜報兵器もそうだ。

「ひとつだけ……質問させてください」

「なんだね」

「長崎には私の両親と兄妹がいます。未だに行方がわかっていません。ご存じですか」

緒方がうつむいた。藤江はなおも訊《き》く。

「ご存じなんですね」

「残念だが……君の母親とふたりの兄上は死亡が確認されている。父の正氏《まさし》の行方はわかっていない。勤務先の会社にいたようだが、社屋のビルそのものが焼失してしまった。妹さんだけは、諫早《いさはや》の親戚《しんせき》の家に身を寄せていて無事だったようだ」

「そうでしたか」

藤江はうなずいた。

家族の生存に関しては期待していなかった。原子爆弾が投下され、その威力を伝え聞くにつれ、覚悟を決めるしかなかった。実家は長崎市の中心部にある。情報網を駆使して、肉親と連絡を取ろうとしたが、行方はわからずじまいだった。

しかし、緒方から改めて聞かされると、身体の力が抜け落ちそうになる。ひどい目まいがした。目を固くつむって耐えた。そして答える。

「おかげで、平塚三郎に戻る理由はなくなりました。続きをどうか聞かせてください」

2

渋谷警察署の傷みは激しかった。

建物の周囲には土囊《どのう》が積まれており、蛇のように曲がりくねった鉄条網が設けられてあった。外壁にはいくつもの弾痕《だんこん》があり、ボヤで黒く焼け焦げた箇所もある。空襲の被害はまぬがれたようだが、終戦後は三国人《サードナショナルズ》からの激しい攻撃を受けたという。

現在の警官は通常、拳銃を持っていない。サーベルの所持も禁じられてしまった。ただの棍棒《こんぼう》では、銃や刀で武装したヤクザや三国人《サードナショナルズ》には対抗できない。

昨年、渋谷警察署は台湾省民の闇市を大規模摘発したのをきっかけに、彼らから激しい襲撃を受けた。警察がヤクザや愚連隊に警護を依頼し、警察署を舞台に激しい乱闘が展開。台湾省民四名が死亡し、警察側もひとり死者を出したという。戦いの痕《あと》は建物にしっかり刻まれており、東京の治安状況を示しているかのようだった。

米軍の青年将校になりすました藤江は、アタッシュケースを担いで警察署へと向かった。警杖《けいじょう》を持った巡査が固い表情で敬礼をする。いきなりやって来た占領軍の男に驚いた様子だ。戦勝国の尉官らしく、胸をそらして敬礼をする。

警察署は騒々しかった。娼婦のきつい香水とアル中の体臭。秋になって涼しくなったわりには、便所からは目が痛くなるほど猛烈なアンモニア臭がする。

一階では検挙された娼婦がぎっしりと廊下に並ばされ、ヒロポンを打ち過ぎたヤクザが泡を吹きながらわめいていた。顔を腫れあがらせたルンペンが、蠅《はえ》にたかられながらぐったりと倒れている。制服警官たちは忙しそうに立ち回っていたが、どの警官たちも顔色は優れず、疲弊しているのは明らかだった。

二階の階段を上り、刑事課の扉を開けると、汗とタバコの臭いが鼻に届いた。一階よりはマシだったが、刑事たちも垢じみた背広を着ている。真新しい軍服に身を包んだ藤江を、けげんな表情で見上げる。

近くに座っていた若い警官に声をかけた。

「吉永《よしなが》刑事を呼んでいただけますか?」

「は、はい」

さきほどの警官もそうだったが、どの刑事たちも怯えた顔を見せた。終戦前まではなかった表情だ。悪党や思想犯を追いかけ続け、戦争の名のもとに市民を監視し続けた男たち。

終戦とともに立場は逆転し、今では悪党に頭を下げなければ、自分たちの身体ひとつ守れなかった。なかには従軍した者もいるだろう。職を追放されるか、戦犯として捕まるか。あるいは三国人や共産主義者たちに復讐《ふくしゅう》されるか。刑事部屋はびくびくとした暗い空気が漂っていた。

若い警官が呼びかけるまでもなかった。三十代くらいの刑事が寄ってきた。警察官らしく骨格はがっちりとしていたが、栄養不足で頬がこけ、無精ひげが伸びていた。

「マイク・松岡《まつおか》中尉ですか。話はうかがっています」

「はじめまして。お世話になります」

藤江は、アメリカ人訛りの日本語で語りかけ、手を差し出した。吉永は、右手を背広で拭《ふ》いてから、藤江と握手をした。媚びた笑みを浮かべる。

吉永のような男は珍しくない。南方から大陸を経て帰ってきたが、終戦をきっかけに態度を翻す人間を大勢目撃した。日本軍の兵隊相手に長いこと商売をしていた料理屋は、中華包丁を振るって逃げ帰る日本人たちを追いまわしていた。

この吉永や刑事たちにしても、二年前の八月十五日までは、鬼畜米英をスローガンに国内の治安維持に尽くしてきたはずだ。そのへつらいの笑みが、心にちくりと痛みをもたらした。占領軍と手を組んだ藤江自身を見ているようだった。

「例の資料なら、隣室に用意してあります」

吉永は客室へと導く番頭みたいに、腰をかがめて案内した。隣室は少人数用の会議室だった。長机のうえには木箱が載せられていた。なかには書類がつめこまれている。ある闇医師の死に関する資料だ。

「助かります」

藤江は長机にアタッシュケースを置いた。開けてみせる。吉永の目が吸い寄せられる。ケースのなかには、一カートンのラッキーストライクと一キロ入りの砂糖が入っている。

「つまらぬものですが、感謝の印です」

「こ、これは……ありがとうございます」

吉永は目を輝かせ、深々とお辞儀をした。一度くらいは遠慮するフリを見せると思ったが、彼はあっさりと土産に手を伸ばした。

藤江がなにかを持参してくるのを予想していたらしく、吉永は背広のポケットから風呂敷を広げると、そそくさと洋モクと砂糖入りの袋を包みこんだ。他の同僚たちと分け合わずに、独り占めするつもりなのかもしれなかったが、そこから先は知ったことではない。

吉永は訊いた。

「以前にもMPが調べにきましたが……この件、なにかあるのですか？　どう見てもただの自殺に過ぎませんが」

藤江はラッキーストライクをくわえた。

オイルライターで火をつける。吉永にも一本勧めた。彼は軽く一礼して口にくわえた。火をつけてやる。

「興味を持たないことです。必要な情報を提供してくれればいい。今後もご協力を仰ぐかもしれませんが、決して周囲に情報が漏れないよう注意してください」

ライターの火を吉永の顔に近づけ、彼の顔を冷たく見すえた。喉《のど》がごくりと動く。

「わ、わかりました」

藤江はライターにフタをした。微笑んでみせる。

「この件はあなたが担当したらしいですね」

「そうです。なんでも聞いてください」

吉永は、砂糖でたわんだ風呂敷を長机に置いた。

「さてと」

藤江と吉永は、木箱から書類をそっと取り出した。慎重に扱わなければ、破けてしまいそうな粗悪な紙だ。

なかに印画紙が混じっている。そこには渋谷で医師を名乗っていた曽根《そね》親《ちかし》の死体が写っていた。診察室らしき部屋の床に仰向《あおむ》けで倒れている。

曽根は右手に持った注射器を、自分の左腕に突き刺したまま絶命していた。その他にも曽根の顔を撮った写真があった。唇周辺には泡を吹いた痕が残っている。

藤江は尋ねた。

「注射の中身ですが、青酸カリを溶かした液体だったらしいですね」

吉永は写真を手の甲で叩いた。

「このいかにもなツラのうえに、死体からアンズみたいな臭いがしましたからね。ピンと来たんですよ。ここいらじゃ自殺や心中をするやつが後を絶たないもんですから。あれを嗅《か》ぐと、こっちの身もまずいんで、いったん診療室を出て、署員たちに窓を開けさせました」

藤江は書類を続けて読んだ。

警察署の委託を受けた医者も、青酸カリによる中毒死と判断している。

「それで、この曽根さん、ニセ医者だった」

「ええ。診療所は円山《まるやま》町の近くにありました。あのあたりじゃ、ひそかに知られた存在でしてね。愚連隊や台湾野郎がしょっちゅうぶつかりあってますから。野郎どもの傷を縫ったり、弾をほじくり出したりしていたようです。それに集団売春地帯の側《そば》ですから。堕《だ》胎《たい》手術なんかもやってました。薬の在庫が豊富だというんで、診てもらうやつはけっこういたようです。堕胎手術に失敗して母体も殺しちまったとか、傷の縫合がでたらめだったとか、評判はあまりよくはなかったですが」

それはそうだろう。藤江は心のなかで呟いた。

曽根親という名は、藤江と同じく偽名に過ぎない。本名は平間《ひらま》親といった。医学や薬学の知識は持ち合わせていたが、本来の職業は研究者であり、川崎市生田《いくた》にある第九陸軍技術研究所に勤務していた。

第九陸軍技術研究所。またの名を登戸《のぼりと》研究所という。秘密戦兵器開発を目的とした施設だった。陸軍中野学校と同じく、その存在は黒いベールに包まれ、その設立には岩畔が関《かか》わっていた。課報員だった藤江にしても、研究所の詳細は知らずにいた。

秘密通信法としての特殊インキやライターやマッチ箱の形をした超小型カメラといった諜報器材、万年筆型殺傷兵器や缶詰型爆弾を支給されたが、それをどこで製造しているのかを尋ねるのは禁忌とされていた。

藤江は、岩畔たちとの会話を思い出した。

――この平間親が、研究所から兵器を持ち去っていたということですか？

岩畔は万年筆型の殺傷兵器をいじった。

――断言はできん。ただし、帳簿の数と一致していないのは確かだ。昭和十九年の秋に、川崎市生田も米軍機の機銃掃射を受け、長野や福井に疎開を余儀なくされた。研究所の本部と平間がいた第二科は長野県伊那《いな》町に移転し、ほどなくして終戦を迎えている。そのどさくさに、これらの謀略兵器の一部が消え、平間の診療所と、やつの体内から見つかったということだ。

――体内？

――青酸ニトリール。知っているか？

――ある程度は。使用したことはありませんが。

警察は、注射の中身を青酸カリの溶液と判断したが、その後に駆けつけたMPが注射液を回収。公衆衛生福祉局《PHW》が分析を進めたところ、青酸ニトリールと判明した。

青酸ニトリールは、登戸研究所が開発した謀略用毒物だ。青酸カリは水に溶かして、対象者に飲ませようとしても、舌を刺すような刺激的な味がし、対象者はたいてい吐きだしてしまう。これをうまく隠すために作りだされた無味無臭の液体だった。注射用のアンプルに封入すれば、保存や運搬も容易になる。

注射がもっとも効果を現すが、青酸ニトリールの最大の特長は相手に飲ませられることにある。胃液のなかで青酸ガスが発生し、中枢神経を麻痺《まひ》させ、青酸中毒死に追いやる。

殺害対象者の食事に含ませるのも可能だ。敵陣のなかに潜むスパイに渡し、多くの敵に飲ませて大量殺戮《さつりく》させることもできる。画期的な新型毒物兵器だった。

単なるニセ医者の自殺と思われた。しかし、CICは死人の正体が元登戸研究所の所員と知ると、警察が押収していた注射液を分析に回し、診療所をくまなく捜索し始めた。そこで発見されたのは、やはり登戸研究所が開発した万年筆型の殺傷兵器だった。

岩畔は言った。

――診療所にはアスピリンを始めとして、風邪薬や傷薬、麻酔薬などが豊富に揃《そろ》っていた。その多くは研究所で保管されていたものだ。隠匿していたのは、治療薬の類だけではないだろう。

――ただし、その毒物や殺傷兵器の類は、万年筆以外に診療所にはなかった。何者かが持ち去ったというべきでしょうか。

――恥ずべきことだが、隠匿や横流しを行っていたのは平間だけではない。あちこちの研究所で横行していた。毒であろうと薬であろうと、モノや食料に変えられるものなら、なりふり構わず懐にしまいこんでいた。

――平間は殺されたと見るべきでしょうか。

――それは不明だ。君には消えた青酸ニトリールの行方を追ってもらいたい。あれは終戦後の今となっては、災いしかもたらさん。

平間が、どれだけの毒物や殺傷兵器を隠し持っていたのかは不明だ。ただし、万年筆型の殺傷兵器まで持っていたのを鑑《かんが》みると、手当たり次第に研究所の在庫を盗み取ったものと思われた。

藤江は、さらに現場写真と書類に目を通した。吉永に尋ねる。

「他殺の可能性はありませんか」

吉永は一瞬、口を曲げた。すぐにもとの微笑みに変わったが。

「そのあたりは、MPの方にもさんざん訊かれましたがね。自殺ですよ。診療所は荒らされた様子はなかったし、売れば金になるはずの薬も盗まれてもいなかった。それに助手や近所の住人から聞いた話じゃ、最近は酒とヒロポン《ポン》のやり過ぎで、だいぶ頭もおかしくなりかけてたらしいです」

「助手……」

書類には、証言者の名前が記されてあった。平間の診療所では、ふたりの助手が働いていた。死体の第一発見者は、助手の中国人女性だった。藤江は証言者たちの名を頭に叩きこみ、吉永から彼らの住所を訊き出した。

藤江は書類の内容をすべて記憶に刻みこんだ。椅子《いす》から立ち上がる。

「ご協力、感謝します」

「とんでもない。いつでも言ってください」

藤江が再び右手を差し出すと、吉永は腰をかがめ、拝むようにして両手で握り返した。

会話の過程で、吉永には妻と五人の子供がいると知った。貴重品である砂糖や洋モクがよほど嬉《うれ》しかったのか、風呂敷を抱えた彼の目には涙が溜《た》まっていた。「ひさびさに、ガキどもを喜ばせられます」

藤江は口に苦みを感じた。ひたすら媚びを売る吉永を蔑《さげす》んでいたが、彼なりに生きるのに精いっぱいなのだと。

「松岡さん、お礼と言ってはなんですが、診療所まで案内します」

吉永が申し出た。藤江は首を振った。

「その必要はありません。場所はわかりましたから」

「正直言って、あそこは魔窟《まくつ》そのものです。GIと見れば、逆に因縁をつけるならず者もうろついているくらいで。自分に箔《はく》をつけるためにね。ご一緒させてください」

藤江は根負けしたように肩をすくめた。

この気前のいいGIと一緒に入れば余禄《よろく》にありつける。吉永の顔にそう書いてあったが、邪険に突っぱねる必要もない。

「お願いします」

吉永とともに警察署をあとにした。

3

藤江は円山町の特飲街まで歩いた。

あるのは粗末なバラック小屋ばかりだ。ただでさえ狭い路地だったが、行く手を阻むように看板が置かれている。粗悪な焼酎《しょうちゅう》と淀《よど》んだ下水、それに白粉《おしろい》の混じったひどい臭いがする。

そっと物陰から覗《のぞ》いてみると、小屋の前では、顔を白く塗った酌婦がぎっしり待ち受けていた。通りがかる男たちの衣服を破かんばかりに引っ張り、小屋へ連れこもうとえげつない客引きを行っていた。男娼の姿もちらほら見える。

その様子を、ドテラに腹巻き姿のヒモが小屋の壁にもたれながら、睨みを利かせていた。腹巻きに匕首《あいくち》を入れ、刃物の柄をこれ見よがしにチラつかせている。

少しでも問題が起きれば、因縁をつけてカネをむしり取る気だろう。渋谷の私娼街《ししょうがい》のなかでも、とりわけタチの悪そうな通りといえた。

酒場からは菊池章子《きくちあきこ》の『星の流れに』が耳に届いた。生きるために身を売る女の悲しみを歌ったものだ。

飢えて今頃　妹はどこに
一目逢《あ》いたい　お母さん
唇紅《ルージュ》哀しや　唇かめば
闇の夜風も泣いて吹く　こんな女に誰がした

まさに今の風景にぴったりの歌だ。歩くだけで気が滅入るが、用があるのは通りの奥だった。平間親の診療所もそこにある。

渋谷署から道玄坂の巨大マーケットを通って、円山町までやって来た。マーケットでは、恐喝目的の不良学生や愚連隊たちが、獲物を狙《ねら》うサメのごとくうろつき、GIの制服を着た日系人に化けた藤江にきつい視線を向けてくる。「売国奴が」「裏切り者」「アメ公」いくつもの罵声《ばせい》が飛んできた。刑事がいようと、どこ吹く風だ。吉永がならず者たちを睨みつけたが、連中はただせせら笑うだけだった。街の支配者は自分たちだと言いたげに、肩で風を切って往来を闊歩《かっぽ》していた。

ならず者の挑発は気にならなかった。だが、風呂敷を担いだ一般女性や、焼き鳥を焼いている露天商から冷たい視線を浴びるのは、なかなか辛《つら》くはあった。

愚連隊やヤクザ幹部を除けば、マーケットを行き交う人間たちの衣服は擦り切れ、垢じみており、いくつも縫合した跡があった。同じ黄色い肌の男が、ぴかぴかの戦勝国側の軍服を着て、敗残者のなかを闊歩する。無神経に挑発しているのは、藤江のほうかもしれない。

「ちょっと待ってください」

私娼街に入る前に、吉永を呼び止めた。

「どうかしましたか」

藤江は腕試しをしてみた。

深呼吸をしてから息を止めた。尋ねようとする吉永を手で制する。

二分ほど呼吸を我慢する。頭が熱くなり、肺が酸素を求めて音をあげるまで。ポケットから手鏡を取り出した。まっ赤になった藤江自身の顔が映っていた。これでいいと、自身に向かってうなずいてみせる。

「行きましょう」

不思議そうに首をひねる吉永を連れて、娼婦がうろつく通りに入った。一斉に視線が集まる。ピカピカのGIの制服を着た男。大きな獲物の登場に、女たちは目がギラつかせる。私娼街は独特の熱気をはらんでいた。

女たちは様々だった。結核にかかっているのか、客引きをしながら、苦しげに空咳《からせき》をする女、厚化粧で必死に隠しているが、バラの花びらのような発疹《ほっしん》が顔に現れている女もいた——梅毒の症状がだいぶ進んでいる。

衛生サックが統制品となっているため、再生品を売る洗い屋もいた。手にはバケツを持ち、使用済みの衛生サックをかき集めている。山盛りの衛生サックに肌が粟立《あわだ》った。あまりの異臭に鼻が曲がる。

「ちょっと、ちょっと」「そこの兵隊さん」「遊んで行かない」

吉永と一緒にいるというのに、堂々と客引きしてくる。路地は客引きと娼婦で歩くのにも往生する。

「おい、こら。貴様ら、しょっ引かれたいのか」

吉永が追い払おうとするが、女たちは一向に怯《ひる》む様子はない。

「うるさい、ポリ公」

娼婦らが群がろうとした。藤江は演技をしてみせた。足をふらつかせ、バラックのトタン板に派手に肩をぶつける。手にはコルト・ガバメント。ベロベロに酔っぱらった酔漢になってみせる。通りを千鳥足で歩き、牛のごとくヨダレを垂らしながらうなり声をあげる。

女たちの顔が変わった。急に藤江から離れていく。娼婦たちに引きずりこまれるどころか、悲鳴をあげられて強く突き飛ばされた。再びトタン板に身体《からだ》をぶつけた藤江は、その場で身を屈《かが》ませ、派手に胃液を嘔吐《おうと》した。側溝を黄色い液体でバシャバシャと汚す。

「こ、こら。そこのアメ公、なにしとんじゃい！」

腹巻きのヒモが、雪駄《せった》で地面をジャリジャリ言わせながら近づいてきた。

「うう……」

英語でぶつぶつ呟きながら、コルト・ガバメントの銃口をヒモに向けた。女たちが悲鳴をあげて、バラックへと戻っていく。ヒモはその場で尻《しり》もちをついた。それを尻目に、通りのどまん中をフラフラと進む。

「どうしようもない酔っ払いだね」

罵声を浴びせられたが、なんなく通過できた。

吉永が心配そうに声をかけてきた。藤江は片目をつむってみせた。するすると私娼街を進んだ。

「だ、大丈夫ですか」

女たちはもう藤江に声をかけようとすらしない。

「米軍は、酔っ払いの演じ方を教えるのですか？」

「まさか。ただのパーティの余興です。宴会芸ってやつですよ」

大陸では逃げ回るのに必死で、この手の芝居を何度か打つ必要にせまられた。刑事の目すら欺けるのだから、どうやら腕のほうは落ちていないようだ。自分の実力を確かめたかった。いずれＣＡＴとやらに頼んで、変装に必要な道具を揃えてもらう必要がある。

吉永が指さした。

「あそこです」

売春宿のなかにまぎれて、曽根親こと平間親の診療所があった。診療所といっても、そこいらの銘酒屋と同じ、粗末なバラック小屋でしかない。

「ふむ」

しょせんニセ医者に過ぎないためか、とくに看板などは出してはいなかった。玄関の引き戸には板が打ちつけられ、小屋の周囲はロープで囲われていた。立ち入り禁止と記された紙がロープに吊るされてあった。

藤江はロープをまたいだ。吉永が訊く。

「入りますか?」

藤江は窓から覗《のぞ》いた。なかはガランとしている。

「いや、けっこうです」

すでに警察とCICが軒並み調べ尽くし、薬品から文房具まできれいに持ち出しているようだった。立ち入り禁止となっているが、窓ガラスは割られている。医師の死亡後、空き巣も侵入したらしい。

平間の助手ふたりは、神南町《かんなみ》と青山にそれぞれ住んでいた。どちらも女性で、会計やカルテの整理だけでなく、看護婦としても働き、縫合や注射といった医療行為もしていたらしい。

藤江らは神南町へ向かった。私娼がいないだけで、見た目は似たようなバラック地帯だ。夕飯時が近づいてきたこともあり、干物を焼く香ばしい匂いが鼻に届いた。

初めに中国人助手の家を訪れた。劉鈴玉《リウリンユー》。警察の調べでは、東京の中華街で知られる神田神保町《じんぼう》で料理店を経営していたが、東京大空襲で両親を亡くし、一家離散状態にあったところを、平間親に雇われたという。

バラックの引き戸を叩いた。なかに灯《あか》りはない。

「ごめんください」

反応がなかった。

さらに戸をノックして呼びかけた。人がいたようで、ドタドタと建物が揺れだした。

「なんだ、コラ!」

引き戸が勢いよく開かれ、派手な音をたてる。

現れたのは右目に眼帯をつけたヤクザだった。上半身に刺青《いれずみ》が入っており、きつい汗と精液の臭いがした。顔に眼帯はつけているが、それ以外はなにも身に着けていない。濡《ぬ》れた陰茎をぶらぶらさせている。またヤクザ者か。藤江はうんざりした。

ヤクザはひるんだ。刑事とGIのふたりに狼狽《ろうばい》する。

なかを覗いた。六畳ほどの部屋では、女が忌々《いまいま》しそうな顔をしながら、布団で裸体を隠した。一見すると少年みたいに見える。それほどガリガリに痩せた女だ。どうやら一戦交えている最中だったらしい。

藤江は痩せた女に尋ねた。

「あなたが劉さんですか」

痩せた女は怪訝《けげん》な顔をするだけだった。藤江に背を向けた。立ちはだかる眼帯のヤクザが、進駐軍の制服を着た藤江をじろじろと眺めまわす。

「GIが一体、なんの用だ」

「私、マイク・松岡といいまして。このとおり日系のアメリカンで、現在は東京地区憲兵司令部に勤務しております。お取り込み中すみませんが、ここは劉鈴玉さんのお宅じゃありませんか？」

藤江はとっさに嘘《うそ》をついた。

一般人相手には憲兵の名を出しておくほうが得策と判断した。戦争は終わったとはいえ、憲兵の恐ろしさは未だに染みついている。憲兵と聞いて眼帯ヤクザは、やはりひるんだ。

「そ、そんなやつは知らねえよ。ここはおれたちの家だ」

「ですが、住所は間違ってないようなんですよね」

藤江はメモとバラックを見比べた。

「うるせえな、とっとと帰りやがれ」

「そう言わずにつきあってください」

コルトを抜いた。スライドを引く。

眼帯ヤクザの左目が、コルトに釘《くぎ》づけになる。吉永が息を呑む。銃口を額に押しつけ、眼帯ヤクザを退かせた。バラックのなかに入って引き戸を閉める。

痩せた女が口を開いた。藤江は唇に人差し指をあてる。

「お静かに」

眼帯ヤクザは両手を上げて降参のポーズを取った。藤江は一から質問をした。

「劉鈴玉さんのお宅ですよね。あなたがたは？」

「あ、空き家になってたから住んだだけだ。五日前から」

藤江はため息をついた。

「不法に占拠したわけですか。劉さんを見かけたことは？」

「ね、ねえよ。前に住んでいたやつなんて」

眼帯ヤクザは口を震わせて答えた。

「あなたがたが、無理やり追い出したんじゃないでしょうね」

眼帯ヤクザは必死になって、首を横に振った。

「違う違う、それは違う。一度だって帰ってきてねえよ。今、知ったばかりだ。前に住んでたのが支那人だったなんてよ」

眼帯ヤクザの言い訳を聞きながら、小屋のなかを見渡した。

電気はむろん、水道も通っていない。足元の土間には、大きな金盥《かなだらい》があり、茶色く汚れた水に食器や飯盒《はんごう》が沈んでいた。その横には使いこまれた七輪がある。夕食はイワシだったのか、魚と炭の臭いが漂っている。

ボロボロの畳のうえは、綿の飛び出した布団が敷かれ、痩せた女がふて腐れた様子で寝そべっている。彼女の頭のそばには、やけに立派なタンスが鎮座している。戦前から存在していたに違いなく、飴《あめ》色の光沢を放っている。

藤江は尋ねた。

「あれは？」

「あ、あれは、おれたちのもんだ」

眼帯ヤクザは唾を飛ばして主張した。

ブーツのつま先で、脛《すね》を蹴とばした。それほど強く蹴ったつもりはないが、眼帯ヤクザは涙をにじませた。カルシウムが足りていないらしい。

「もう一度、嘘をついたら撃ちます。誰のタンスですって？」

「……知らねえ。住み着いたときにはあった。前に住んでた支那人のやつじゃねえのか。ちくしょう、痛え」

「そうですか」

土足で畳にあがった。タンスにずかずかと近づく。痩せた女が睨みつけてくる。

「おめえ、なにすんだ」

女は日本人のようだ。北関東あたりの訛りがあった。

助手らの姿までは把握していないが、少なくとも劉鈴玉ではなさそうだった。女は藤江の足を拳で殴りつけたが、悲しいほど力はなかった。栄養不足に加えてヒロポンのせいだろう。踏んづけてしまえば、ポキッと骨が折れてしまいそうなほど、手足が細かった。

女にかまわず、タンスを下から次々に開けていった。中身はスカスカだ。着古した股引《ももひき》やズロース。ボロボロのドレス。娼婦とヒモの関係にあるらしく、重厚な雰囲気を持ったタンスとはそぐわないブツばかりが出てくる。大量のサックや張り型がしまわれてあった。上段には薬品の入った小瓶。ヒロポンの錠剤だ。

「タンスのなかにあるのは、あなたがたの荷物だけですか？」

質問すると同時に、コルトの銃口を眼帯ヤクザに向けた。

「そ、そうだよ。タンスだけが置きっぱなしで、中身は空っぽだった。そこにあんのは、本当におれたちのもんだ。だから悪いけどよお、頼むから帰ってくんねえかなあ」

ヤクザは哀願するような口調で訴えてきた。膨張していた陰茎は、憐《あわ》れなほど小さくしぼんでいる。

藤江はタンスの前で顎をなでた。

「そうしたいのは、山々なんですがね」

コルトに安全装置をかけ、タンスの中身を再び確かめた。めぼしいものがないとわかると、両手でタンスの片側を持ってずらした。タンスの裏側を覗いてみる。

すると、埃《ほこり》をかぶったわら半紙の束が落ちているのが見えた。部屋の住人たちの動きに注意しながら、紙束に手を伸ばして拾い上げる。

わら半紙には、小さな文字が隙間《すきま》なくびっしりと書かれていた。藤江は首を傾げた。

『アイン・1　ツヴァイ・2　ドライ・3　フィーア・4　フュンフ・5　ゼクス・6――』

吉永が訊いてきた。

「松岡さん、それは……」

「ドイツ語ですね」

数字の読み方、基本的な会話などが、日本語訳とともにカタカナでふりがなをふって記されている。思わぬ文字の登場に目を奪われる。

『すみません・Entschuldigung・エントシュルディグング』『わかりました・Ich verstehe・イッヒ　フェアシュテーエ』『こんばんは・Guten Abend・グーテン　アーベント』

書いた主は、よほど習得に余念がなかったらしく、何度も鉛筆でうえから書いた跡があった。紙の質が悪いために、筆圧に負けて破れた箇所がある。

藤江はふたりにわら半紙を見せた。

「これもあなたがたのものですか？」

眼帯ヤクザは、ろくすっぽ見ずに首を横に振った。

「おれは字が読めねえ」

痩せた女も否定した。

「英語なんて知らねえっぺ」

ドイツ語だと言いたかったが止《や》めた。わら半紙については、この住人たちが嘘をついているとも思えない。

平間が不審死を遂げたのは八日前だ。劉は地元の渋谷署や、おっとり刀で駆けつけたＣＩＣの聴取を受けている。平間が元登戸研究所の研究員だったのはおろか、ニセ医者だった事実さえ知らなかったらしい。

平間に医者としての腕がなかったのは察していたが、故人は気難しい男だったらしく、過去の話はおろか、無口でほとんど会話もしなかったと証言している。自分の失敗には甘かったが、助手に対してはむやみに厳しく、なにかやらかそうものなら、そのたびに罵声を浴びせられ、屈辱を味わったとも語っている。

雇い主である平間が死亡した以上、このバラック小屋に留まる必要はないかもしれない。このあたりで食っていくには、貧しいヤクザの女になって、春を売るぐらいしか手段はない。

ただし、去るにはあまりに急すぎる。立派な家財道具まで残して消えている。藤江はひっかかりを覚えた。

「わかりました。ご協力感謝いたします」

藤江は住人たちに頭を下げて土間に降りた。コルトをホルスターにしまうと、眼帯ヤクザが待っていたかのように、拳を振り上げて襲ってきた。

「ふざけやがって。なにが感謝じゃい！」

吉永が立ちはだかった。ヤクザの腕を取って背負い投げを放った。

眼帯ヤクザは玄関のガラス戸に背中から衝突した。ガラスが割れる派手な音がし、戸板と一緒に路上へ倒れこんだ。

吉永に一礼した。

「助かりました」

「お役に立ててなによりです」

ヤクザは悲鳴をあげた。ガラスの破片が刺青の入った身体を傷つけた。やつは悲鳴をあげる。

「痛え！　い、い、医者！　医者呼んでくれ！」

藤江は彼をまたいで外に出た。後頭部をポリポリと掻く。

「あいにく、その医者と助手がいなくなったんですよね」

藤江はわら半紙と睨みあった。

最初は数字や挨拶など簡単なドイツ語ばかりだったが、後半は基礎的な文法や構文が書き記されていた。

眼帯ヤクザのうめき声を背に受けながら、藤江らはその場を立ち去った。

4

円山町の私娼街に戻り、しばらく吉永と訊きこみを行った。

しかし、めぼしい情報は得られなかった。すでに警察やＭＰが、平間の関係者や周辺住民に根掘り葉掘り訊いている。平間の件を切り出すと、うんざりした顔を向けられるばかりだった。

一方で、ドル札や洋モク目当てに、協力的になる者も後を絶たなかった。すでに殺人ではないかという噂が立っており、平間が死亡した時刻の前後に、あやしいやつが出入りしていたと証言する者が続出した。

薬や金目当ての強盗、デタラメな治療を受けて恨みを持っていた愚連隊、堕胎の費用を滞納していたパンパンなどなど。いずれも聞くに値しない話ばかりだった。化学知識もない人間が、青酸ニトリールという謀略兵器を扱えるはずもなかった。

藤江らは渋谷駅前から都電に乗った。混雑する電車のなかで、再び荒廃した表参道や明治神宮の風景を目撃することになった。明治神宮の停車場で降りた。

明治神宮の森は燃えずに済んだが、明治神宮の本殿は焼けてしまったらしく、真新しい造りの仮殿が見えた。夕刻とあって、強い西日が焦土を赤々と照らしている。

吉永は案内している間、砂糖入りの風呂敷をずっと抱えていた。貴重品を署に置いておくわけにはいかないのだろう。

「吉永さん、ご自宅はどちらに」

「杉並の田舎です。おかげで家も家族も、ここのように黒焦げにならずには済みましたが」

彼は言ってから頭を下げた。ＧＩ相手に余計なことまで口走ったと思ったのだろう。

「ここからは私ひとりで大丈夫ですよ」

「お、お気に障りましたか？」

「そうじゃありません。ちなみにお子さんは何人？」

「五人ですが……」

「あなたの案内のおかげで、ずいぶん助けられました。今後もよろしくお願いします。これは私からの気持ちです。お子さんになにかお土産でも」

吉永の垢じみた背広のポケットに、二ドルの紙幣をねじ入れた。インフレで物価がすさまじい勢いで上がっているが、ドルの価値も急上昇している。一キロ以上の牛肉が買えるほどの金額だ。

彼は手を振った。

「いや、こんなことをされては」

「ぜひ」

「……わかりました」

吉永はしばし抵抗するフリを見せたが、けっきょくポケットにしまいこんだ。

警察の威光が完全に失われている以上、彼の案内はさほど意味をなさないとわかった。ヤクザも娼婦も商人も、戦前と違って誰も警官を恐れたりはしないのが痛いほど理解できた。

青酸ニトリールの存在は機密事項だ。警察にも知られるわけにはいかない。彼がまとわりついていると、かえって訊きこみもやりづらかった。

「それでは今日はこれで。失礼します」

停車場から目的地へと歩いた。

吉永は最敬礼で頭を深々と下げた。藤江の姿が見えなくなるまでそうしていた。


助手らしき女は玄関前でしゃがみ込んでいた。

赤々と燃える七輪の炭火を、生気のない目でぼんやりと眺めている。七輪のうえでは土鍋《どなべ》がぐつぐつと煮え、フタの穴から水蒸気が吹き出ていた。

誰も彼もが栄養不足で痩せているが、女も例外ではなかった。ほっそりとたおやかな身体つきをしている。白粉を塗ったわけでもないだろうに、白い肌が特徴的な切れ長の目をした美人だ。掻きあげた艶《つや》やかな黒髪と白いうなじが対照的だ。官能的な美しさを放っている。

近隣もちょうど夕飯時のため、醤油や味噌《みそ》の芳香が漂っていた。三国人《サードナショナルズ》が多いためか、さらに炒《いた》め物《もの》の熱した油や、香りのきつい野菜の匂いもする。

土鍋からもひき肉と小麦粉の匂いがした。どこかで嗅いだ覚えのある料理だったが、近隣の料理の匂いと混ざり合って、とっさには思い出せない。

藤江が手を伸ばせば届く距離まで近づいているにもかかわらず、彼女はじっと炭火に目をやったままだった。

藤江は声をかけた。

「ごめんください」

女はびくっと身体を反応させた。あやうく腕が土鍋にぶつかりそうになる。怯えた目で藤江を見上げる。

「驚かせてすみません。私は東京地区憲兵司令部所属のマイク・松岡といいます。吉永刑事からお名前を知りました」

「MPしゃんですか。びっくりしたと」

「筑紫《つくし》蓉子《ようこ》さんですか。食事時に申し訳ありません」

「この前の通訳さんよりも日本語うまかね」

蓉子は福岡出身らしく、言葉には九州訛りが残っていた。

夫は保険会社の会社員だったが、戦争末期に徴兵された。ニューギニアに配属され、そこで戦死を遂げている。嫁いで間もなくに赤紙が届いたため、ふたりの間に子供はいない。ひとりで暮らしているらしく、家のなかはひっそりとしていた。

「ちょい待ちんしゃい」

蓉子は綿製の手袋をすると、土鍋を家のなかへと運んだ。眼帯ヤクザのいたバラックと似たような造りで、そこいらのトタンや木切れで組み立てられたような粗末な小屋だ。

しかし、清掃が行き届いているためか、不潔な印象はなかった。柳行李《やなぎごうり》と小さなタンス。部屋の中央には、年季の入ったちゃぶ台があった。彼女はなべ敷きを置き、土鍋をちゃぶ台に置いた。

「先生《センセ》のことじゃろ？」

「よくおわかりで」

「そりゃ、警察やらMPしゃんからもしつこく訊かれたけん。こん訛りのおかげで、この前来た通訳さんは、翻訳するのにえらい苦労したけんね。いくら言っても、言葉がなかなか通じんで。あんたは大丈夫ね」

「問題ありません。親戚が長崎にいますから。福岡にもいます。私にとっては懐かしい言葉です。鍋が冷めないうちにお暇《いとま》しますよ」

「あ、ああ、そうね」

蓉子の表情が強張《こわば》った。藤江は聞き返す。

「なにか？」

「長崎言うたら、原子爆弾が落ちたとこやけん。親戚ん人とか、ピカにやられたりせんかったかと思って」

「いえ、被害には遭わなかったようです」

藤江は他人事《ひとごと》のように言った。脳裏に両親と兄弟たちの顔がよぎったが。

「そいはなによりたい」

蓉子は七輪の炭を、火ばさみでつまんだ。火消し壺《つぼ》にしまう。「そんで……あん人が自殺じゃないと、今でも思ってると？」

「なぜ、そう思うんです？」

蓉子は皮肉っぽく笑った。

「ただの自殺だったら、あの売春通りで毎日のように起きてるばい。鴨居《かもい》で首くくる者もおれば、先生《センセ》みたいに青酸カリでコロッと逝く者《もん》もおるったい。ふだんの警察なら、犬猫みたいにちゃちゃっと片づけるだけやもん。人殺しだってろくに捕まえられんのに。ましてや、MPしゃんが足運ぶことなんてありえんかった。もう、あのあたりの住人は、ただ事じゃなかって感づいとるばい」

「そうでしたか」

「先生《センセ》に死なれて、私も働くところがなくなったけん。どうやったら楽に死ねるか考えとったとこよ」

「ちょっと――」

藤江が口を開きかける前に、蓉子は肩をすくめた。

「冗談たい。アメリカの人のくせにジョークの通じん人やね。わざわざ自殺なんかせんでも、このままやったら飢え死にするかもしれんし」

「…………」

「そんで？　なにが知りたかと？　あらかた警察にもアメリカさんにも喋《しゃべ》ったと思うけんど。先生《センセ》の人柄やら評判やらは、もう知っとんじゃろ？」

「ひと通りは。いい噂は聞きませんでしたね。酒とヒロポンでボロボロだった」

「おまけに吝嗇《りんしょく》で傲慢《ごうまん》。腕も悪い。死んだところで誰も悲しまん。そんなところやなか？」

「ええ、まあ」

「仏さんを悪く言いたかないけど、じっさいそうやったけんね……最後のほうはどっちが患者かわからんくらいやった。目のつぶれるような焼酎飲んで、そのうえヒロポン《ポン》の打ちすぎで、手がぶるぶる震えとったし。『誰かに狙われる』とか、患者のヤクザに『おれを殺しに来たんだろ』って絡んだり、もう頭がどうかしとった。そんでも、どっからか盗んできたのか、薬だけはたんまりあったけん、みんな嫌々ながらも通ってきよったけど……」

藤江はメモ用紙を取り出して鉛筆を走らせた。これといって、なにも書いてはいないが。すでに把握している情報だ。

彼女は夕暮れの空を見上げながら続けた。

「あんまり悪く言うと、バチが当たりそうやね。私らが疲れてるときは、ブドウ糖を打ってくれたり……先生《センセ》はヒロポン《ポン》ばかりやってて食欲ないけん。患者からもらった野菜やら米やら分けてくれたときもあったとよ。私は自殺だと思っとるけど。青酸カリなんか打たんとも、あのまま行っとったら、いずれ死んどったと思うし」

藤江は、うなずきながらメモを取り続けた。無造作に言葉を投げかける。

「ドイツ語は？」

「え？」

彼女の目が泳いだ。功を奏したようだ。なにかを知っている――勘が告げる。

「助手の劉さんは、なにやらドイツ語を習得するのに熱心だった。患者さんかどなたかに、ドイツ人でもいらっしゃったんですか？」

すらすらと答えてきた蓉子だったが、急に口が重くなった。首をひねる。

「患者さんにドイツ人なんていなかったばい。ただ、カルテはドイツ語で書くけん。そんで勉強しとったんじゃなかろうか。私も、数字や簡単な言葉は覚えさせられたし。鈴玉ちゃん、私と違って学問が好きみたいやったけん」

首を横に振った。

「会話や文法も学ぼうとした痕跡《こんせき》が見つかりましてね。かなり本格的に学んでいたようです。けれど、学問をするためには教師がいる。どなたか心当たりありませんか」

「ドイツ語を知る人……さあ、そいは初めて聞くわ。鈴玉ちゃんに訊いたらよかばい」

「彼女なら、事件後に行方がわからなくなっています」

「ほ、本当《ホント》や」

蓉子は目を見開いた。

藤江は眉をしかめた。疑わしげな視線を投げかける。夕暮れ時で、外は暗くなっていたが、彼女の顔色が青ざめていくのがわかった。

「ご存じなかった」

彼女はうなずいた。藤江は表情を引き締めた。

「嘘はやめたほうがいい」

「嘘なんて……」

「あなたは聡明《そうめい》な人だ。うすうす感づいているはずです。今回の曽根……本名は平間親といいます。彼は陸軍の元研究員だった。詳しくはお話しできませんが、彼が怯えていたのも、ヒロポンやアルコールによる妄想《もうそう》とは言い切れません。何者かに狙われたものと考えています。あなたの仰《おつしや》るとおり、我々は警察とは違った見解を持っている。彼は殺されたのではないかと。さきほど、先生の手が震えていたと話されましたが、彼の腕に刺さっていた注射は、静脈に毒液を注入していた。正確にね」

彼女はうつむいた。

「私、疑われてると?」

「あなた次第だ。今回の件は、あなたが考えているよりも重大な事件です。研究員だった平間が持ち出したのは薬品だけじゃない。数千人もの人間を殺せるだけの謀略兵器も持ち出していた」

「な、なにそれ」

「彼に死をもたらしたのも、その兵器です。青酸カリとは違う。彼の毒物兵器も診療所から消え去り、助手だった劉さんも行方をくらましている。順当に考えれば、彼女が持ち去ったか、先生と同様に事件に巻きこまれたか……」

「私は……ただ鈴玉ちゃんが、ドイツの人と仲良くしとったのを知ってただけで。それに、まさかあげん診療所に……そんな恐ろしかもんがあったなんて」

「ご同行願えますか？」

「か、勘忍して。本当になにも知らんのやけん」

蓉子は後じさった。

近所の人間らが、玄関や窓から顔を覗かせる。藤江に鋭い視線を放つ。

「信じてください。我々は日本軍の憲兵とは違う。情報提供者は厚く遇するのが我々のやり方だ。協力次第では、食物の心配などせずに済むよう取り計らいます。新しい仕事の世話もできるかもしれない」

「友達を売れってことや」

「それは違う。これは劉さんのためでもあります。すぐにでも真実を解明する必要がある」

蓉子はうつむいた。黙りこくっていたが、重たそうに口を開く。

「……わかりました」

「夕食を済ませてからでもけっこうです」

彼女は首を振った。

「よかよ……もう食欲失せてしまったけん」

彼女は部屋に戻って羽織をまとった。小屋の引き戸に鍵《かぎ》をかけながら、ぽつりと口にした。

「ラムゼイ……」

「はい？」

「ドイツの人の名前たい。鈴玉ちゃんがそう呼んでた」

「ラムゼイですか」

無表情を装いながらペンを走らせた。だが、文字が震える。

ラムゼイ。それは戦前の日本を震撼《しんかん》させた諜報団《ちょうほうだん》の首領、リヒャルト・ゾルゲの暗号名だった。

5

「少しばかり大変だが、こいつを見てもらおうか。お嬢さん」

日本郵船ビルに設けられたＣＩＣの取調室。

銃狂いの男こと、キャノン少佐はテーブルに写真の束をどっさり置いた。彼の言葉は、テキサス訛りの英語だ。藤江が日本語に訳した。

写真に写っているのは外国人だ。新聞記者の特派員、社会主義に染まったジャーナリスト、素性の知れない不良外国人、そしてゾルゲ諜報団の残党たちだ。

リヒャルト・ゾルゲは、ソ連共産党の軍事諜報部門に属し、ドイツの有力新聞の記者を隠れ蓑《みの》に、上海《シャンハイ》を中心に中華民国内にソ連の諜報網を築いた伝説的なスパイだ。中国のみならず、日本の言葉や歴史、文化にも精通。日本人の記者や社会運動家ともコネクションを持つようになった。

ゾルゲは新聞社の東京特派員兼ナチス党員として、昭和八年に来日。ドイツ駐日大使の信頼を獲得し、大使の私的顧問の地位まで得ている。ヨーロッパで戦争が始まると、大使館情報官に任命され、ドイツ大使館の公的なメンバーになった。

近衛内閣の頭脳だった新聞記者の尾崎秀実《おざきほつみ》を仲間にし、日本政府の機密情報をも入手。スパイ網を国内に構築しながら、長年にわたってモスクワにそれを報告していた。日独の重要機密がゾルゲを通じてソ連に知られていた。

特別高等警察は、諜報団の構成員を逮捕したのをきっかけに、昭和十六年秋に尾崎やゾルゲを逮捕するにいたった。ドイツ駐日大使やドイツ系新聞社の特派員らが、即時釈放を求める嘆願書を提出するなど、ゾルゲは日本国内にシンパと仲間を多く抱えていた。数々の証拠を突きつけられたゾルゲは、スパイであるのを認めた。昭和十九年に尾崎とともに処刑されている。

ラムゼイ、ヴィックス、ジョンソン。いくつもの偽名を使いわけた凄腕《すごうで》のスパイは手記で記している。『私が死んでも、共産主義世界を擁護するために諜報活動をする者は、決してあとを絶たないであろう』と。キャノンやCICが警戒しているのは、まさにその第二、第三のゾルゲが現れることだった。

蓉子が写真を確認している間、キャノンは藤江を取調室の外に連れ出した。

「やるじゃねえか。上出来だ」

「そちらの仕事がずさんだとしか言いようがありませんね」

藤江は鼻を鳴らした。ぶん殴られるのを覚悟して。「ニセ医師に化けた平間は青酸ニトリールで殺害された。第一発見者である助手の劉鈴玉は重要参考人でしょう。それをみすみす逃してしまうなんて考えられません」

キャノンは鼻の下を伸ばし、おどけた表情を見せた。

「やっぱり、お前も生粋のスパイ野郎だな。臆病者《おくびょうもの》を演じたかと思えば、今度は敏腕捜査官に早変わりか」

「茶化さないでください。劉をマークしていたんでしょう」

「当然だ。しかし、おれたちガイジンが、あんなせせこましいところで見張れるはずもねえ。渋谷署の連中に命じていたんだが、やつらときたら、自分の管轄内も見張れねえでくの坊ばかりだ。ヤクザに頼んだほうがまだマシだったよ」

キャノンは若い部下にコーヒーを持ってくるように命じた。砂糖を大量に入れるようにとつけくわえて。

「忌々しいのは、その劉鈴玉の男がラムゼイなどと名乗ったことだ。我がアメリカの高邁《こうまい》な精神のおかげで、この国の政治犯は釈放されて自由を謳歌《おうか》できるようになった。たとえ生粋のアカ野郎でもな。そのなかには、ゾルゲ諜報団の残党までいやがった。一生、ムショにぶちこんどきゃいいものを」

藤江は押し黙った。

かりに劉の男がゾルゲ諜報団の残党であろうと、無関係であろうと、危険な謀略兵器が持ち出された事実は変わらない。藤江としても、一刻も早く奪還できるのを望んだ。

ようやく終戦を迎えたなかで、飢餓と混沌《こんとん》のなかをもがきながら、日本は新しく這《は》い上《あ》がろうとしている。混乱をもたらす兵器を使わせるわけにはいかない。海外に持ち出されたとしても同じだ。国籍もイデオロギーも人種も関係はない。今日一日起きた出来事を思い出し、見落としがなかったかを振り返った。

若い部下がトレイに載せたコーヒーを持ってきた。キャノンは部下からトレイを受け取った。香ばしい芳香が室内に漂う。藤江は鼻をひくつかせた。

キャノンは笑みを浮かべた。

「ヨダレが出てるぜ、大将。みっともなく、がぶがぶ飲むなよ。正体がバレちまう」

「あなたこそ。そのコーヒーには、酒でも入ってるんでしょう?」

「おれは酒を飲まん」

「え?」

初めて会ったときのキャノンは、西部の荒くれ者同然だった。アルコールの臭気をぷんぷん漂わせながら、藤江に向かって拳銃をぶっ放している。

「酒を身体に振りかけて、飲んだくれのフリをしただけだ。たいていのやつは、おれをクレイジーだと思って恐怖を抱く。そうやって従わせるのが、おれのやり方なんだが、通用しなかったのはお前が初めてだ」

「なんと……」

根負けしたように首を振った。キャノンは演技によって短絡的な田舎の乱暴者という印象を抱かせていたらしい。一筋縄では行かない世界に舞い戻ったのだという実感がさらに湧く。

「お前と違って、ゲロまで吐きゃしねえけどよ」

キャノンは豪快に笑って部屋に戻った。蓉子にコーヒーを振る舞う。

「こいつでも飲んで、リラックスしてくれ、お嬢さん。シュガーをたっぷり入れてある」

藤江は日本語で通訳し、コーヒーに口をつけた。

キャノンの言葉に嘘はなく、スプーン三杯分ほど砂糖が入っているようだった。本来はブラックが好みだったが、久々の砂糖の甘味に脳がとろけそうになる。

蓉子はコーヒーには口をつけなかった。一枚の写真を凝視している。藤江は尋ねた。

「どうかしましたか」

彼女は写真をおそるおそる指さした。

「……この人やと思います」

髪を七三に分けた中年の西洋人が写っていた。ずんぐりとした目鼻が特徴的で、クマのような無骨な顔つきだった。眼鏡を着用しているが、知性的というよりも、どことなくうさん臭く見える。

「マチガイないデスカ」

キャノンは蓉子にぐっと顔を近づけ、カタコトの日本語で訊いた。蓉子は一瞬ひるんだが、意を決したように深くうなずく。

「見かけたのは二、三度だけやけんが、診療所近くで鈴玉ちゃんとひそひそ話ばしてるのを見かけました。鈴玉ちゃんの話では、奥さんと子供も日本にいるからって、大っぴらには交際できんかったみたいで」

蓉子の言葉を英語に訳した。キャノンは写真に向かってニヤリと笑った。彼に訊く。

「どなたですか?」

「ゾルゲ一味の残党というより、ケチな詐欺師だ。アカどもの間でも疎まれてる」

キャノンは部屋のドアを開けて、若い部下を呼び、写真の男に関するファイルを持ってこさせた。

その無骨な顔の西洋人は、本名をクラウス・ブリンクマンという。ドイツ出身の男で、世界各地を放浪しているさい、上海でゾルゲと出会い、昭和八年に彼とともに来日している。しかし、日本の保険会社から金をだまし取ろうとして逮捕され、上海に強制退去させられている。

その後は米国に渡って、やはり詐欺を繰り返しては、ライムント・リヒター博士なる偽造パスポートを持って、昭和十七年に再来日している。得体の知れないドイツ人やロシア人と交流を持ち、平間と同じくニセ医者として腕を振るっていた。ファイルには履歴や住所、交友関係にいたるまで詳細に綴《つづ》られていた。それだけ目をつけられていたということだ。

藤江は呟いた。

「どうやって、彼は謀略兵器の存在を知ったのでしょうね」

「知るか。クソ野郎にはクソ野郎同士の情報網がある。とにかく、やつを引っ張りゃわかることだ」

キャノンはドアをけたたましく開け放った。

部下たちをかき集めると、ブリンクマンを一刻も早く捕えるように叱咤《しった》した。そのためなら手段を選ばず、彼とつながりのある人物すべてを連行してもかまわないともつけ加えた。

オフィスが戦場のように騒がしくなる。そのなかで、蓉子は肩身が狭そうに、悄然《しょうぜん》とした様子で腰かけていた。

「大丈夫ですか」

「友達を売り飛ばしたようなもんやけん。いい気分はせんとよ」

頬を紅潮させたキャノンは蓉子に語りかけた。

「今日のところは、帰ってくれてけっこうだ。この件が片づいたら、あんたの職探しについて話し合おう。グッドナイト」

彼はウインクをすると、慌ただしく取調室から出て行った。室内は藤江と蓉子のふたりだけになった。

彼は残りのコーヒーを飲み干した。

「ご自宅まで送ります」

蓉子はコーヒーに口をつけた。泣き笑いのような顔を見せる。

「何年ぶりやろかね。苦いけど、甘くてうまか。いい匂い」

コーヒーの芳香をきっかけに、藤江はある香りについて思い出した。

「たしかに、いい匂いですね」

彼はうなずいた。事件を見誤っていたのかもしれないと思いながら。

6

古いフォードで、彼女を自宅まで送った。

フォードはCATの所有物だという。ハンドルを握るのは、無口な初老の男だった。名前を新田勝三という。

昼間のような喧騒《けんそう》はないが、暗がりのいたるところに、派手なドレスを着た街娼が立っている。道路の側には輪タクがいくつも停まっていたが、客車の多くがガタガタと揺れていた。新田の話では、そこが街娼の仕事場となるのだという。運転手が摘発を食らわないかと、タバコを吸いながら見張り番をしている。

屋台や酒場では、粗悪な酒を飲んだ酔客が地面にひっくり返っていた。道路のまん中で寝そべるやつもいれば、千鳥足で歩いているやつもいる。新田は何事もなかったかのように、すいすいと器用に避《よ》けて行った。

蓉子は呟いた。

「鈴玉ちゃん……きっと騙《だま》されたんに違いなか。いくら先生《センセ》が嫌なやつやったとしても、人殺しなんてできる娘《こ》やないけん」

藤江は黙ってうなずいた。

青山にあるバラック小屋に着くと、フォードのドアを開けて、彼女を下ろした。

「また、ご協力をお願いしに参ると思いますが」

「よかよ。私は当分、ここにいるけん」

「ご協力感謝します」

「けんど、今日はさすがに疲れたばい」

彼女は引き戸を開けた。藤江は声をかける。

「お疲れのところ申し訳ありません。じつはお腹《なか》がすいてまして」

小屋のなかに目をやった。ちゃぶ台には冷めた土鍋が載っていた。

「きゅ、急にどがんしたと？」

「礼は弾みます。どうか食べさせてくれませんか」

彼女は目を白黒させ、困惑した顔を見せた。

「あれは……あんたのような人が食べるもんやなかよ。ふすま粉の入ったすいとんたい。すいとんって、知ってると？」

「もちろん」

「鍋だってすっかり冷めてるけん……それに、こげな時間に男の人を入れるわけには」

「そうですよね」

藤江は笑みを見せた。表情とは正反対の行動に出る。彼女は息を呑んだ。

室内にずかずかと入り、土足で上がりこむと、土鍋のフタを開けた。赤い汁のなかに、すいとんのような小麦粉を練った団子状のものが入っていた。ひき肉や香菜を詰めこんだ餃子《ジャオズ》だ。

「おいしそうな砂鍋餃子《シャグオジャオズ》ですね。すいとんなんかじゃない」

彼女が、七輪で煮ているときから、土鍋から漂う懐かしい芳香が引っかかっていた。満州にいたころによく食べた覚えがある。夕餉《ゆうげ》の時間で、あちこちから食物の匂いがしていたため、その場ではわからなかった。

「な、なんばしよっとですか」

蓉子は血相を変えてつめ寄った。早口でまくしたてる。

「すいとんやなかったからって、なんばしょっとですか。私がなにを食べようと勝手じゃろうが。嘘ばついたんは、そうやって誰かにたかられるのが嫌やからよ。好きなだけご飯が食えるあんたらには、わからんかもしれんけど」

「盗み食いする気はありませんよ。鍋の中身が見たかった」

土鍋にフタをした。土間に置かれた水瓶の側《そば》には、まな板と麺棒《めんぼう》が置かれてあった。

「大陸に渡った経験もないあなたが、なぜこんな中華料理を？」

「鈴玉ちゃんから教わったんよ。診療所には台湾の人もたくさん来るけん」

藤江は土鍋を見やった。

「浙江《せっこう》省出身の劉さんや台湾人が、羅宋湯《ボルシチ》風のトマトスープで味つけを指南するとは思えない。ロシアに近い満州人独特のものです。それにトマトピューレなんて、なかなか手に入らない」

「松岡さん……あんた、本当にアメリカの人ですか？」

「あなたこそ、本物の筑紫蓉子さんですか？」

蓉子は絶句した。彼はまっすぐに見つめる。

「私が福岡の話をすると、あなたは顔を強張らせた。故郷の話となれば、ふつうは表情が緩むものでしょう。むろん、みんながそうとは限りませんけれどもね、あなたはとっさに原爆の話を持ち出した。方言が偽物とバレたり、故郷を話題にされたら困る理由があるからではないですか？」

蓉子は失望したように顔をしかめた。

「……やっぱり、あんたもえげつない憲兵の人たい。いやらしか邪推ばかりやないね」

「博多《はかた》出身なら、東公園をご存じでしょう。動物園の獅子《しし》を見て驚いたもんです」

「…………」

「今年の放生会《ほうじょうえ》は、どうだったんでしょうかね。きっと賑《にぎ》やかだったと思いますが。博多の大きな秋祭りです。どこで行われるのかは、もちろんご存じでしょう？」

次々に質問をぶつけたが、蓉子は黙りこむだけだった。

彼女の言うとおり、すべては邪推から始まった。出会った人間すべてを疑ってかかる。長年にわたる諜報活動と、終戦から始まった逃亡生活が磨きをかけた。笑顔で襲いかかってくる人間と出会いすぎたのだ。

藤江は慎重に距離をつめる。筑紫蓉子を名乗り、九州弁を使いこなす女。日本人かどうかすら怪しいものだった。

「もう一度、車に乗っていただけますか？　あなたは少しミステリアスだ」

蓉子の腕を摑《つか》もうとしたそのときだった。

彼女は横にすばやく動き、土間の金盥のなかに手を突っこんだ。出刃包丁を握って切りつけてくる。藤江の首を。その狙いは正確だった。

とっさに背を仰《の》け反《ぞ》らせて、刃をかわした。刃の先端が彼の首の皮膚を裂いた。身体がよろける。体勢を立て直したころには、彼女は小屋から脱出していた。包丁を手に持ちながら。玄関前で待機していた新田も意表をつかれ、ハンドルを握ったまま狼狽《ろうばい》している。藤江は後を追う。

蓉子は、車が入りこめない小さな路地へと入った。その足は俊敏だ。長い黒髪をなびかせ、路地の角を次々に曲がり、追跡を撒《ま》こうとする。ふらつく酔っ払いを巧みに避《よ》け、着物がはだけるのも構わずに駆ける。ただ者ではない。中国で遭遇した手強いスパイたちを思わせた。

はだけた着物から、ふくらはぎが見える。がっしりとした筋肉がついている。大陸から戻った藤江より、よほどきちんとした栄養が取れている。食料を確保できる何者かが、彼女に提供しているのだろう。

ただし、裸足《はだし》のままでは限界がある。小石や割れたビンを踏んだのか、足の裏から出血していた。地面には血の足跡が残る。藤江は距離をつめる。

腰のホルスターから、コルトを抜き出した。彼女は路地の十字路を直角に曲がる。

「停まれ!」

後に続いて曲がる。

蓉子の肩に触れようとした瞬間、藤江の顔面に衝撃が走った。棒のようなもので殴り払われる。全力疾走していた分、威力は倍加されていた。目に火花が散り、地面を後ろに転がった。噴きだした鼻血が顔面を濡らす。

視界が確保できないまま、銃を持った右手を棒で打たれた。痺《しび》れるような痛みが走り、コルトを握る力が弱まった。拳銃を奪われる。

藤江は首を振り、目をこらした。視界が二重にブレる。奪われたコルトの銃口と、見覚えのある男が目に入った。頬のこけた私服警官だ。

「……まさか、あなたまで」

口に鼻血が入り、うまく発音ができなかった。殴ったのは吉永だった。左手に警棒を持っている。右手のコルトは震えていた。

藤江は言った。

「私の土産だけじゃ満足できないんですか」

吉永は汗だらけだった。

「なんだって……邪魔をする」

「それはこちらのセリフです」

蓉子は、こめかみに血管を浮かび上がらせていた。厭世的《えんせいてき》で儚《はかな》げな印象を与えていたが、今は怒りの形相を浮かべ、発電所のようなエネルギーをびりびりと放っている。足に刺さったビンの欠片《かけら》を抜きながら、吉永にきつい声で命じる。

「撃て」

吉永は安全装置を押し下げた。

「こんな女に飼われているとはね。日本の官憲も堕《お》ちたものだ」

「おれたちの給料がいくらか知ってるか？　足らねえんだよ。なにもかも。もっと早く会っていたら、あんたに尻尾《しっぽ》を振っていたのに」

彼の指はトリガーにかかっていた。しかし、なかなか引こうとはしない。

「なにをぐずぐずしてる。殺されたいか」

蓉子は、吉永のわき腹に包丁を突きつけた。言葉から九州訛りが消えていた。藤江は中国語で話しかけた。

「你是八路軍嗎？《ニーシーバールージュンマ》（八路軍か？）」

「你才是日本鬼子的特務吧！《ニーツァイシーリベングイズドトーウーバ》（貴様こそ旧日本軍のスパイだろう！）」

蓉子はきれいな中国語で返事をした。

大陸では、日本軍を破った中国国民党と中国共産党が、激しい内戦を展開している。謀略兵器を大陸に持ち帰り、内戦に利用する気なのだろう。中国共産党軍は優れた女諜報員を多く抱えている。

「你把手下和布林克曼怎麼樣了《ニーバーショウシアホーブーリンコーマンゼンマヤンロ》？（助手とブリンクマンをどうした？）」

「我把你也埋在他們倆旁邊《ウオバーニーイエマイザイターメンリアパンビエン》！（二人の隣に埋めてやる！）」

藤江は息を吐いた。キャノンたちの目を不良外国人に向けさせる作戦だったようだ。

「我在劉家發現的寫著德語的草紙《ウオザイリユジアフアーシエンドシエジヨドーユードツアオジー》、那也是你幹的《ナーイエシーニーガンド》？（劉の家にあったドイツ語のわら半紙、あれもあんたが？）」

蓉子は答えなかった。吉永からコルトを奪い取る。まっすぐに藤江の頭を狙う。吉永と違って震えはない。抗《あらが》いたいところだったが、殴られた衝撃で動けずにいた。

「我還有一些事要問你《ウオハイヨウイーシエシーヤオウエンニー》（まだ訊きたいことがあるんだが）」

蓉子は無視した。トリガーを引こうとする。

思わず目をつむる。その刹那《せつな》、硬い音がした。岩を棒で殴ったような。藤江はそろそろと目を開けた。

蓉子が黒髪を振り乱して、前のめりに崩れ落ちた。彼女の背後には、ライフルを持った新田がいた。銃床で蓉子の後頭部を殴りつけたらしい。

「無事だがっす」

吉永が警棒を振り上げる。

しかし、新田のほうが早かった。ライフルの銃口を吉永の顔に押しつける。外見こそ田舎の年寄りだが、その動きは俊敏だった。

藤江は浅い呼吸を繰り返した。

「やりますね。せっかく故国の土を踏んだのに、あの世に飛んでしまうところでした」

休んでいる暇はない。ふらつく身体に活を入れ、蓉子の手からコルトと包丁をもぎ取った。着物の帯や袖を調べる。武器や毒物を所持している可能性があった。八路軍の女スパイのなかには、性器に毒物を入れたカプセルを隠し持っていた者までいた。

俯《うつぶ》せに倒れていた蓉子だったが、唇の端から血がこぼれ出した。舌を噛み切っている。やがて大量の血を吐きだす。

「まずい」

収縮した舌が気道を塞《ふさ》いでしまう。口を無理やりこじ開けようとしたが、彼女は亀《かめ》のようにうつ伏せのまま身を縮めた。藤江は懇願した。

「もうよせ。よしてくれ」

彼女の両腕が邪魔をする。顔が紫色に変わり、身体を痙攣《けいれん》させる。

ようやく身体を仰向けにしたときには、彼女はすでに意識を失い、呼吸が停止していた。

藤江は彼女の口に指を入れた。気道を確保し、血にまみれた唇に、唇を重ね、人工呼吸を試みた。しかし、息を吹き返すことはなかった。彼女は絶命するまで抵抗し続けた。

7

「申し訳ありません」

藤江は、かつての上官に頭を下げた。眼鏡をかけた初老の男だ。〝謀略の岩畔〟は、いつもどおり峻厳《しゅんげん》な気配を漂わせていたが、前回と異なり、目には柔らかな光があった。

「謝罪は必要ない。最悪の事態は回避できたのだから」

岩畔は掌《てのひら》をあげた。顔を上げろと指示する。

「……はい」

ふたりがいるのはローズ色の広い部屋。帝国ホテルの客室だった。部屋番号も同じだ。キャノンに殴られ、この部屋のベッドで目を覚ました。すべてはここから始まった。

蓉子が窒息死をしてから二日が経った。CICは特高の元刑事や元憲兵に訊きこみ、蓉子の正体を確かめさせているが、現在までわかっていない。

診療所から消えた謀略兵器は、吉永の杉並の自宅にあった。アタッシュケースが納屋に隠されていた。その中身と種類は豊富で、青酸ニトリールを始め、牛疫病毒の乾燥粉末のアンプル、石鹸《せっけん》型焼夷《しょうい》剤、缶詰型爆弾、ライター型カメラと、多岐にわたっていた。

CICは吉永の身柄を確保し、蓉子やその背後を問いただしているが、実質は彼女の手下となって動いていたため、彼女らの人間関係はわからないと答えている。

岩畔は呟いた。

「こうも困窮した状況が続くようでは、イデオロギーなど関係なしに、テロリストやスパイに手を貸すものも出てくるだろう」

吉永には五人の子供がいた。そのうちの二人は結膜炎に悩まされ、失明の危機に直面していた。治療するにはペニシリンが必要だが、ニセ医者の平間に高額な料金を要求された。トラブルとなりかけたところ、蓉子に話を持ちかけられた。栄養ある食料と貴重な抗生物質を得るため、彼女の手下となった。

現在、ＣＩＣは吉永の家の近くにある杉並の丘陵地を掘り起こしている。助手の劉鈴玉とブリンクマンが埋まっているという。藤江もその穴に放りこまれるところだった。

「だが、謀略兵器は完全に管理下に置かれたとはいえない。平間のような男が隠匿している可能性はまだ充分に考えられる。ＣＡＴとしては引き続き、この負の遺産を回収せねばならない」

「そのためには、もっと多くの人員が必要です」

「そうだな」

岩畔は一枚の写真を取り出した。憲兵の腕章をつけた筋骨隆々の大男が写っていた。藤江が答える。

「永倉一馬ですか。香港《ホンコン》憲兵隊の。泥蜂《ニーフォン》と呼ばれていた。彼も生きていたのですね」

「大陸から引き揚げて、山梨の実家に戻ったが、村八分にされて、すぐに故郷を飛び出している。おそらく、この東京のどこかにいるだろう。彼を加えたい」

「わかりました」

永倉はスパイ狩りの名手だ。腐敗した香港憲兵隊のなかで、清廉を貫いた数少ない戦士といえた。

藤江は部屋を出た。

ホテルは連合国将官やＧＨＱ高官の宿舎として接収されている。日本人は立ち入り禁止《オフ・リミット》だ。しかし、進駐軍の軍服を身に着けた藤江は、平気な顔で正面玄関へと向かった。

レストランの前を通り過ぎる。バターや肉の匂いに混じり、トマトピューレの香りがした。蓉子を名乗る女が作っていた砂鍋餃子《シャグオジャオズ》を思い出した。羅宋湯《ボルシチ》風のトマトスープだ。

正面玄関を出た。埃の混じった強い風が吹きつける。トマトの香りは、すぐに消えた。

第三章

Sunset for the Dogs of War,
Russian Style.

戦争の犬たちの夕焼け

昭和23年春

秦野建三《はだのけんぞう》は、黒焦げに焼けたビルの壁にもたれていた。

いつ崩れ落ちてもおかしくない廃墟《はいきょ》だが、夜露をしのぐため、建物の中央には浮浪者がたむろしていた。汚い兵隊服を着た復員兵上がりのようだ。新参者の彼をしばらく睨《にら》みつけていたが、秦野が黙って防寒外套《がいとう》の裾《すそ》を払い、腹に差してある拳銃《けんじゅう》を見せると、見て見ぬフリをするようになった。

浮浪者らは、一斗缶で廃材を燃やして暖を取っていた。暦のうえでは春になったとはいえ、夜が深まるにつれて、急に気温が下がっていた。痩《や》せた身体《からだ》を縮めて火にあたっている。気温は十度を下回っているだろう。外堀川から水気を含んだ川風が吹きつけてくる。

とはいえ、秦野はびくともしなかった。防寒外套のせいで暑いくらいだ。数年を満州で過ごし、マイナス三十度にもなるシベリアで生きぬいたおかげか、日本に戻ってからは一度として、寒さを感じたことはない。凍傷で左手の小指と中指、それに足の指を数本失ってはいるが。

ビルの二階から、女の喘《あえ》ぎ声が聞こえていた。コンクリートの残骸《ざんがい》と燃えカスだらけの汚れた場所だが、花の銀座とあって、ときおり派手な化粧をした娼婦《しょうふ》が、鼻の下を伸ばした米兵を連れて、商売に励んでいた。米兵は浮浪者たちに、場所代として洋モクやチョコレートを放《ほう》っていた。そのたびに、浮浪者たちは目を光らせ、激しい取りあいを演じていた。

身動きひとつしなかった秦野だが、そのときばかりは目をそらした。浮浪者たちの行為があさましいとは思わない。秦野自身、あの凍土の収容所でわずかな黒パンと粥《かゆ》を巡って争い、食事が出来なくなるほど弱った仲間の分を盗み食いした。飢餓というものが、いとも簡単に人を鬼に変えることを熟知していた。

廃墟に腰を落ち着けるまで、秦野は銀座を見て回った。シベリアに抑留されていたとはいえ、日本の惨状については、収容所の掲示板に貼《は》られていた「日本しんぶん」で知っていたつもりだった。おかげで、舞鶴《まいづる》から東京へと汽車で向かうまで、各都市の破壊された光景を見たときも、とくになにも思わなかった。

ただし、焦土と化した東京を目撃したときには、他の復員兵たちと同じく、深いため息をついたものだった。爆撃を免れたビルは連合軍が接収。銀座はとくに進駐軍相手の商業地区に変貌《へんぼう》していた。街のあちこちには星条旗がはためき、英語で記した標識や米兵で埋め尽くされていた。占領の現実をまざまざと見せつけられた。

進駐軍の酒保《PX》には、もう何年も口にしていない食料品や贅沢品《ぜいたくひん》がたっぷり売られていたが、日本人は立ち入り禁止《オフ・リミット》だ。

「日本しんぶん」によれば、日本はアメリカの言いなりと化し、国民は血税を搾り取られているという。日本民族を滅ぼすため、恐怖政治を行っているとも書かれていた。

どこまで本当なのかは、帰還したばかりの秦野には判断がつかない。容赦のない爆撃で街が焼き払われ、アメリカの占領下に置かれているのは事実だった。血色のいい屈強なアメリカ人に比べて、明らかに栄養不足に苦しむ日本人を見るかぎり、あのソ連製の扇情的な新聞の報道も、あながち間違いとは言い切れない。

ただし、日本民族は滅びるどころか、しぶとく生き抜こうとしている。そんな姿をいくつも目にしていた。二階で喘ぎ声をあげている進駐軍相手の娼婦——パンパンガールというらしい。街にはあちこちに露店が立ち並び、得体の知れない畜肉を串焼《くしや》きにし、米兵の食い残しまで鍋《なべ》で煮込んで、質の悪そうな密造酒を国民に提供している。

日本人立ち入り禁止の酒保《PX》にしても、米兵を籠絡《ろうらく》した女たちが出入りしては、闇《やみ》商人に物資を横流ししている現場を見ていた。焼跡と廃墟だらけのなかで、奇妙なエネルギーが渦巻いている。極寒にさらされながら、劣悪な環境下で働かされた秦野ら収容所の人間にはなかったものだ。

むろん、そんな印象を連絡員のボルコフに言えば、大目玉を喰《く》らうだろう。共産主義こそが自由と平等をもたらす。あなたは資本主義に毒されたのではないか。唾《つば》を飛ばして反論してくるはずだ。優れているのは資本主義か共産主義か。称《たた》え崇《あが》めるべきは天皇かスターリンか。秦野にとっては、もはやどうでもいいことだ。

廃墟にヒゲ面の金沢《かなざわ》が入ってきた。秦野と同じく、防寒外套を着用し、背嚢《はいのう》を背負っている。彼は秦野に偽名で呼びかけた。

「富士《ふじ》さん」

火の周りを囲んでいた浮浪者たちは、新たな闖入者《ちんにゅうしゃ》に露骨に眉《まゆ》をひそめた。たまらずひとりが、おそるおそる声をかけてくる。

「あんたら、ここに居つくつもりか」

「いいや」

秦野は答えた。「すぐに出て行く。あと一時間もしないうちに」

浮浪者たちは、ほっとした様子だった。

なにしろ、金沢は、雪焼けしたこげ茶色の肌と、凍傷によって炭のように黒ずんだ頰《ほお》。鼻の先端をやはり凍傷で失っている。米兵にも負けないほどの背の高さの持ち主であるうえ、凍傷によって崩れた顔のおかげで不気味な迫力を持っている。浮浪者たちがたじろぐのも無理はなかった。

金沢とは同じ部隊にいた。送りこまれた収容所も一緒だ。秦野は曹長。金沢は軍曹。下士官同士で、シベリアでは軍の階級が高い者ほど、やがて地獄を見ることとなったが、金沢は今にいたっても、秦野を先輩として敬意を払っている。富士山という偽名にしたのも、金沢が秦野を呼び捨てにはできないという理由からだ。〝山《さん》〟と山の名前にしておけば、呼び捨てで呼んでも敬称をつけた感じにはなる。富士山でも赤城山《あかぎさん》でも構わなかった。

「利根川《とねがわ》」

秦野は金沢の偽名で呼びかけた。

「はい」

「少し肥えたな」

「おかげ様で。やはり米のメシが一番です」

「おれもだ。握り飯ばかり食っていたよ」

「淀橋《よどばし》もじきに来ます」

舞鶴から東京へ戻って二週間。連絡員のボルコフから金をもらって、南千住の簡易バラックで一週間、英気を養うように命じられた。

――酒やヒロポンには手を出すな。お前たちは選ばれた革命の戦士だ。女などもってのほかだぞ。性病を移されるのが関の山だからな。お前たちの身体は、お前たちだけのものではない。つねに動きも監視されていると思え。

やつから恩着せがましく渡されたのは千円。驚くほどの大金に見えたものだが、物価の上昇がさらに輪をかけて凄《すさ》まじく、じっさいはそれほど大した金ではないのだと、一膳飯屋《いちぜんめしや》や屋台の売り物を喰らいながら知った。三度のメシと宿代だけできれいに消えた。

潜伏していた宿にしても、みすぼらしいことこの上なく、ベニヤ板で仕切られた二畳ほどの小部屋だった。畳は荒れ放題で、壁や屋根は黒カビに覆われていた。行き場のない傷痍《しょうい》軍人やら、家を焼け出された親子だのが暮らしていた。

部屋には臭い煎餅《せんべい》布団があるだけだったが、それでも、収容所の蚕棚と呼ばれる板敷きの寝台に比べれば、天国みたいな住処《すみか》ではあった。収容所ではシラミや南京虫《ナンキンむし》にたかられ、寒さも加わり、満足な睡眠を取れなかった。病で臥《ふ》せっていた隣の下士官が息を引き取り、大量のシラミがぞろぞろと宿主を代えようと移動してくるときもあった。

たとえボロボロに朽ちた畳であろうと、湿気を含んだ粗末な布団であろうと、これといった不満はなかった。かりに今いる廃墟や路上で暮らすことになったとしても、やはり黙って受け入れただろう。

秦野と金沢らは、舞鶴から別々の汽車に乗り、東京でもそれぞれ異なる住処に身を隠した。その居場所を知るのは連絡役のボルコフだけだった。

収容所では骨と皮だけの姿になっていた金沢も、軍に籍を置いていたころとまではいかないが、それなりに栄養と休息を得たらしく、屈強な肉体を取り戻しつつあった。惨《むご》たらしい凍傷の顔が目を引くものの、ハバロフスクでの教育を経て、肩と胸の筋肉が分厚くなっていた。ハバロフスクからナホトカに移動したさい、富士山、利根川、淀橋というコードネームを与えられ、帰国を果たした。

金沢がおそるおそる訊《き》いてきた。

「……本所には行かれたのですか」

「ああ」

秦野は答えた。ただし、続きの言葉が出なかった。

本所区――現在では墨田区と呼ばれる地域だ。昭和二十年三月の大空襲で重点的に爆撃を受けた。そこには秦野の妻とふたりの子供らが暮らしていた。町そのものが焼跡と化し、どこに自宅があったのかもはっきりとは探し当てられなかった。

ソ連側から、家族が全員焼死したのを聞かされてはいたが、やはり自分の目で現場を確かめたかった。死亡したのが事実だったとしても、せめて近所の顔なじみに会って、妻たちの暮らしや最期を聞くことができればと、わずかな期待を抱いて訪れた。

しかし、自宅周辺で猛烈な火災旋風が発生したらしく、知っている人間はひとりも見つけられなかった。周辺の簡易バラックの住人に聞いて回ったが、芳しい返答は得られなかった。勝手に住み着いたよそ者や、たまたま空襲があった日は本所区を離れていた者ばかり。ただし、全員が口をそろえて言ったものだ――あのへんの住人はみんな黒焦げになったよ。

秦野は探し続けた。食器の欠片《かけら》ひとつでいい。妻や子の形見になるものをと、自宅があった場所らしき空き地を、半日かけて探し回ったが、焼跡のうえに雑草が生い茂っていたため、なにひとつ発見できなかった。夕暮れに線香を立てて宿に戻った。

金沢は頭を下げた。

「申し訳ありません」

「かまわんさ。これで心置きなくやれる。貴様は？」

「私には家族なんて」

金沢は苦笑した。

「母親が待ってるかもしれんぞ」

「いいんです。おれのことなんて、とうの昔に忘れてますよ」

彼は東北の貧農一家の出身だ。小作人の三男で、食い扶持《ぶち》を減らすために軍隊へ入れられた。飲んだくれの父と仲が良くなかった。秦野も金沢も、故国に対する思いが薄いと思われたらしい。そのため、破壊工作員として選ばれたのかもしれない。

深夜十一時。その五分前に、防寒外套を羽織った淀橋が姿を現した。背の低いずんぐりとした若者だ。金沢と同じく背嚢を担いでいる。

年のころは二十代半ばだが、頭髪の半分は白髪に変わっている。灰色の頭を戦闘帽で隠していた。秦野は彼の正体を知らない。進駐軍に逮捕されたときを考え、工作員同士はお互いに名前や経歴を詮索《せんさく》し合ってはならない……ことになっている。そのくせ、旧知の仲である秦野と金沢を組ませている。そのあたりの大ざっぱなところがソ連らしくもある。

「遅くなりました」

淀橋は、ぎこちなくふたりに敬礼をした。冬のシベリアを思わせる暗い目をした男だ。秦野は首を横に振った。

「敬礼はよせ」

「す、すみません」

淀橋の本名や素性はわからないが、振る舞いなどから見て、生粋の軍人ではなさそうで、古参兵のようなふてぶてしさもなかった。

おそらく満州の開拓団の百姓で、関東軍に根こそぎ動員されたクチだろう。長い戦争のなかで、貧乏クジを引かされた人間たちだ。

終戦間際の八月、ソ連軍の侵攻によって、必死の思いで自分の土地を守ろうとした女は蹂躙《じゅうりん》され、子供や老人たちは虐殺された。関東軍は彼ら開拓民を見捨てて南下。将校たちは家族を連れ、朝鮮と本土防衛を名目に満州を去ろうとした。

淀橋はソ連の教育を守り、仲間である秦野らに素性を明かさずにいたが、それでも日本に帰国する最中の船で、甲板から海をひとり眺めながら『我らは若き義勇軍』を口ずさむなど、開拓団出身であるのを無意識に明かしていた。

これで全員が揃《そろ》ったことになる。秦野は防寒外套の内ポケットに手をやった。洋モクのラッキーストライクだ。箱を金沢らに向ける。

「タバコに関しちゃ米国の勝ちだ。マホルカなんぞ二度と吸えなくなる」

金沢らは、不思議そうに箱を見やりながら、一本ずつ手に取った。マッチの火を三人で回し、タバコに火をつけた。三人は紫煙をくゆらせた。濃厚でしっかりとした上等な味が口に広がる。茎や葉っぱが雑多に混ざったロシア製の刻みタバコとは、比べものにならない。

淀橋はため息とともに煙を吐いた。

「タバコって、こんなにうまいもんなんですね」

金沢が訊いた。

「これはどこで」

「本所の帰りさ。親切な学生からもらった」

金沢はひっそり笑った。彼は秦野の実力をよく知っている。

本所で線香を上げた帰りに、詰襟を着た三人の愚連隊に因縁をつけられた。血色のいい復員兵と見て、多少の金を持っていると踏んだのだろう。愚連隊はナイフを手にし、金と防寒外套をよこせと迫ってきた。

揉《も》め事は起こすなと、ボルコフからきつく言われていた。拳銃を突きつけて追い払えば済む話ではあったが、家族に関する手がかりをひとつも見つけられなかったこともあり、秦野の虫の居所はきわめて悪かった。拳《こぶし》で返答したのち、三人にタバコと財布を差し出させた。

「そろそろ行くとするか」

秦野は吸い殻を放った。

一斗缶の周りで、毛布にくるまっていた浮浪者たちの目が、吸い殻に吸い寄せられる。淀橋は指先が焦げそうになるほど、根元ぎりぎりまでタバコを吸っていた。

秦野たちは立ち上がり、防寒外套についた埃《ほこり》を払った。三人は防寒外套のポケットから、マスクを取り出して顔の下半分を覆った。浮浪者たちに声をかける。

「邪魔したな」

返事はなかった。彼らは争うようにして、秦野らの吸い殻を奪い合っていた。

廃墟を後にし、今では〝Zアベニュー〟と呼ばれる通りを歩く。日比谷《ひびや》交差点から銀座を経由して勝鬨橋《かちどきばし》方面の道をそう呼ぶらしい。銀座といえども、夜も深まり、街はすっかり静まり返っていた。お茶っぴきのパンパンガールが、ビルの壁にもたれて気だるそうに立っていた。かつて妻と訪れた三越銀座店は戦災で廃墟と化している。三十三間堀川を渡って築地方面へと歩く。

Zアベニューの路肩には、黒塗りのクライスラーが停《と》まっていた。運転席にいるのはボルコフだ。車と同じく黒の外套を羽織り、黒のソフト帽をかぶっている。口ヒゲを生やした四十代くらいの男だ。おそらく中国人だろうが、中国語やロシア語、それにうまくない日本語を使いこなす。国籍不明の男ではあったが、やつの後ろにはソ連代表部の人間がついている。

ボルコフはZアベニューと交差する一本の道を顎《あご》で指した。秦野はうなずいた。道の側にはやはり空襲で崩壊した廃墟が並んでいたが、いくつかは爆撃や火災を逃れたビルがあった。

周囲は濃密な闇に支配されていたが、あるビルの一室だけは煌々《こうこう》と灯《あか》りがついていた。目標である陽東ビル。持ち主は新垣誠太郎《にいがきせいたろう》という大物貿易商だ。陽東貿易を始めとして、複数の海運会社を経営している。

三人は陽東ビルが建っている道へと入った。腰を屈《かが》めて、廃墟に身を隠しながら慎重に近づく。

「いますね」

金沢が陽東ビルの出入口を見やった。

三人がいる廃墟からビルまでは約九十メートル。入口には灯りがない。しかし、四階の窓から漏れる光によって、入口に立っている男が照らされていた。

男は背広姿だった。仕立てのよさそうな外套を着こみ、背筋をピンと伸ばして直立している。歩《ほ》哨《しょう》の経験がある元兵隊だろう。夜襲でも警戒しているかのように、目を爛々《らんらん》と光らせている。ヒロポンでも打っているのだろう。入口の側《そば》には、筆文字で『陽東貿易株式会社』と大書された看板が掲げられてあった。むろん、ただの貿易会社などではない。

金沢が拳銃を抜いた。ナチスドイツ軍の制式拳銃のワルサーP38だ。ドイツ軍から鹵獲《ろかく》したものらしく、茶色いベークライトのグリップや灰色のバレルは傷だらけだ。かなり使い込まれた痕《あと》があった。

秦野は腕を横に伸ばし金沢を制した。

「音を立てるにはまだ早い。おれがやる」

廃墟の床に目をやった。黒ずんだ石ころやレンガが散乱している。レンガを拾い上げた。手にずしりとした重みが加わる。それを持ったまま、先行して陽東ビルへと近づく。

廃墟から廃墟へ。壁から壁へと移動を繰り返した。入口の男はじっと立ったままだ。

約二十メートルまで来たところで、秦野は路上へと姿を現した。入口の男が目を見開いた。突然の秦野の出現に戸惑っている。

男が腰に手をやるのと同時に、秦野はレンガを全力で投げつけた。風を切って飛んだレンガは、男の顔面をとらえた。ぐしゃりと骨が砕ける音がした。男は首をのけ反らせ、数メートルほど後方に吹き飛んだ。地面に背中から倒れる。

秦野は左腕を振って、金沢たちを呼んだ。ワルサーを持った金沢が身を屈めて駆けてきた。秦野の怪力を知る金沢は無表情だったが、淀橋は表情を強張《こわば》らせていた。今までとは違った目で、秦野を見やる。

倒れた男の側に屈んだ。レンガはちょうど顔のまん中に衝突していた。鼻骨が潰《つぶ》れ、顔面が陥没していた。眼球がこぼれ落ち、身体を痙攣《けいれん》させていた。鼻からあふれさせた血で、外套や背広を赤く染めている。まだ生きているようだった。弱々しいうめき声をあげている。

秦野は再びレンガを拾い上げた。関東軍にいたころなら、一撃で男を殺せたはずだ。男の顔をレンガで殴った。頭蓋骨《ずがいこつ》が砕ける音がし、血と脳しょうがあふれ出る。男の痙攣は続いていたが、呼吸は停止した。

男の懐を漁《あさ》った。背広の内ポケットには革製の財布。ズボンの腰にはホルスターがあり、自動拳銃がしまわれてあった。米軍の制式拳銃であるコルトだ。外套のポケットには折り畳み式のナイフもあった。のきなみ奪い取る。

灯りがついているビルの部屋では、陽東貿易の社員が麻雀《マージャン》に勤《いそ》しんでいるらしく、ジャラジャラと洗牌《シーパイ》をする音や、複数の人間の声が聞こえる。ボルコフの情報によれば、二十四時間体制で複数の社員が常駐しているらしい。なかにはビルに住みついている者もいるという。

敵の数はわかっていないが、目当てのブツはまさに灯りがついている四階の部屋にあるらしかった。

「行こう」

秦野はふたりに囁《ささや》いた。金沢と淀橋がうなずいた。当惑していた淀橋も険しい表情に変わる。暗い目の奥に、怒りの炎が見て取れた。

この若者が、どんな思想の持ち主なのかはわからない。ハバロフスクでの教育で、どっぷり共産主義に染まっているかもしれない。あるいは極寒地獄を味わわせたソ連を憎んでいるかもしれない。

しかし、満蒙《まんもう》開拓団出身となれば、おおむね彼の歩んだ人生を推測することができた。苦労して満州の硬い大地を開拓したものの、いわゆる動員によって軍に徴兵され、古参兵からさんざんこき使われたことだろう。

その一方で、ソ連軍の侵攻のさいには、開拓団の人間たちはむざむざ見殺しにされた。関東軍は尻をまくっていち早く逃げ出している。匪賊《ひぞく》、八路《はちろ》軍、ソ連軍。どれもこれも憎いだろうが、もっとも憎悪しているのは祖国日本かもしれなかった。そうでなければ、こんなバカげた任務に従うはずがない。

三人はビルの入口から侵入した。腹に差していたワルサーの安全装置を外して、階段を駆け上がった。一気に四階まで昇ったが、息を乱す者はいない。木製のドアの前までたどりつく。扉の向こう側では、麻雀牌がカチャカチャ鳴る音と、男たちの雑談が耳に届く。息遣いさえ聞こえそうだった。

金沢が慎重にドアノブに触れた。ゆっくりとドアノブを回すと、口を歪《ゆが》めて首を振った。どうやら施錠されているらしい。再び秦野の出番だった。

ドアから距離を取り、ドアノブのあたりを思いきり蹴《け》りつけた。錠前が破壊され、ドアが勢いよく開け放たれる。銃声に似た派手な音がした。

木製の机や応接セットが置かれた事務所だ。室内はタバコの煙と男たちの体臭が充満していた。陽東貿易の社員たちは、部屋の真ん中で麻雀卓を囲んでいた。ある者は牌を握ったまま凍りつき、ある者は箸《はし》と丼《どんぶり》を放り、ある者は食べていた蕎麦《そば》を吐きだした。秦野はドアを破って侵入すると、机の下に潜りこんだ。

金沢と淀橋が後に続き、ワルサーを社員たちに向けた。ふたりはためらうことなく発砲した。弾倉に八発。薬室に一発。ふたりは引き金を引き続けた。

秦野は机から顔を出した。戦闘というよりも、一方的な攻撃だった。麻雀牌が吹き飛び、ワイシャツや綿シャツ姿の社員たちを次々に穿《うが》つ。

社員たちは拳銃を携帯していたが、秦野らの奇襲で反撃する力を失っていた。ふたりの射撃はまずまずといったところだった。少なくとも、社員の頭には弾を撃ちこんでいない。全員を殺害してしまえば、ブツが手に入りにくくなる。金沢と淀橋はワルサーを突きつけながら近づき、社員たちの拳銃を抜き取った。ポケットを漁って、ナイフなどの武器を奪う。

部屋の壁の隅には、重さ二百キロ以上はありそうなダイヤル式の金庫があった。秦野らの目当てはそこにある。

秦野は立ち上がった。机のうえには文鎮や鉛筆があった。それらを手に取って、銃弾を喰らった社員たちに近づいた。

社員のなかで、もっとも地位が高そうな男に声をかける。糊《のり》の効いた白いワイシャツを着ているが、右肩に弾を受けて、穴の開いたワイシャツが赤く染まっていた。整髪料で固めた黒髪が乱れ、額に脂汗を掻《か》いている。

「き、貴様ら……ここがどこか知ってるんだろうな」

「金庫の番号は？」

ワイシャツの男は深呼吸をし、秦野に向かって唾を吐いた。顔を狙《ねら》ったようだが、彼の防寒外套の袖《そで》を汚すだけだった。

秦野は文鎮で男の口を突いた。金属製の錘《おもり》が前歯二本を、いとも簡単にへし折る。喉《のど》まで挿入する。

ワイシャツの男は激痛に顔をしかめ、涙をあふれさせた。文鎮を喉の奥まで無理やり押しこんだ。男はわめき声をあげる。文鎮を引き抜くと、神経のついた前歯をぶらぶらさせながら、激しく咳《せ》きこんだ。

「金庫の番号は？」

血と唾液《だえき》で濡《ぬ》れた文鎮を、男の目の前でチラつかせる。

「わ、わかった。やめてくれ、それはやめてくれ」

男の表情が急に弱々しくなった。

言葉を発するたびに、神経のついた前歯が揺れる。ワイシャツの男の頭髪を摑《つか》んだ。男を金庫の前まで引きずり、後頭部を文鎮で小突いた。

「開けろ」

「わ、わかった。わかったから殺さないでくれ」

男は声を震わせ、金庫のダイヤルを回し始めた。

事務所の出入口から、男たちの足音や声が聞こえた。下の階にいた社員たちだろう。

秦野は、金沢らに迎え討つよう手で指示を出した。

ふたりは出入口の側に寄り、階段を上ってくる者たちに、ワルサーを発砲した。ワルサーの弾が切れると、社員らから奪ったコルトを使った。駆けつけた社員らも武装しているらしく、階段から銃声がした。銃弾が出入口を通過し、天井や机に当たる。室内に硝煙が立ちこめる。

ワイシャツの男が、手を震わせながら金庫のダイヤル錠を開けた。カチッと音がする。分厚い金属製の扉を開ける。

男は振り向いて、秦野に懇願した。

「こ、これでいいだろう。助け——」

秦野は文鎮を振り下ろした。文鎮の角が眉間《みけん》に衝突する。男は白目を剝《む》いて動かなくなる。背広の襟を摑んで、金庫の前からどかした。金沢らも下の社員らを静かにさせたらしく、銃声が止《や》んで静かになった。

金庫のなかは壮観だった。隙間《すきま》なく紙幣の束が押しこまれてある。日本円だけでない。ドル札も輪ゴムでまとめられてある。汚れやヨレが目立つものの、輪ゴムで留められた札束がぎっしりとつまっている。

金沢らは担いでいた背嚢を下ろした。中身はなにも入っていない。もともと、これらをつめこむために用意したものだった。ボルコフの話によれば、二千万円以上になるという。急激なインフレのおかげで、それがどれだけの価値なのかは、帰国したばかりの秦野らにはわかりかねたが、大豪邸がそっくり買えるほどの価値はあるという話だった。ふたりは札束を背嚢に放りこんだ。

金庫の下部には、桐《きり》製の棚がついていた。引いてみると、なかには巾着《きんちゃく》袋があった。紐《ひも》を解《ほど》いてなかを確かめる。まばゆい光を放つ宝石類だった。巾着ごとポケットに押しこんだ。金庫の中身を空にする。

金沢らは、札束を詰めこんだ背嚢を担いだ。秦野は改めて事務所を見回した。麻雀をしていた社員が、床を這《は》いずって、机の電話機に手を伸ばそうとしていた。

秦野はワルサーを抜いて発砲した。男は受話器を持ったまま、頭を破裂させて床を転がった。

抵抗を試みる人間がいないのを確かめると、彼らは金庫の金と宝石類を持って事務所を後にした。

1

「二千万か……でかいな」

永倉一馬は呟《つぶや》いた。

隣にいた藤江忠吾がうなずいた。

「総理大臣の月給ですら、二万五千円程度らしいですよ」

「なんだって、そんだけの大金を貯《た》めこんでやがったんだ。その海運会社——」

藤江が人差し指を唇にあてる。

「お静かに」

永倉たちの前を、事務服姿の女性が通り過ぎる。さすがに丸の内の中心で働く女だけあって、パーマをかけた洒落《しやれ》た髪型の若い女だった。闇市あたりと違って、モンペ姿で歩く女は見当たらない。

「お金のことより、今は周りに注意してください」

藤江の小馬鹿にしたような態度にむっとしながらも、長椅子《ながいす》にどっかりと腰かけた。

彼らがいるのは、東京駅の側にある丸ビルだった。日本を代表する地上八階建てのオフィスビルだ。そこの五階に彼らはいた。関東大震災や戦争を生きぬいた質実剛健な巨大建築物だ。

名前に反して四角い構造となっており、廊下は一直線に伸びている。コンクリート造りの無機的な見た目ではあったが、中庭が設置されており、窓からは陽光が降り注いでいる。低層階には食堂から文房具店までと、あらゆる店が入って商店街を形成している。下のほうから食物の匂《にお》いが漂ってきていた。

永倉らの前にはドアがあり、横には『大和《やまと》運輸汽船』の看板が掛けられてある。長椅子は同社の事務所から運び出したものだった。

「わかってる。それにしても、なかなかの額だ」

永倉はタバコをくわえた。

この安タバコの『金鵄《きんし》』が六円。日雇い人夫の賃金が、今のところ一日二百円ぐらいだろう。故郷を追い出されてから、東京で土方となり、汗が塩になるまで働いた時期もあった。

しかし、一日の賃金が安酒一升瓶分にもならなかったため、元締めと揉めては、他の人夫たちとシャベルやツルハシを持ってのケンカとなった。ろくな賃金も得られず、けっきょくルンペンとなった。いつも空腹で苛立《いらだ》っていた。それだけに、金にはなかなかうるさい。

世のなかはとんでもないインフレだ。モノの値段が目まぐるしく変わっていく。それでも、二千万円は揺るぎない大金に違いなかった。おまけに現金だけでなく、貴金属類まで奪われたという。池袋のマーケットで荒稼ぎをしている野田組でさえ、金庫にそんな金はないだろう。

事件は四日前に発生した。新垣誠太郎が持つ海運会社『陽東《ようとう》貿易』の事務所が強盗団に襲われた。陽東貿易側の死者は六名。重傷者が二名。全員が拳銃などで武装していたが、三名からなる強盗団に襲撃され、まんまと金庫に収められていたブツを強奪された。

「重要なのは金額の多寡じゃありませんよ」

「わかってるよ。局長さんと同じ口を利きやがって」

タバコをスパスパやった。長椅子にもたれながらも、五階のフロアに人が通るたびに、油断なく人相や武装の有無を確かめていた。

ふたりの任務は強盗団から大和運輸汽船を守り、あわよくば強盗団をとらえることにあった。相手は三人だけとはいえ、気を引き締めてかからなければ、すぐに死が待っている。


「重要なのは金額の多寡ではないよ」

緒方竹虎が深刻な顔で答えた。

話は二日前に戻る。永倉が呼び出されたのは緒方竹虎の書斎兼客間だ。壁の周囲は大きな書棚に囲まれている。大島紬《おおしまつむぎ》を着た緒方は相変わらずインクで手を汚し、眠たそうな目を向けてきた。

緒方は新聞社の主筆を務めていた男だが、記者出身らしい抜け目のなさや機敏さは感じられない。がっちりとした体格もあって、経営者や政治家のような重々しさを感じさせた。じっさい、言論界から政界へと進んでもいる。

応接机には、彼がかつて主筆を務めていた朝日新聞をはじめ、いくつもの新聞が積まれてあった。永倉は新聞のひとつを手に取った。大金と貴金属が強奪され、人まで殺害されたというのに、事件については一行も触れてはいない。

「いや、重要さ。このしこたま金を貯めてた連中は、おれたちと同類なんじゃねえのか。GHQのご機嫌をうかがいながら、やつらのお目こぼしに与《あずか》っては、アカを目の仇《かたき》にしつつ、商売に励んでる連中さ」

「永倉さん」

藤江の肘打《ひじう》ちをわき腹に喰らった。むろん、CAT《キャット》に対する嫌味でもあったが、彼はまるで手加減してこなかった。

目の前の緒方にしろ、今でこそ無官の身ではあったが、かつては朝日新聞の主筆にして専務取締役。戦前末期の小磯内閣においては、国務大臣兼情報局総裁として入閣。終戦後の東久邇宮内閣では、内閣書記官長として日本の敗戦処理に力を尽くした。言論界や政界に名を轟《とどろ》かす大物だ。

そのわりには、現在の住まいは品川の小さな洋館だ。洋食屋みたいにハイカラな造りではあったが、風雨にさらされて建物自体はだいぶくたびれている。

そもそもCATにしても、未《いま》だにどのような組織になっているのかを、永倉は聞かされてはいなかった。メンバーといえば、この根っからの諜報員《ちょうほういん》である藤江と、きつい訛《なま》りで喋《しゃべ》る東北出身の初老の男ぐらい、持っているのもガタの来た古いフォードと進駐軍から得た銃火器ぐらいだ。

わき腹をさすった。

「グチのひとつもこぼしたくなるぜ。一方はえらい大金を稼ぎまくってるってのに、こっちは乗るたびにケツが痛くなるオンボロの車と運転手の爺《じい》さま。おまけに素性のわからねえスパイ野郎ときた。それに局長さん、あんたは初めて会ったときに言ったよな。報酬の心配はいらねえと」

「不足かね」

「そんなんじゃねえよ。なにがしたいのかが見えて来ねえのさ。おれはよっぽど危ない仕事が待ち受けていると覚悟してたんだ。もっと、ぴりっとした戦いができるもんだと思ったのに、強盗野郎を追っ払えってんじゃ、ヤクザ稼業と変わらねえよ」

藤江と緒方に出会ってから、約四か月が経《た》とうとしている。仕事らしい仕事といえば、亡霊じみた日本軍人の武装蜂起を食い止めたぐらいだ。

あとの日々は、もっぱらCATの資金稼ぎに費やされた。日系アメリカ人になりすました藤江が、銀座の進駐軍の酒保《PX》で洋酒やタバコ、食料品を買い、それらをフォードで池袋や新宿の闇マーケットへと運ぶ。

最大の取引先は、永倉が客分となっていた池袋の野田組だ。マーケットではとんでもない闇値がつくものの、それでも上質な舶来品とあって、品物が並ぶたびに飛ぶように売れていく。進駐軍の物資の横流しという、ちんけな商売に手を染めながら活動資金を稼いでいた。

藤江が睨みつけてくる。

「変わってないのは、むしろあなたのほうでしょう。未だに野田組の用心棒稼業を続けている。三国人《サードナショナルズ》といつまでじゃれ合っているつもりですか」

「好きで暴れてるわけじゃねえ」

「どうだか」

永倉は頰に貼られたガーゼに触れた。野田組の抗争相手である隆興公司の連中に切られてできた傷痕だ。青竜刀で頰の肉を削《そ》ぎ落とされた。

「義理人情ってもんを重んじてるだけさ。薄情なお前にはわからねえだろうがな。一宿一飯のなんとやらってやつだよ」

「なにが義理人情ですか。ただ暴れ回りたいだけでしょう。隆興公司だけじゃなく、どさくさにまぎれて、若いGIを絞め落としたって情報も、ちゃんと耳に入ってるんです。諜報活動に携わる者が、人の目につく行動を取ってどうするんです」

「あれは酔っぱらったアメ公が、嫌がる女を追いかけ回してたからだ。日本男児として見過ごせってのか？」

緒方が手を挙げた。永倉と藤江の言い合いを止める。

「ともかく、元気に過ごしているようでなによりだ。今回はそんな君にふさわしい任務といえる。屈強なGIや三国人《サードナショナルズ》より手ごわいよ」

「今回の盗人どもがですか？」

緒方は椅子から立ち上がった。

本や書類で埋まった執務机に近づくと、何枚かの印画紙を手にした。応接机に印画紙を置いた。永倉は顔をしかめ、藤江は目を細める。

それは死体を写した写真だった。仕立てのよさそうな背広と外套を着た男が、路上に倒れている。鈍器で殴られたのか、顔面の中央が大きく陥没している。元の顔がわからないほど、ひどい損傷を負っていた。鼻が奥へとめりこみ、眼球がこぼれ落ちていた。

こめかみも殴られたらしく、頭蓋骨が割れて、灰色の脳みそがあふれている。頭と顔を血で汚していたが、細かい粉や土の塊みたいなものが付着している。

「金鎚《かなづち》……ですか」

永倉は訊いた。

香港憲兵隊時代は、殺人事件の捜査も手がけている。遺体自体は見慣れているが、これほどむごたらしく顔面が潰されたホトケは珍しい。

緒方は首を振った。

「レンガだよ。GHQの対敵諜報局《CIC》の見立てによれば、約二十メートルほど離れた位置から、レンガを投げつけられたらしい」

「レンガ？　砲弾でも喰らったような痕だぜ」

思わず声を漏らした。しかし、遺体の顔についた粉や土の塊の正体が理解できた。砕けたレンガの破片だろう。

緒方が写真を指で差した。

「襲われた『陽東貿易』は、大金を管理していただけあって、警備は言うまでもなく厳重だった。常駐していた社員は、陸海軍出身の歴戦の兵《つわもの》揃いで、全員が拳銃を携行していた。君が出入りしているヤクザの事務所より、よっぽど堅牢《けんろう》な城といえる。この撲殺された社員も例外ではなかった。南方で九死に一生を得た古参兵だよ。ヒロポンも服用しながら、ビルの前で見張りをしていた。強盗団も拳銃を所持していたが、ビル内の社員に気づかれるのをふせぐために、道端に転がっていたレンガを投げたらしい」

「犯人はスタルヒンかもな」

永倉は冗談を口にした。しかし、誰もクスリともしない。彼自身もおかしくもなんともなかった。ヒロポンを摂取した人間を黙らせるのは簡単ではない。興奮しまくり、痛覚も麻痺《まひ》しているため、拳銃の弾を身体に喰らってもひるまない。

最近でも野田組の用心棒となって、ヒロポンを打ちまくったやつを相手にした。組員の長ドスや匕首《あいくち》でズタズタに切り裂かれても、立ち向かってきた。静かに息の根を止めるのは、ほぼ不可能と言ってもいい。脚に銃弾を何発もぶち込んで、歩けないようにしたが、ぎゃあぎゃあと喚《わめ》きまくって往生した。

ＣＩＣが撮影したという写真を見た。錠前と蝶番《ちょうつがい》が破壊されたドアと荒らされた事務所。麻雀卓がひっくり返り、無数の麻雀牌が散らばっている。

木製の机や壁には弾痕《だんこん》があり、床は大量の血で汚れている。部屋の隅には、かなりの大金と貴金属を収めていたという、大きな金庫があった。分厚い扉は開けっ放しになっており、空っぽの中身をさらけだしている。

緒方がつけ加えた。

「陽東貿易側の死者は六名。重傷者が二名。殺害された者のなかには、事務所の文鎮で殴殺された者もいたようだ。生存者の証言では、強盗団は訛りのない日本語を使ったという」

「文鎮……」

永倉は絶句した。藤江の視線が鋭くなる。

「特殊な訓練を受けた者の臭《にお》いがしますね。私と同じく」

藤江は陸軍が育てた元スパイだ。中野にあった諜報員の養成機関で教育を受けた。

永倉も同意せずにはいられない。彼は藤江とは反対に、香港でスパイ狩りに励んだ。その場にある物を活用し、手際よく邪魔者を排除するやり方は、青幇《チンパン》の殺し屋や八路軍のスパイを思わせた。

「事務所のドアには、足跡が残されていた。頑丈な扉をひと蹴りで破っている。とんでもない怪力の持ち主だね」

永倉がふんぞり返った。

「早い話が、こいつらを追っかければいいんでしょう」

「逆だよ。やって来るのを待つんだ」

「あん？」

「陽東貿易の経営者は新垣誠太郎という。もとは札つきの大陸浪人だったが、関東軍の軍人に取り入って軍属となり、約五十人もの人間を率いて上海で特務機関を作った。軍の庇護下《ひごか》で、阿片《アヘン》から金属、塩を取り扱って儲《もう》ける一方で、裏では中国側へのスパイ活動や、抗日スパイの殲滅《せんめつ》等を請け負っていた。戦後は自分の特務機関が得た財産をそっくり日本に持ち帰り、今度はGHQを庇護者にして海運業を手がけつつ、反共の指導者として急速に力をつけつつある」

「G2ですか」

藤江が尋ねた。緒方はうなずいた。

日本を占領下に置くGHQという組織も、決して一枚岩ではなかった。

これまでのGHQは、軍閥や財閥を解体し、軍国主義集団を解散に追いこんだ。また、日本に蔓《はび》延《こ》っていた軍国主義思想を破壊し、民主化政策に取り組んでは、平和憲法を制定した。意図的に労働組合を成長させ、日本社会党の片山哲《てつ》を総理大臣に据えるなど、進歩主義政党の政権を支えてきた。

しかし、諜報や治安維持を目的とする参謀第二部《G2》は、熱烈な反共主義者である保守派の集まりだ。現在のGHQの方針とは異なり、日本を反共の砦《とりで》と考え、軍国主義者や超国家主義者などの公職追放を解除しようと、軍の幹部や右派勢力を温存しているという。

新垣誠太郎のような大陸で金儲けと抗日スパイ狩りを行っていた男が、のうのうとシャバで実業家として生きられるのも、ＧＨＱ内の反共主義者たちのおかげだ。本来なら長い監獄暮らしか、大陸に送られて銃殺刑に処されていてもおかしくはない。

ＣＡＴも似たようなものだった。共産主義を嫌う緒方もそのひとりといえた。大陸でスパイ活動に従事していた藤江、悪名高い香港憲兵隊に属していた永倉。それに戦前は報道の統制を行っていた緒方。

どの国よりも優れた情報収集能力を持った組織を作り上げるのが緒方の理想らしいが、ＧＨＱ内の政治状況によって運命が左右される。新垣誠太郎の陽東貿易のような、資金力もあるとは思えなかった。

「陽東貿易は戦後に設けられた特務機関だ。Ｇ２はいくつも秘密裏に、その手のグループを抱えている。たとえば参謀本部の元第二部長だった有末精三《ありすえせいぞう》、その上司だった次長の河辺《かわべ》虎四郎《とらしろう》、ノモンハン事件を指揮した服部卓志郎《はっとりたくしろう》。おのおのが諜報活動に精を出している。新垣誠太郎もそのひとりだ。そのあたりはＣＡＴも似たような性質を持つといえるが」

「秘密のはずの特務機関の金庫が狙われた」

永倉は顎をなでた。「やって来るのを待つと仰いましたが……強盗団がまたどこかを叩きに来ると？」

「少なくともＣＩＣはそう考えている。蜂《はち》の巣を突《つつ》いたような騒ぎになっているよ。どうもＧＨＱの雇った日本人のなかに、ソビエトに情報を売っていた二重スパイが混じっていたらしい。厳しい尋問を受けた末、我々も知らない特務機関の名やアジトを吐いたようだ」

藤江が顔を引き締めた。

「ただの強盗団ではなく、ソ連の息がかかった諜報員ということですか」

「その可能性が高いね。ただのネズミとは思えん」

緒方は写真を突いた。レンガで顔面を破壊された見張りの死体写真を。永倉は言った。

「おい、局長さんよ……だったら、ここも襲撃されるかもしれねえってことじゃねえのか?」

「かもしれん」

「かもしれん……って、そんな他人事《ひとごと》みたいに」

永倉は眉をひそめた。緒方は悠々とした態度を崩さなかった。

〝春風駘蕩《しゅんぷうたいとう》〟などと穏やかな人格で知られた緒方だったが、彼の半生は暴力や恫喝《どうかつ》との戦いに費やされた。新聞社の独立の精神を守るため、つねに気の荒い右翼団体との折衝といった裏仕事を任されていた。

戦争末期に政治家へと転身してからも、彼はテロの標的として狙われた。昭和二十年二月の翼壮全国団長会議の議長席にいた緒方は、後方から現れた凶漢に匕首で襲われた。身体をひねって急所を避けたものの、後頭部に裂傷を負っている。場内は騒然となったが、彼は椅子を元の位置に戻すと、何事もなかったかのように、議事の続行を静かに告げている。その泰然とした態度が、多くの人々を驚かせたという。

数々の修羅場を潜り抜けてきただけあって、標的となると告げたところで、今さら恐怖を覚える人物ではない。CATを興すさいに、すでに覚悟を決めていたのかもしれなかった。

緒方は頭の古傷に触れた。

「他人事などとは思っていないよ。私はまだ死ぬわけにはいかないし、こんな惨たらしい死に方はごめんだからね」

「だったら——」

緒方は掌《てのひら》を向けてさえぎった。

「ここよりも、狙われる可能性が高いところがある。君らはそちらに向かってほしい」

午後五時を迎え、丸ビルで働くサラリーマンや女性事務員たちが、ぞろぞろと退出する。夕刻を迎えても、廊下の長椅子にずっと座っている永倉たちを、訝《いぶか》しげに見つめていた。

一方で永倉たちも、行き交うサラリーマンたちの人相や身体つきを、ひとりずつ確かめていた。相手はただの強盗団ではない。丸ビルで働く月給取りを装って、不意打ちを仕かけてくるかもしれないのだ。

太陽が沈んで、ビル内の人気が急になくなっていく。藤江と無駄口を叩き合っていたが、闇が深くなるにつれて会話も少なくなっていった。

『大和運輸汽船』のドアが開いた。丸刈りにした若い社員が出てくる。頭を深々と下げる。

「お疲れ様です」

キビキビとした動作で、吸い殻の山になった灰皿を片づける。「コーヒーかお茶でも、お持ちしましょうか」

永倉は腰を浮かせた。

「コ、コーヒーがあんのか?」

「は、はい」

「永倉さん」

藤江に腰を小突かれた。永倉は我に返って咳払いをした。顔が火照るのを感じながら若い社員に言う。

「心遣いは感謝するが……大丈夫だ。なにもいらん」

「そ、そうですか」

若い社員は、灰皿だけを取り替えて引き返していった。揶揄《やゆ》される前に、永倉は言い訳した。

「仕方ねえだろ。本物のコーヒーには目がねえんだ。下の喫茶店だって、まだ代用コーヒーなんだぞ。大豆の粕《かす》だのたんぽぽの根っこだの。飲めたもんじゃねえ」

「今度、銀座の酒保《PX》から持ってきてあげますよ。今は我慢してください」

「ちくしょうめ」

タバコをくわえて火をつけた。吸い過ぎで口や喉《のど》がいがらっぽかった。

丸ビル内の会社員が、次々と退出していったが、大和運輸汽船の事務所のなかでは、未だに何人もの男たちが働いていた。その表情は一様に緊張している。それぞれの机の引き出しには、拳銃がしまわれているはずだった。

大和運輸汽船の経営者は岩畔豪雄だ。ＣＡＴの創立に関《かか》わった元陸軍の高官だった。戦中は、日本の諜報活動に力を尽くしたと言われている。藤江もよく知る人物で、彼が教育を受けた陸軍中野学校の設立者だ。

諜報の専門家として知られ、その後は日本大使館付武官補佐官として渡米。アメリカとの圧倒的な物量と戦力の違いを正確に把握していた彼は、日米開戦回避に力を尽くそうとした。しかし、枢軸国との関係を強める松岡洋右や東條英機に疎まれ、軍政の中心から外され、南方へと飛ばされている。だが、イギリス領インドの独立運動を支援し、のちにインドが独立を勝ち取る大きなきっかけを作ったという。

これらの話は、すべて藤江の受け売りに過ぎない。岩畔には会ったこともなければ、戦時中も存在を知らずにいた。一介の下士官には雲のうえのような存在だ。現在はこの海運会社を経営しつつ、CATの運営に携わっている。

GHQ内部に潜りこんだスパイは、G2と協力関係にある元軍人や元軍属、反共主義者や政治家、それに彼らが経営する企業を正確に摑んでいた。新垣誠太郎の陽東貿易に二千万もの大金があることも。それらをすべてソ連側の連絡員に伝えていた。そのなかには、この大和運輸汽船も入っていた。

G2の協力者は思いのほか多いらしく、必ずしもこの事務所が襲われるとは限らない。しかし、金庫の金や貴金属を奪われただけでなく、陽東貿易の社員たちが惨たらしく殺害されたことは、この社員たちにも伝わっているようだ。社員たちの背筋や仕草を見たかぎり、腕に覚えのある元軍人が多いらしいが、それは陽東貿易も同じだった。

コーヒーでも飲んで、気分をすっきりさせたいところだが、敵はただの強盗団ではない。恐るべき破壊工作員と見るべきだった。知らぬ間に、大和運輸汽船のコーヒー豆やお湯に毒物が放りこまれている事態も想定しておかなければならなかった。かつて永倉の任地だった香港では、手塩にかけて育てた中国人の密偵らを、ヒ素入り料理で毒殺された経験がある。

「普通じゃねえんだよな」

野球の投手のように腕を振った。

レンガで潰された見張りの顔を思い出していた。腕力には自信がある。しかし、レンガなんかを遠くから投げつけて息の根を止めるような怪力までは持ち合わせてはいない。特殊な訓練を受けた人間に違いなかった。

永倉は尋ねた。

「なんか心当たりはねえのか。そんな人間離れしたやつなら、どっかで見かけただろう」

藤江はしばらく沈黙した。

「まったくない……こともありませんが」

「やっぱり知ってやがるのか。何者だ」

「確証もないまま、喋《しゃべ》るわけにもいかないでしょう」

永倉は彼の襟首を摑んだ。「いいから話してみろよ。伊達《だて》に泥蜂《ニーフォン》と呼ばれたわけじゃねえんだ。口を無理やり割らせてやろうか」

2

秦野らは丸ビルの五階に達した。

昇降機が十一基も設置されていたが、電力不足のためか、稼動しているのは五基のみだった。帰宅のために下へ降りる会社員ばかりで、上に向かうのは秦野たちだけだ。

大和運輸汽船の事務所へと向かう。そこが新たな標的だ。

野太い声が耳に届いた。いかにも軍隊出身者らしい男の声だ。まっすぐに伸びた廊下は、ガランとしていて殺風景だったが、それだけに、大和運輸汽船の事務所の前にいる男たちが嫌でも目立つ。長椅子に二人組。ひとりは食料不足の時代にありながら、岩のような筋肉をつけていた。背広を着ているが、サイズが合っていないのか、今にも破けそうに膨らんでいる。長椅子に黒革のカバンを置いているが、とても月給取りには見えない。

もうひとりは、なで肩で痩せている。筋肉男とは対照的で、ほっそりとした二枚目だ。こちらはいかにもサラリーマン風だが——。

「あの男……」

秦野が呟いた。隣の金沢が訊いた。後ろの淀橋も反応する。

「どうかしましたか」

「なんでもない。あの出入口のふたりは、おれが殺《や》る。お前たちは、その隙に事務所を襲え」

秦野は笑みを作り、談笑するフリをして命じた。恰好《かっこう》は二人組と同じく背広だった。陽東貿易から奪った金で仕立ててもらった。丸ビルで働く会社員に見えないこともない。

「わかりました」

「笑え。気取られるな」

秦野ら三人は、帰宅する会社員を装いながら廊下を歩んだ。長椅子の二人組は見張りの退屈さに負けたのか、無駄口を叩きながらじゃれ合っていた。筋肉男が小男の襟首を摑んで揺さぶっている。秦野らを警戒してはいない。

ついに長椅子の前までやって来た。さりげなく背広の懐に手をやり、一尺の鉄扇を取り出すと、筋肉男の頭めがけて振り下ろした。

しかし、筋肉男が同時に動いていた。すかさず黒革のカバンを抱えて頭上に掲げた。秦野の鉄扇とカバンが衝突する。

ガキンというかん高い音が響き渡り、鉄扇を持つ手が痺《しび》れる。カバンのなかに、鉄板を仕込んでいたようだ。鉄扇がくの字に折れ曲がる。

小男のほうが立ち上がった。手にはすでにコルトが握られていた。ふたりともただのサラリーマンではないのは明らかだ。どちらも軍出身者だろう。

「動くな」

小男が金沢らに銃口を向ける。金沢と淀橋は懐に手をやったまま動けずにいた。

「てめえも武器を捨てろ。芹沢鴨《せりざわかも》みてえな真似《まね》しやがって。人の頭を割るつもりだったのか？」

筋肉男は苦痛に顔を歪めていた。

見た目どおり、よほどの筋力の持ち主だった。カバンに仕込んでいた鉄板は、かなりの厚みがあるはずだ。そうでなければ、くの字に折れ曲がるのは鉄板のほうで、カバンごと筋肉男の頭を粉砕していただろう。

筋肉男が言った。

「ようやく信じる気になったぞ。陽東ビルで暴れたのはてめえだな。そんだけ化物じみた腕力がありゃ、レンガも砲弾みてえにぶん投げられるだろうよ。こんな血なまぐせえ裏仕事なんかやるより、職業野球の道にでも進めばよかったんだ。川上《かわかみ》を超える選手になれたろうぜ」

秦野は筋肉男を見ていなかった。曲がった鉄扇を持ったまま、小男の顔を見つめる。やはり、見覚えがあった。

小男のほうも気づいたようだ。表情を強張らせる。思わぬ再会に驚愕《きようがく》している。

「あなたは……五〇二」

そのときだ。『大和運輸汽船』のドアが開いた。丸刈りの若い男が出てくる。派手な金属音で異変に気づいたのだろう。手にはコルトを持っている。

秦野は鉄扇を投げつけた。丸刈りの男の顔面に衝突し、何本かの歯と鼻血を撒《ま》き散らして、男は後ろにひっくり返る。

「野郎」

筋肉男が立ち上がり、カバンで殴りかかってきた。身を屈めてかわす。大きな風が巻き起こる。野球選手になるべきは、この男のほうだろう。

重心を低くして、隙のできた筋肉男に突進した。右肩から男のわき腹へと衝突する。筋肉男が吹き飛ぶ。

筋肉男は後ろに転がったものの、倒れはしなかった。やはり背広の裄丈《ゆきたけ》が合っていないらしく、袖《そで》が肩から千切れた。

やつは体当たりをまともに喰らいながらも、わき腹を押さえて立ち上がった。カバンも手にしたままだ。

「てめえ……」

秦野は目を細めた。

近接格闘戦となれば、秦野に敵《かな》う者は部隊内でもごく少数だった。体当たりをまともに貰《もら》えば、たいていの者はその場で失神してしまう。内臓を傷つけ、骨を折ってしまったときもある。筋肉男の耐久力に、金沢が目を丸くする。

少数精鋭、一騎当千の旗印のもと、秘密裏に集められた関東軍の選抜者たち。そして過酷な訓練の日々。誰もが柔道家や剣術家をも、叩きのめせる自信を持っていた。秦野の一撃を耐えた筋肉男もただ者ではない。

小男が秦野の姿に驚いているうちに、金沢と淀橋が懐からワルサーを抜いた。

しかし、先に発砲したのは小男だった。淀橋の腹部が弾《はじ》け、血煙があがる。彼は背中から床へと倒れ、ワルサーを取り落とした。床に落ちたワルサーが暴発し、廊下の天井を撃ち抜く。コンクリートの破片や埃が降り落ちる。

金沢が小男めがけて連続して撃った。

しかし、その前に筋肉男が立ちふさがっていた。鉄板入りのカバンを胸に掲げ、ワルサーから放たれた銃弾を防ぐ。黒革の生地が弾け、鉄板が露出する。

筋肉男を盾にして、小男がすかさずコルトを構え直す。その銃口は金沢を狙っている。まずい。

秦野は筋肉男たちに向かって全力で駆ける。小男のコルトが火を噴いた。頰と右耳に熱い痛みが走る。機銃掃射のなかを潜《くぐ》り抜け、ソ連の装甲車に突っこんでいった夜が、脳裏をよぎる。

筋肉男に諸手突《もろてづ》きを喰らわせる。筋肉男の靴底が床を擦《こす》る。数メートルほど後退させたが、今度もやつは倒れなかった。後ろにいた小男は筋肉男の背中にぶつかり、廊下を転げまわる。

「相撲取りか、こいつ」

今度は筋肉男が突進してきた。カバンを抱えながら。

胸に大きな衝撃が走った。あばら骨がきしむ。

分厚い鉄板のせいで、体当たりの威力が増している。思わず息をつまらせる。

下半身に力をこめて、体当たりを受け止めたが、今度は秦野の靴底がすり減る番だった。足裏が摩擦熱で焼けそうになる。

「お前らにくれてやらあ」

筋肉男は続いてカバンを、発砲しようと狙いをつけていた金沢に投げつけた。鉄板入りのカバンは、まっすぐに金沢の顔面へと飛んでいく。

金沢はワルサーの引き金から指を離した。両手を交差して、カバンから顔面を防御した。

顔への直撃は免れたが、両腕にカバンが当たり、金沢は身体をぐらつかせた。苦痛に顔を歪める。

カバンは硬い音とともに床に落下した。砲丸が落ちたような音がし、床の表面にヒビが入る。カバンの重量は十キロ以上はあるだろう。

「撤退だ」

金沢に命じた。

彼はカバンによって右手を痛めたのか、ワルサーを構えられずにいる。顔を青ざめさせながらうなずく。

秦野は撃たれた淀橋に近づいた。

「少しの間だけ我慢しろ」

淀橋を肩に担ぎあげた。

彼に命中した弾丸は、わき腹を貫通していた。急所は外れているようだ。小男は生け捕りにする気だったのだろう。ごく近い距離だ。あの男が狙いを外すはずがない。淀橋の血液が秦野の背広やシャツを赤く濡らす。

「逃がすと思ってんのか」

筋肉男が背広を脱ぎ、床に叩きつけた。

秦野は無言で答えてみせた。脚に力をこめた。ふたりが座っていた長椅子を蹴り上げた。腕自慢の筋肉男も目を見張る。

一回転した長椅子が、筋肉男の頭上に襲いかかった。今度はやつが防御に回るほうだった。両腕で頭を守り、凶器と化した長椅子の重みに耐える。

再び大和運輸汽船の事務所のドアが開いた。けたたましい音を立てながら。手に拳銃や銃剣を持った男たちが、血相を変えて飛び出してくる。

「アカの襲撃者だ！」「叩き潰せ！」「撃ち殺してやる！」

秦野は背を向けた。

ここからが本領発揮の場といえた。五〇二部隊に所属していた者の。重量三十キロ以上の荷物を身につけ、一昼夜八十キロを脚力機動する秘匿部隊にいた。

流血する淀橋を抱えながら、一気に走り出した。事務所から離脱する。背後から銃声が何発か聞こえたが、すぐにそれは止んだ。仕事帰りのサラリーマンが、廊下を通りがかっていた。何事かと頭を抱え、床にしゃがみこんでいる。

金沢が左手でワルサーを連射した。先頭を走る大和運輸汽船の社員が、頭をのけぞらせて転倒した。額に銃弾をまともに受けている。床に血の池を作る社員を見て、追手たちの勢いが削がれる。

秦野は駆け続けた。発砲した金沢が後に続く。担いでいる淀橋の体重は、六十キロ以上はありそうだ。しかし、追手たちとの距離をさらに広げた。

3

「くそったれが！」

永倉は長椅子を横に放った。

飛んでくる長椅子を、かろうじて両腕でふせいだ。まともに喰らっていたら、首の骨がおかしくなっていただろう。前腕部の筋肉が痛み、骨がきしんだ。

遥《はる》か遠くの廊下の先では、猛然と駆けていったはずの大和運輸汽船の社員が二の足を踏んでいた。頭に銃弾を浴びた社員が、床に仰向けに倒れている。

何度か瞬《まばた》きを繰り返した。あの鉄扇野郎は、撃たれた仲間を担いで、数十メートルはある直線の廊下を駆け抜けていった。あっという間に角を曲がって姿を消している。階段を使って逃げたようだ。

腰のホルスターに手を伸ばし、コルトの銃把を握った。しかし、前腕の痺れのおかげで、握力が極端に弱まっている。弾薬のつまったコルトが手からこぼれ落ちる。

「待ちやがれ」

コルトを拾う気にはなれなかった。襲撃者たちを追いかけようと駆ける。とにかく、あの鉄扇野郎に拳を叩きこまなければ気が済まない。

「待つのはあなたです」

「ああ?」

後ろから藤江に声をかけられた。

彼は、鉄扇野郎に諸手突きによって、紙くずみたいに転がっていた。受身をきちんと取っていたようだが、床に片膝《かたひざ》をつき、苦しげに顔を歪めている。

「てめえは黙って寝てろ」

「追いつけませんよ。あなたでも」

深呼吸をして足を止めた。

本来なら火の玉みたいに突っ走っただろうが、鉄扇野郎の怪物じみた腕力と脚力を見せつけられたからには、頭を冷やす必要があった——階段でも昇降機でも追いつけそうにない。

床に転がった長椅子と、くの字に折れ曲がった鉄扇。銃弾で穴の開いたカバンを目にして考え直す。その場で踏みとどまる。

「どうどう。いい子です」

「おれは馬じゃねえ」

どこまでもふざけた野郎だった。もう一度、あの鉄扇野郎みたいに諸手突きで吹き飛ばしたくなる。

「あいつら何者だ」

「あとでゆっくりお教えします。今はそれどころじゃない」

「お前がもったいぶって教えないからだろう」

鉄扇を投げつけられた若い社員を背負い、事務所のなかへと担ぎこんだ。まだ顔にあどけなさの残る青年だった。身体は痩せており、女のように軽かった。

しかし、あの鉄扇野郎のようには動けない。ずんぐりとした体格の仲間を肩で抱えると、流血でびしょ濡れになるのもかまわずに、風のごとく退却していった。鉄扇を振り下ろしたさいの腕力にも目を見張ったが、やつの真の武器は脚力といえた。

青年社員を長椅子に寝かせる。彼の顔面は血に染まり、鼻が内側に陥没している。まるで爆発した榴弾《りゅうだん》の破片を浴びたかのような有様だ。

事務所には給仕の少年が残っていた。派手な音を立ててての格闘戦と銃撃に、すっかり震え上がっている。救急箱を持ってくるように命じたが、恐怖で身体がすくんでいるようだった。腹の底から怒鳴りつけると、あわてて動き始めた。

青年社員の意識は朦朧《もうろう》としており、まともに呼吸ができていなかった。上半身を起こし、気道を確保すると、喉につまった血を咳とともに吐きだした。顔面のケガは表面だけのように見えて、脳や首の神経を傷つけている場合がある。慎重にガーゼを鼻の穴に入れて止血に努め、長椅子に寝かせた。

事務所のなかは生臭い血の臭いで充満した。大和運輸汽船の連中が、額を撃たれた社員を引きずりこんでくる。額に開いた穴から血と脳しょうを滴らせながら、ぐったりと動かずにいた。死亡しているのは明らかだった。社員が電話の受話器を掴んで、交換手相手に叫ぶ。戦場の通信兵のように。

「おい、貴様ら、なにが起きた！」

複数の守衛とふたりの制服警官が事務所に姿を現した。警官は警棒を握っていた。拳銃を持った男たちと、血に染まった死人と顔面血まみれの人間が長椅子に横たわっているのを見て、目を剝いている。

射殺された男の手を握っていた社員が、ゆっくりと立ち上がった。谷口《たにぐち》という所長の肩書きを持つ少壮の男だ。背広を着ているが、背筋をぴんと伸ばして立つ姿は、いかにも元士官らしかった。もともと長身の男だが、よりいっそう高く見える。

「見てのとおりです、お巡りさん。賊に襲われまして」

谷口は静かに答えた。その手は血で濡れている。

「貴様らは何者だ。なぜ拳銃を持ってる」

「あなたがたには関係ないことだ」

「なっ」

社員たちは険しい形相で、制服警官にコルトを突きつける。谷口は告げる。

「全員、気が立っているところでしてね。早く立ち去るのをお勧めします。制服なんか着ちゃいるが、賊が化けているんじゃないかと、こっちは戦々恐々としている真っ最中だ。勘違いを起こす者が出て来てもおかしくない」

「貴様ら……警察を愚弄するのか」

年かさの警官がうなった。しかし、声が震えている。守衛らの顔には関わりを避けたいと書いてある。

「いったん署に戻って、上に尋ねてみるといい。ここがどういう場所なのかを。蜂の巣にされたくないなら、黙ってお引き取りください」

年かさの警官は歯を噛《か》みしめていた。

老いた警官ほど、現状が見えていない。サーベルをぶらさげていた時代を懐かしみ、権威を後ろ盾にして、市民を怒鳴り散らせた味を忘れられずにいる。

現在の日本政府を統治しているのはGHQで、一般社会に睨みを利かせているのはヤクザや外国人だ。マーケットを牛耳るアウトローに、警官がやりこめられるところを幾度も目撃している。目の前の警官らも、栄養不足で痩せ細っている。巨大な暴力を有する者が支配者になれるのだ。

「帰らんか！」

谷口が一喝した。

事務所の壁がびりびりと響きそうなほどの大音声に、警官たちは縮こまって踵《きびす》を返した。谷口は、インド独立工作に関わった岩畔の腹心と言われた男だ。

がっしりとした谷口の体格を見て、あの鉄扇野郎を思い出した。肩幅がやけに大きな長身の男だった。極度の緊張状態のおかげで痛みが麻痺していたが、急に身体が悲鳴をあげだした。

体当たりを喰らったわき腹がずきずきと痛む。自動車で撥《は》ねられたかのような衝撃に面食らったものだった。

やつら三人からにじみ出る殺気に気づけなかったら、野郎の鉄扇で頭を西瓜《すいか》のように叩き割られていただろう。レンガを投げつけられ、頭を砕かれた陽東貿易の社員と同じ運命をたどっただろう。

鉄扇野郎はとんでもない力を持っていたが、むしろ痩せた身体つきをしていた。ただし、手足がやけに長く、その肉体は金属みたいに硬い。余分な脂肪はいっさいなく、全身が凝縮した筋肉の塊と化していた。

同じ日本人で、あれほど怪物じみた膂力《りょりょく》の持ち主には出会ったことがない。元はどこぞの部隊で活躍した猛者なのだろうが、現在は共産主義の尖兵《せんぺい》と化し、GHQの協力者や反共主義者たちを殺害し、活動資金を強奪している。敗戦国日本の混沌《こんとん》を象徴しているかのようだった。

再び事務所にどやどやと人間が押しかけてきた。カーキ色の制服を着た大男たちが押し寄せる。白いヘルメットをかぶった進駐軍だ。洋酒と洋モク混じりの体臭をまとわりつかせ、大和運輸汽船の社員たちを見下ろす。

多くのMPを従わせながら、CICがやって来た。そもそも丸の内の大半の建物は、GHQに接収されていた。すぐ隣には、CICが詰めている日本郵船ビルがある。

彫りの深い顔立ちの大男に混じって、のっぺりとした顔の日系人が先頭に立ち、事務所内を見渡した。

CICに所属する日系人のオリハラという男だ。藤江よりも低い身長のため、米国人に混じっていると子供にしか見えないが、れっきとした情報将校だ。CATの仕事をこなすうちに、何度か顔を合わせている。

オリハラは、死体と流血にまみれた部屋を冷静に見渡した。サイパンやテニアンでは通訳として前線に立ち、徹底抗戦を試みる日本軍の兵士や民間人に降伏を伝える役目を担った。そのさい、目の前で自殺する日本人を腐るほど目撃している。額を撃ち抜かれた社員を目にしても、表情ひとつ変えなかった。

オリハラはMPたちにフロアを封鎖するように命じた。これで事件にはならず、新聞やラジオで報道されることもない。能面みたいなツラをしていたが、床に座る永倉を見下ろすと、微笑を浮かべてみせた。流暢《りゅうちょう》な日本語で語りかける。

「してやられたようだな、ミスター永倉。〝キャプテン・ジャップ〟でも手こずったということか」

忙しく動いていたMPたちが、〝キャプテン・ジャップ〟の言葉を耳にし、一瞬だけ足を止めた。青い目や灰色の目。複数の視線が向けられる。永倉は思わず顔をそむける。

「ぶ、無礼な名前で呼ぶんじゃねえ。ほんの少しじゃれ合っただけだ」

「場所を変えよう。連中を間近で目撃して、まともに生きているのは諸君ぐらいだ。詳しく話を訊かせてもらえるか」

永倉は手首をさすった。わき腹と同じく、ずきずきと痛む。諸手突きや長椅子を防いださいに挫《くじ》いたらしい。

「おれが喋る必要はねえよ」

「というと？」

藤江のほうを見やる。つねにオーデコロンの香りを漂わせる伊達男だが、今はスーツや頭髪を乱したまま、張りつめた表情で立ち尽くしていた。

「なるほど」

オリハラは藤江を見て、納得したようにうなずいた。

「関東軍機動第二連隊。通称、満州五〇二部隊。一騎当千、超人的集団を目指した精鋭部隊です」

藤江が語りだした。

「超人？」

永倉は鼻で笑おうとした。

しかし、あの鉄扇野郎の暴れっぷりを目の当たりにした今では、笑う気にはなれなかった。超人と呼んでも大袈裟《おおげさ》ではない力を持っていた。

オリハラはクスリとも笑わなかった。無表情で訊く。

「英国のブリティッシュ・コマンドスのようなものか」

「ええ、まあ……」

ブリティッシュ・コマンドスってのはなんだ。問いただしたかったが、出されたコーヒーの誘惑には勝てなかった。スプーンで五杯の砂糖を入れて飲む。シロップのような甘さが、傷ついた身体や内臓に染みわたる。

藤江は遠い目をしながら続けた。

「彼らを目撃したのは昭和十八年の春です。当時の私は、商社勤務の民間人として満州に駐在していました。満州五〇二部隊の兵舎は吉林《きつりん》にありましてね。なにからなにまで異例ずくめの部隊と言えます。機動とは言っても、馬や自動車、戦車といった機械化部隊ではありません。それに連隊とは名ばかりで、兵員は二個中隊程度に過ぎず、三百人ほどしかおりませんでした。軍馬は二十頭ばかり。車も数台しかありません。物資や人員が南方戦線に割かれていくなか、関東軍が対ソ戦に備えるために編成された秘匿部隊でした」

「もう一杯頼む」

永倉はコーヒーを飲み干した。空のカップをオリハラに見せる。

彼はベルを鳴らして給仕を呼んだ。日本人の青年が入室し、新しいコーヒーを運んできた。羨《うらや》ましそうな目で永倉をちらりと見つつ、空のカップを下げて出て行った。

永倉らがいるのは、ＣＩＣを含むＧＨＱ情報部が入った日本郵船ビルだ。襲撃事件の現場からは徒歩で移動した。

藤江がたしなめてくる。

「話のコシを折らないでください」

「偉そうに指示できる立場か。おれがいなけりゃ、今ごろお前は射殺されてるか、鉄扇野郎に頭を砕かれてるかのどちらかだ。命の恩人に感謝しろ」

オリハラは手を軽く上げた。

「話を戻そう。それにしても、たった三百人による連隊で、ろくな武器も持っていなかった。日本軍のクレイジーさには、今さら驚きはしないが、ソ連の機甲師団相手にバンザイ突撃でもするつもりだったのか」

藤江は首を振った。

「物資と人員不足にあえぐなかで生み出された苦肉の策ではありますが、あながちやけっぱちだったわけではありません。三百人といっても、精強無比な下士官たちによって構成され、日本からも銃剣術の達人や射撃に優れた者が五〇二部隊に組みこまれました。日本軍のお家芸といえる敵陣地への肉迫接近、夜襲、黎明《れいめい》攻撃といった奇襲をモノにするために、血を吐くような精強訓練を課せられた集団でした」

藤江の証言によれば、選《え》りすぐられた実力の持ち主たちの能力を引き出すために、猛特訓が繰り返されたという。暗いうちの朝稽古《あさげいこ》の駆け足から始まり、剣術、射撃、行軍の基本科目が課せられ、部隊全員の能力向上が図られた。剣術は全員が段位を取得できるほどに。射撃では、全員が三百メートルも離れた的を撃ち抜けたという。

脚力の強さも精強訓練の賜物《たまもの》だった。長距離耐久行軍力の養成と称し、重さ三十キロにもなるレンガを背嚢につめ、数十キロの行軍が毎日のように繰り返された。ついには一昼夜で八十キロの脚力移動を可能にした。

堅牢なソ連のトーチカを破壊するために、崖《がけ》をよじ登っての登攀《とうはん》訓練、手榴弾を使っての投擲《とうてき》訓練など、徹底して人間を武器化、機動化することが目的とされていた。

まるで講談師が語る忍者だ。冷やかしのひとつも入れたくなったが、永倉は黙ってコーヒーを啜《すす》った。

あの鉄扇野郎の力の正体が、ようやく理解できたような気がした。やつの暴れっぷりを考慮すれば、尋常ではない訓練を積んできたとしてもおかしくはない。

少数精鋭の五〇二部隊の役目は、挺進《ていしん》奇襲による敵の撹乱《かくらん》にあった。飛行機輸送もできない関東軍は、技術部が開発した特殊気球による空中機動も採用し、飛行実験が幾度となく繰り返されたという。

オリハラは苦笑した。

「クレイジーだな。気球だと。実行に移していたら、せっかくの超人たちも、ソ連の機関銃や高射砲の餌食《えじき》となっていただろう」

「けっきょく、気球による輸送は幻に終わりました。なにせ奇襲を仕かけてきたのはソ連のほうでしたから」

昭和二十年八月、ソ連は日ソ中立条約を破棄して、満州へと侵攻した。爆撃機や戦闘機による空爆や機銃掃射に始まり、日本軍の砲弾をモノともしない重戦車が地上を蹂躙した。逃げ惑う民間人も戦闘員も無差別に攻撃の的にされた。

攻め入った極東ソ連軍の兵員は約百五十万人、戦車や自走砲が五千五百両、航空機は約三千五百機。関東軍はソ連との交戦は時間の問題としながらも、その時期については早くとも九月以降、遅ければ冬まで持ち越すと楽観視していた。

ソ連の急襲に対して、関東軍はまるで無力だった。精強無比といわれた満州の日本兵は物資不足に苦しみ、満州居留邦人を根こそぎ動員するほど著しく弱体化が進んでいた。

関東軍は逐次的な反撃と、段階的な後退行動によって、敵部隊を消耗させようと試みた。満州各地で遊撃戦を展開し、できる限りソ連軍を叩き、後退しながら橋や鉄道といった交通要所や施設を破壊し、ソ連の進軍を食いとめようとした。

五〇二部隊は、その指令を忠実にこなすべく奮闘したと言われる。ソ連国境付近の老黒山にて陣を築き、自慢の隠密挺進によって敵戦車部隊に肉迫、梱包《こんぽう》爆薬や手榴弾で戦車を破壊した。さらに鉄道の橋梁《きょうりょう》を爆破するなど、ゲリラ戦を展開。老黒山を占領したソ連兵を夜陰に乗じて襲撃し、一度に数十名を殺傷したこともあった。

また、終戦日となった八月十五日を過ぎても、敵中のなかで孤立した五〇二部隊は、終戦を知らぬまま、奇襲戦法を敢行し続けた。敵の糧秣《りょうまつ》や武器を奪い取って戦闘を続けたといわれる。

藤江は首を振った。

「部隊は満州の地で全滅したものと思われました。終戦を知らないまま、ソ連にゲリラ戦を挑み続けたという証言を、満州帰りの人間から何人も耳にしていましたから」

永倉はコーヒーを再び飲み干した。

「どっこい生きてやがったってわけだな。ソ連の捕虜にでもなり、アカく染め上げられて、内地に戻ってきたってわけか」

オリハラは藤江に尋ねた。

「君はリーダー格の男を知っているな」

「ええ」

藤江は即答した。「秦野建三元曹長。五〇二部隊の第一小隊に属していました。関東軍の歩兵出身者ですが、銃剣術や射撃術、戦闘動作……強者ぞろいの部隊のなかで、ひときわ強靱《きょうじん》な体力と膂力の持ち主でした。負けず嫌いの下士官たちや幹部からも慕われていました。彼も私のことを覚えているはずです。吉林では何度か酒を酌み交わしましたから。家族想《おも》いの人でしてね。長年、故郷に戻っていないこともあって、内地の情報に飢えていました」

永倉は舌打ちした。

「最初から教えてくれりゃ、もっとやり方があったってのによ」

「丸ビルで本人を見たから確信が持てたんです。懇切丁寧に助言できる暇なんてありませんでしたよ」

「秦野の故郷はどこだ」

オリハラが身を乗り出した。藤江が膝を打った。その質問を待っていたかのように。

「そこですよ。ぜひ、そちらＣＩＣにもご協力願いたい。それと、私が知っているのは秦野だけじゃありません」

4

淀橋のわき腹を布きれで拭《ぬぐ》った。皮膚と傷口が赤茶色に染まる。

布きれはヨードチンキに浸してあった。日本軍がもっぱら外傷の応急処置に使用してきたものだ。傷口が染みるらしく、淀橋は顔を苦痛でしかめた。気丈にも声を出すまいと唇を噛みしめていた。傷口を強く押さえて、布きれをあてた。幸いにも清潔な布は売るほどある。金沢とともに止血作業を行った。包帯を巻き終えると、倉庫に置いてあるハギレや古着を布団代わりにしてかけてやった。

秦野らがいるのは、日暮里《にっぽり》の繊維街の倉庫だった。

戦前は繊維業者が集まり、一大問屋街を形成していた土地だ。戦中は統制経済によって営業停止に追いやられ、そのうえ空襲にさらされ、大半の倉庫や店舗は焼失している。

しかし、終戦と同時に統制が解除されると、軍の隠退蔵物資や進駐軍の払い下げ品、米国の古衣料などを扱い、再び布の街として蘇《よみがえ》りつつあった。秦野らは共産党系の労働組合を通じ、その問屋街に隠れ家を確保してもらった。

「すみません……すみません」

淀橋は脂汗を掻きながら唸《うな》った。

「黙ってろ。お前に非はない」

応急処置は慣れていた。

ソ連の空爆、戦車による砲弾、装甲車からの機銃掃射。本物の機動部隊を相手にして倒れた仲間に、数えきれないほど応急処置を施した——たいていは助からずに息絶えたが。

ギウダ収容所でも同じだった。黒パンとスープのみの食事、木材の切り出し、固く凍った地面の穴掘りや土運び。満州よりもさらに厳しいマイナス三十度の凍《い》てついた冬に体力を奪われ、冷たくなっていった者たちを幾人も看取った。そのさいは応急処置もなにもできず、黙って見守るしかなかった。

倉庫には、ストーブや火鉢といった暖房用具がなかった。内部は大量の古着やハギレで埋め尽くされている。ちょっとした火があれば、すぐに大火事になりそうだった。

収容所に比べれば、たいした寒さではないが、大量に出血している者にとっては応《こた》えるだろう。床のコンクリートは、氷を張った湖のように冷えきっていた。寒さには強い淀橋だったが、大量のハギレに包まりながらも、唇を青ざめさせている。

淀橋の身体を抱き、体温の低下をふせごうとした。『我等は若き義勇軍』を口ずさむ。

我等は若き義勇軍
祖国の為《ため》ぞ鍬《くわ》執りて
万里果て無き野に立たん

今開拓の意気高し
今開拓の意気高し

淀橋は涙を流した。脂汗がにじむ頬を、涙が伝う。

「銃弾一発ごときでくたばるな。家族は？」

「……わかりません。ソ連に襲われて、両親と妹らも散り散りになっちまって」

「内地に戻ってるかもしれん。いい機会だ。生きて探せ。ふんばりどころだ」

淀橋はうなずいた。

淀橋を撃った小男を思った。藤江忠吾だ。吉林市の飲食街でよく酒を酌み交わしたのを覚えている。商社の社員を名乗り、内地や中国各地の情報にやけに明るかった。

民間の新参者が満州の都市に入ってくれば、疑り深い関東軍憲兵隊が監視をするものだが、藤江には目もくれなかった。ただ者ではないと睨みつつも、五〇二部隊の隊員たちは、彼が口にする内地や南方戦線の話に聞き入ったものだった。秦野もそのひとりだ。

丸ビルで出会ったときは、ひどく驚きはしたが、なぜか納得してもいた。軍が抱えていた課報員だ。終戦後に腕を買われて、GHQか右翼勢力に用心棒として雇われたのか。体格は小柄ながらも、コルトを扱う様は堂に入っていた。あれほどの乱戦で、冷静さを失わずに発砲してきた。

淀橋のわき腹を撃ったのも、急所を外して生け捕りにするつもりだったのだろう。そのおかげで、却《かえ》って淀橋は苦しむことになった。いっそ彼をあの場で置いておくべきだったか。震えている姿を見て、奥歯を噛みしめた。

後ろを振り向いた。ボルコフは冷めた表情で、のんきにタバコを吸っていた。黒のソフト帽を斜めにかぶり、上等な背広を身に着けている。まるで羽振りのいいギャングだ。じっさい、ソビエト代表部から、少なくない軍資金を受け取っているのだろう。以前に陽東貿易から強奪した金にしろ、全額をきっちりソビエト側に納めたとも思えなかった。

ボルコフはもともと青幇の構成員だったと言われている。関東軍の阿片密売に関わっていたが、終戦を迎えて、中国共産党と国民党の関係が決裂すると、青幇の組織を中国共産党に売り、人民解放軍へと鞍替《くらが》えしたという。共産主義などからっきし信じてはいない。その時代の支配者に取り入って生きただけの男だ。

秦野は眉をしかめた。

「なにを突っ立ってる。医者はどうした。まだ来ないのか」

「医者？」

ボルコフが口をひん曲げた。タバコを地面に落とすと、忌々《いまいま》しそうに踏みつける。ヘタクソな日本語でまくしたてた。

「尻尾《しっぽ》巻いて逃げ帰ってきたくせに、どのツラ下げてもの言ってやがる。おれが運ぶのは金庫の金だったはずだ。こんな血だらけの男じゃねえ。おかげで自慢の車のシートが血で汚れちまった」

「医者に診せなけりゃ死ぬ。顔の利く診療所か病院があるだろう。こんな倉庫にいつまでも寝かせておくわけにはいかない」

「病院だって」

ボルコフは大袈裟に両腕を広げた。「おれを仏や神とでも思っているのか。ここはアメリカの占領地。いわば四面楚歌《しめんそか》の敵陣なんだよ。そこでヘマをやらかしたやつが、医者に診てもらえると思うのか？　ここを故国と思うな。家族もみんなアメリカ人に殺されたんだろう。ここはアメ公どもの属国だ。この倉庫にしても、いつ嗅《か》ぎつかれるかわからねえんだ。機関銃を持ったＭＰが、殴りこんできてもおかしくないんだぜ」

「貴様——」

黙っていた金沢が立ち上がった。怒りで顔を赤くさせている。秦野は腕を伸ばして止めた。秦野が語りかけた。

「人員が欠けてしまえば、米国のイヌたちの金庫を叩けなくなる。それでいいのか」

ボルコフは舌打ちした。

「もともと、そいつは満州の百姓だろう。代わりぐらいなら、いくらでもいる」

「おれたちの代わりもか」

秦野はゆっくり立ち上がった。ボルコフと向き合う。彼はとっさに懐に手を入れた。じりじりと後じさり、中国語で釘を差してきた。

「你可別幹蠢事《ニーコービエガンチュンシー》。想想你那些被關在西伯利亞受罪的朋友吧《シアンシアンニーナーシエベイグワンザイシーボーリーヤーショーズイドペンヨーバ》（バカなことは考えるなよ。シベリアで吊し上げられているお仲間を思い出すんだ）」

ボルコフは余裕を見せようと笑みを浮かべたが、表情は硬く強張っている。

ボルコフを睨みすえながら過去を思い出した。

五〇二部隊は、将校と下士官からなる異例の部隊だ。戦争末期は根こそぎ動員された初年兵たちを加えて再編成され、終戦を知らないまま、昭和二十年八月末までソ連兵と死闘を繰り広げた。

九月になって、ようやく大本営からの停戦命令書が届き、武装解除となった。少ない粥をすすり、弾薬さえ尽きかけたなかでのゲリラ戦は、地獄の様相を呈していたが、真の苦しみはソ連に捕えられて、シベリアに送られてからだった。

極寒のなかでの重労働、極端に少ない食料。たった一切れのパンをめぐって争い、収容所に生えた雑草まで食い尽くしてしまう日々。

荒廃した日本兵の心に忍び寄ってきたアクチブ運動。文字に飢えていた捕虜たちが目にしたのは、日本語ができるソ連人が編集した新聞だった。そこにはアメリカに占領された内地の国民が、いかに非道な目に遭っているか、マッカーサーが血税を搾り取り、労働者や農民を苦しめているかが記されてあり、くたびれきった捕虜たちの不安をあおった。

やがて「日本しんぶん」の内容は、日本の軍国主義や資本主義批判へと変わった。特権を与えられた軍や警察、資本家や地主こそが国家を腐らせたのだと。そしてソ連と共産主義賛美へと変わっていった。ソビエトは労働者と農民の国であり、平等で幸福な社会なのだと。

スターリンこそが人民の未来を率いる太陽であり、日本も変革を遂げなければならない。そのためには、庶民の窮乏や戦時下の兵士の苦悩などわからない天皇も打ち倒さなければならない。天皇制こそが日本の悪なのだと。

新聞の内容が変わるのと時期を同じくして、収容所の幾人かがハバロフスクへと移送された。そこでみっちりと思想教育を受け、収容所へと送り返された。立派な赤化戦士として。

彼らは共産主義の素晴らしさをアジり、赤旗を振りかざし、突撃隊を組んでは労働に励みだした。

「インターナショナル」「赤旗の歌」を歌おうと、なにかとリーダーシップを発揮した。

そして糾弾。階級が高い者や憲兵、学のある者が次々に吊し上げられた。

下士官や上等兵も標的にされた。戦時には傍若無人な振る舞いをし、鍛錬と称して下級兵をさんざん殴り、こき使ってきた。葉書一枚で召集され、牛馬のごとく酷使され、ときにはひどいリンチにさらされた下っ端たちにとっては、ソ連がもたらす情報と教育は正しいものに思えたのだろう。吊し上げの対象は、五〇二部隊こと機動第二連隊の下士官たちにも及んだ。徹底して狙われたというべきかもしれない。終戦の八月十五日を過ぎても、ゲリラ戦を展開し、ソ連兵を手こずらせたがゆえに、糾弾の標的とされた。

徹底的な悪罵《あくば》にさらされ、反論の余地もなしに延々と憎悪の感情をぶつけられ、怒号を浴びせられる。秦野も金沢も経験済みだった——天皇に飼い慣らされた犬め、軍国主義者め、ファシズムの残滓《ざんし》め。

少ない食事をさらに減らされ、重労働のノルマも課せられる。夜も眠れぬほどの吊し上げが毎日のように続く。糾弾によって発狂に追いこまれた者、衰弱していった者が続出した。

一騎当千を誇った五〇二部隊の隊長らや、下士官たちは見る影もなくなっていった。狼《おおかみ》のような眼光は消え、豪傑と呼ばれた男たちは、吊し上げと重労働で骨抜きにされた。数十年は帰国など許されず、シベリアの地でくたばるのだと吹き込まれ、自決の道を選んだ者もいる。

一方で、同じ釜《かま》の飯を食った仲間を売り、積極的に赤旗を振るほうに回った者もいる。秦野らも似たようなものだった。

終わりの見えない抑留生活。内地にいる家族への思い、望郷の念にも勝てなかった。遠いシベリアの収容所では、天皇陛下も軍の地位も関係はない。とっくにソ連の砲撃によって身体は四散し、地獄に落ちたものと思うときさえあった。

帰国がかなわないのは、抑留生活者にとって、もっとも恐ろしい罰だった。その恐怖から逃れるためには、共産主義の賛美もためらわない。天皇の代わりにスターリンを崇め、革命歌を大声で歌い、脳みそを赤くして耐えた。

もともと五〇二部隊は、正面きっての戦闘を挑んで、華々しく玉砕するのをよしとはしない。ソ連が国境を越えて攻めてきたさいは、隠密挺進と奇襲攻撃を適切に行い、敵の心胆を寒からしめる。功を焦らず、互いに助け合い、長期持続戦に持ちこむのが目的だった。終戦を迎え、極寒の収容所に押しこめられたとはいえ、帰国がかなうまでは決して死なない。そう金沢と誓い合った。

抑留生活が二年と数か月を経過したところで、秦野と金沢はハバロフスクへと連れていかれた。彼らの前に待っていたのは日本語を操るソ連人と屈強な兵隊たちだった。

軍参謀本部情報総局。GRU《ゲーエルウー》と呼ばれるソ連の情報機関だった。戦前の日本を騒然とさせた凄腕《すごうで》のスパイ、リヒャルト・ゾルゲも所属していたという。

日本語がペラペラのロシア人はコワレンコといった。どういうわけか秦野らは、基地内の運動場に連れて行かれ、クマのように大きなロシア人と格闘戦をするように命じられた。

コワレンコは有無を言わさなかった。相手は六尺をゆうに超える大男であり、北国の寒さをも通さない筋肉の鎧《よろい》をまとっていた。上腕の太さは子供の胴ほどもある。GRUお抱えの破壊工作員だという。

馬鹿げた話だった。吉林で鍛錬をしていた時代とは異なり、重労働と食糧不足と極寒の三重苦にあった抑留生活で、秦野のかつての筋肉は失われ、カカシのように痩せ細っていた。三十キロの荷物を持って、八十キロの道を駆け抜けていた時代がはるか昔のように思えた。

それでも戦わなければならない。工作員と戦わなければ、すぐに収容所に戻す。コワレンコの顔に書いてあった。

――戦場のつもりで戦ってもかまわないか。

コワレンコに訊いた。

――もちろん。これはスポーツじゃない。

――わかった。

その会話の一分後、秦野は工作員の腹をガラス片で刺していた。

開始の合図とともに、秦野は工作員に背を向け、建物内の壁際へと全力で走った。逃走を図ったと思われ、その場にいた兵士たちに機関銃を向けられた。しかし、目的は逃走などではない。壁のガラス窓に頭から突っこんだ。北国仕様の分厚いガラスを額でぶち破った。額が大きく割け、血液が顔を汚したが、収穫はあった。

窓枠に残った鋭いガラス片を握り、工作員の元へと舞い戻った。刃物を持った秦野に、大男はうろたえていた。刺されまいとガラス片に注意が向いていたのを逆手に取り、脛《すね》をつま先で蹴飛ばした。弁慶の泣き所を打たれ、足を止めた工作員の腹部や腕をガラス片で突きまくった。かつてゲリラ戦で、銃剣つきの小銃でそうしたように。

工作員の身体能力は、痩せ細った秦野をすべて上回った。しかし、窓ガラスを頭突きで破ったときに勝負は決していた。工作員は、顔を血で濡らしながら向かってくる日本人に怯《ひる》んでいた。

同志《タヴァーリッシ》が腹を刺されて倒れ伏したというのに、コワレンコは満足そうにうなずいていた。秦野は肉体と気迫で、金沢は射撃能力の高さで、コワレンコに実力を認めさせた。

それからはハバロフスクの基地で、さんざん教育と訓練を受けつつも、栄養たっぷりの食事にありつけた。白米と梅干まで出されるときもあった。黒パンとスープばかりで胃袋が弱っていた彼らは、急なご馳走《ちそう》のせいで当初は腹を下したものだ。

しかし教育は、秦野らを完全に赤化させることはできなかった。共産主義が平等と公正をもたらすと吹きこまれたところで、極寒の収容所生活と、同胞たちの憎悪をあおりにあおったアクチブを思えば、どれだけ残忍な政治体制であるかがわかった。かりに天皇制を倒して、革命とやらが成功したところで待っているのは、やはり憲兵隊や特高警察が睨みを利かせる恐怖に満ちた社会であるに違いない。

もともと秦野は、小さな米屋を営んでいた三代目だった。たいした教育は受けていないが、共産主義が抱える理想と現実に不気味な矛盾を感じていた。

コワレンコも秦野がきっちり染まっていないのを見抜いていた。とにかく帰国したいがために、赤化されたフリをしていると。やつは言い放った。

——残念ですが、帰国したところであなたにはなにもありませんよ。東京本所の米屋も、妻も子供も。

——嘘《うそ》をつくな。

——嘘かどうか、その目で見てくればいい。東京は焼夷弾《しょういだん》でなにもかも焼かれてしまったよ。勝ち目もないのに降伏を受け入れない日本、無差別に民間人も焼き殺したアメリカのせいでね。

コワレンコは取引を持ちかけた。アメリカの犬に成り下がった日本人どもを叩くように。任務をひと通りこなせば、アクチブで苦境に追いつめられた五〇二部隊の仲間を帰国させると。秦野は引き受けた。たしかに無惨に焼き払われた占領都市には、鬼畜とまで呼んだ米国人の犬となり、密貿易や軍の隠匿物資で儲けた大立者が潜んでいた。彼らだけではない。

マーケットや街角には、米兵相手に媚《こ》びを売る娼婦や商人がひしめいていた。家族さえも消えた今となっては、シベリアにも日本にも身の置き所が見いだせなかった。ただ、あるのはコワレンコとの取引だけだった。

「曹長……曹長」

何度か呼びかけられたが、意識を取り戻すために時間がかかった。

繊維問屋の倉庫のなかで、淀橋の手を握ったまま、しばらくうとうとしていた。銃弾で穿《うが》たれた耳が疼《うず》いたが、シベリアの吹雪がもたらす凍える痛みに比べれば大したことはなかった。

金沢が目に涙を溜《た》めていた。

「淀橋が」

ハギレに包まれた淀橋が、呼吸を止めていた。握っていた手はひんやりと冷たい。秦野は心臓をマッサージした。人工呼吸を行う。

しばらく繰り返したが、彼は息を吹き返さなかった。

深いため息をついた。白いハギレを歯で切り裂き、布きれを淀橋の顔にかけてやる。

金沢は無念そうに彼の遺体に目を落とした。

「本名、聞くのを忘れてました」

「ああ」

淀橋と組んだのは、ごく短い間に過ぎなかった。情報の漏えいを防ぐため、あえて素性はもちろん、本名さえも教えなかった。それでも、シベリアの凍土から生き残り、お互いに命を預ける危険な任務を潜り抜けたことで、この若者に連帯感を覚えていた。ところが彼についてはなにも知らない。満蒙開拓団の百姓だったことぐらいしか。

「あの野郎、どこほっつき歩いてやがるんだ」

金沢は悔しそうに拳を握った。ボルコフに対する文句だ。

ボルコフは秦野に睨みつけられると、医者を探してくると、しぶしぶ倉庫から出て行った。それから二時間以上は経つが、戻ってくる様子はなかった。

「金沢」

「はい」

「もしおれがくたばったら、アメリカに投降しろ」

「なにを――」

「故郷《クニ》に帰れ。小作人の三男坊といっても、兄貴たちも戦地に召集されて、あんがいお前の帰りを心待ちにしているかもしれん。聞いた話じゃ、GHQが農地改革とやらをやって、地主は小作人に耕作地を譲り渡すことになったらしい。昔とは状況が違っている」

「くたばるだなんて、不吉なことを言わんでください。それに、もう酒浸りの親父や、威張り腐る兄貴どもと絶縁するつもりで、下士官候補生となったんです。もう顔も忘れちまいました。今さら

――」

「おふくろさんの顔もか」

金沢は押し黙った。軽く肩を叩く。「覚えているだろう。写真を持ち歩いていたくらいだからな」

金沢の顔が赤らんだ。兵士となってから、ずっと大切に写真を持っていたのを知っていた。出征前に母親と地元の写真館で撮ったものだ。交戦中に紛失してしまったが。

「曹長――」

「お前には寄る場所がある。一度くらい立ち寄ってみろ。アメリカには知っていることをすべてぶちまけるんだ。抑留生活やコワレンコやおれのことを。すべて取引の材料にして生き延びるんだ」

金沢は額にじっとりと汗を掻いていた。首を縦に振ろうとしない。

「いいな」

念を押すと、ようやく彼がうなずいた。

淀橋が息を引き取ってから、約一時間後にボルコフが倉庫に戻ってきた。不機嫌そうなツラをしながら喚いた。

「だめだ、だめだ。丸ビルで暴れ回ったせいで、どこの病院も診療所もＭＰや警官が監視してやがる。闇医者のところまで、闘っ引ききどりのヤクザがうろついていたよ」

秦野が告げた。

「医者はもう不要だ」

「そうか。そりゃ残念だった」

ボルコフは帽子を取ってみせた。とはいえ、顔はケロっとしている。本当に医者を探していたかは疑問だった。

「だとすると、遺体を運び出さなきゃならねえな。車に載せるのを手伝ってくれ」

「どこに運ぶ」

「質問は後だ。ここを早く引き払わなきゃならない」

秦野らは、布で幾重にも包んだ遺体を運び出した。ボルコフはクライスラーのトランクに遺体を入れろと命じた。遺体を後部座席に乗せれば、全員が乗車できなくなる。念仏を唱えながらトランクに収めた。

外は明るくなりつつあった。東の空が薄い群青色に変化している。

一晩、倉庫に身を隠していた。問屋街には人気がなかったが、数時間もすれば多くの従業員や職人が出入りし、トラックや車が激しく行き交うことになるだろう。

ボルコフがハンドルを握り、秦野らはクライスラーに乗った。日暮里の問屋街を離れる。MPや警官に呼び止められるのを考慮して、いつでもワルサーで応戦できるように銃把を握った。

クライスラーは言問通りを東に走った。

かつて昭和通りと呼ばれたQアベニューを横切り、浅草へと到達した。街の象徴だった浅草寺の本堂も五重塔も焼失している。戦前には、当たり前のように存在していたはずのものがなくなり、露店やバラックで埋め尽くされている。

なじみ深い故郷といえたが、まるで見知らぬ土地に迷いこんだような違和感を覚えた。戦時中、長いこと閉園していた花屋敷が、小さいながらも復活しているのを目撃し、一大歓楽街だったかつての空気をかすかに感じ取ることができた。隅田川が近づくにつれて、川の匂いが漂ってくる。

言問橋を渡る。この鉄橋では大空襲時に、逃げまどった人々が殺到し、千人もの命が失われたという。モダンな造りの親柱は爆撃によって黒ずみ、欄干や柱には荒く削られたような痕跡があった。秦野の家からは多少の距離があるものの、そこに妻たちがいたとしても不思議ではない。

秦野は尋ねた。

「荒川まで行く気か」

ボルコフは答えなかったが、彼の表情がかすかに歪んだ。どうやら正解だったようだ。

ボルコフには、淀橋を土に埋める気などないらしい。隅田川の言問橋を渡る。その先は荒川の湿地帯だ。家畜の臭いがした。川べりに養豚場があるのだろう。遺体を埋めるのではなく、豚のエサにする気だった。いかにもボルコフが考えそうなやり方だ。坊主を呼んで、線香を焚いて、お経を読ませるはずもない。

隅田川の下流に目をやった。東武伊勢崎線橋梁と吾妻橋が見える。かつて自宅と店があったのもその近辺だ。

秦野は思わず目を見開いた。

吾妻橋の近くだ。ちょうど彼の家があったところ。先日、焼け跡を訪れ、線香を焚いている。そこにまるで狼煙《のろし》のように、一条の黒煙が天へとまっすぐに伸びていた。空は徐々に明るくなっていき、黒煙ははっきりと存在を主張していた。

「……火事か」

後部座席にいる金沢も煙に気づいた。

「ご自宅があったあたりでは」

ボルコフに言った。

「寄ってくれないか。煙のところに」

「ダメだ。なにを考えてやがる」

ボルコフは即答した。「隠密挺進の専門家だと聞いていたのに、あんたの家で煙だと……見え透いた罠《わな》に決まってるだろう」

ボルコフの言葉はもっともだった。

すでに秦野の素状は、GHQ側に知られている。丸ビルで藤江忠吾と思わぬ形で再会を果たした。すでに彼を経て、秦野や金沢に関する情報を調べ上げているだろう。

煙で投降でも呼びかけているのか。それとも、殺してやるという挑発か。意図は不明だ。だが、秦野に対するなんらかの伝言としか思えない。

「曹長が行けと言ったんだ。それとも、お前が豚のエサになるか。この人でなしめ」

金沢がボルコフの後頭部にワルサーを突きつけた。安全装置を外す。

「貴様ら……自分がなにをしているのか、わかっているのか。赤旗に対する重大な裏切り行為だ。シベリアにいる仲間がどうなるか、わかっているのか」

金沢がワルサーの引き金に指をかける。

「なにが赤旗だ。青幇のクズ野郎。もう許さん」

「住手《ジューショウ》、別開槍《ビエカイチアン》！（止めろ、撃つな！）」

ボルコフは中国語で懇願した。ようやく煙の方向へとハンドルを切った。

クライスラーは隅田川沿いを走った。薄茶色の葦原《あしはら》が風で揺れている。遠くで鶏が鳴く声が聞こえる。かつてあった建物はすべて焼け、黒焦げの廃墟やバラック小屋が集まっていたが、地形や道路までは変わっていない。

懐かしさに襲われる。かつては米袋を担いで自転車を漕《こ》ぎ、近所の得意先に御用聞きに出かけたものだった。多くの友人や顔見知り、贔屓《ひいき》の客たちがいた。

車は川沿いを南下し、煙の方向へと向かった。駒形《こまがた》橋を通りがかる。あの自宅があった焼け跡からは、徒歩で数分の距離にある。黒煙が間近に見えた。

ボルコフがブレーキを踏んだ。クライスラーが停車する。

「おれが行けるのはここまでだ。むざむざ罠に嵌《は》まってたまるか」

秦野もワルサーを取り出した。ボルコフの手に握らせる。

「おれは行く。止めたかったら撃て」

手ぶらのまま、クライスラーを降りた。

「待ってください」

後から金沢もついてくる。

クライスラーのほうを振り向かずに歩いた。

ワルサーを持つボルコフに対し、無防備に背中を向けたが、彼は発砲してはこなかった。

バラック小屋と半壊したコンクリートの建築物。子供のころ、関東大震災で似たような風景を目撃したが、貧困や物資不足のせいか、あのころよりもみすぼらしく映る。

空き地に入り、適当な大きさの石を見つけた。握り拳ほどの大きさだ。秦野が投げつければ、ただの石も砲弾と化す。秦野と金沢はバラック小屋の陰に隠れつつ、家の跡地付近へとゆっくり近づいた。

先日、線香を立てた雑草だらけの空き地。そこには焦げたドラム缶があり、たくさんの薪《たきぎ》がくべられていた。赤々と燃えている。冷える早朝とあって、数人の浮浪者や老人がドラム缶の火にあたっている。

浮浪者らを注視した。汚れたボロや国民服を着ている。栄養不足なのは明らかで、骨と皮にまで痩せ細っている。前歯の欠けた老人はひたすら身体を震わせている。寒さに耐えながら火にあたる姿は、シベリアの収容所に押しこまれた戦友たちを思わせた。

周囲を見回した。高い建物はひとつもなく、狙撃手《そげきしゅ》にとって好ましい地形ではなかった。地面に目を落とした。地雷の有無を確かめたが、土を掘り返した痕跡も見当たらない。

ゆっくりドラム缶へと近づいた。夏の汲《く》み取り便所のような臭気がする。浮浪者たちの体臭だった。GHQに飼われた諜報員や警察官には見えない。秦野らが近づいても、暖を取るのに忙しそうだった。

ピースをくわえ、ドラム缶の火でつけた。ほのかに甘い紫煙をくゆらせると、浮浪者たちの目が一斉に吸い寄せられた。十本入りの箱を取り出すと、浮浪者たちにタバコを配った。

「このドラム缶と薪はあんたたちが？」

浮浪者たちは一斉に首を振った。焦ってタバコに火をつけようとして、顔まで炙《あぶ》ってしまう粗忽者《そこつもの》もいた。

骸骨《がいこつ》のように痩せた男が言った。

「おれたちじゃねえ。若い男らが用意してってたんだ。あんた……秦野さんかい？」

名前を呼ばれ、眉をひそめた。再び周囲を確かめた。薪がパチパチと爆《は》ぜる音だけがする。どこかで藤江らは見張っているはずだ。ややあってから答える。

「そうだ」

痩せた男が、木の枝みたいな細腕を伸ばした。アカギレだらけの手には小さな紙切れがあった。

「これをあんたに渡してくれって。ドラム缶を持ってきた男たちが」

紙切れを受け取った。なにかが書かれてある。妻と子供の名前、それに長野県伊那地方の住所だ。目を細めた。思わず声を漏らす。

「まさか」

伊那は聞き覚えのある土地だ。もうずっと昔だ。妻の従姉妹《いとこ》にあたる人物が、この伊那地方で馬の牧場主に嫁いでいる。かつて、妻からそんな話を耳にしたことがある。

ハバロフスクのコワレンコから、秦野一家の戸籍簿を見せられていた。空襲によって妻と子は死亡。そう記されてあった。アメリカによるすさまじい爆撃と、ソ連の情報将校から見せられた戸籍簿のおかげで、家族全員が死亡したものと思っていた。

戦禍を逃れていたのだろうか。しかし、これもまた罠かもしれない。どこかにいる藤江を見つけて問いただしたかった。

金沢は老人にまとわりつかれていた。老人が彼の靴をボロキレで一生懸命に磨いている。金沢は困惑した表情で、十円紙幣を老人に握らせた。

「引き返すぞ」

「どうかしましたか」

奇襲に備えて、コンクリート片を拾った。周囲に注意を払って、跡地から静かに離脱する。道端に出たところでクライスラーへと駆ける。ふたりが乗りこむと、ボルコフはアクセルを踏みこんだ。タイヤが土埃を舞いあがらせて走り出す。

「ふざけた真似しやがって、許さねえからな。お前の働き次第じゃ、収容所にいる戦友を楽にさせることもできただろうに。ハバロフスクに連絡して、戦友たちのメシの量を限界まで減らすように伝えてやる」

ボルコフはハンドルを叩きながら吠《ほ》えた。その彼の視界を遮るようにして、跡地で見つけた紙切れを突きつけた。彼はあわててブレーキを踏んだ。

「你幹嘛《ニーガンマー》――（なにを――）」

ボルコフはワルサーの銃口を向けようとした。その前に石を振り下ろした。ボルコフの手に叩きつける。木材がへし折れるような音がし、ワルサーが足元を転がる。

ボルコフが悲鳴をあげる。秦野は紙切れを改めて見せる。

「そういや日本語は読めなかったか」

「なにしやがる。痛え。痛え。戦友どもが全員粛清されてもいいのか」

「おれの家族だが、田舎で生きているらしい」

ボルコフは右手を抱えた。骨折の痛みに耐えきれず、涙と鼻水で顔を濡らしている。

「そんなもん……敵の策略に決まってるだろうが。馬鹿力のくせに、頭は空っぽだな。お前の女房とガキは、アメ公の焼夷弾で焼き殺されたんだ。戸籍簿にもそう書いてあっただろう」

「お前の……いや、お前たちの言うことは信用できない。この伊那の住所まで向かってくれ、運転手さん。真偽を確かめさせてもらう」

「ふざけるな。そんなことやってる場合か。紙切れひとつにたぶらかされやがって」

石を振り上げた。ボルコフの頭を砕くために。しかし、先に金沢がボルコフの頭にワルサーを突きつける。

「やるんだよ」

金沢が言った。ふたりから殺意を向けられ、ボルコフは苦しげに唸るだけだった。

後ろの金沢に声をかけた。彼の顔色はまっ白だ。「すまんな。ここで降りてもかまわないぞ」

「よしてください」

ボルコフの衣服を探った。抵抗はされなかった。胸ポケットの財布を抜き取った。紙幣で分厚く膨らんでいる。ひっそりと微笑《ほほえ》んだ。

「たいしたブルジョワだな。粛清されるのはお前も同じだ」

金沢が外に出ると運転席のドアを開け、ボルコフを外に引きずりだした。後部座席に押しこむと、手足と口をハギレできつく縛る。

金沢がハンドルを握った。

「行きましょう」

「罠に嵌まりに行くようなものだぞ」

「曹長とともに行動するのが、一番長生きできそうですから。それに淀橋の埋葬も済んでません。あとで、見晴らしのいい場所に埋めてやりましょう」

「そうだな」

金沢がアクセルを踏み、クライスラーを再び走らせた。

5

「まずまずといったところでしょうか」

藤江は双眼鏡を覗いた。永倉も双眼鏡を手にしていた。

「揉《も》めていたな」

クライスラーのなかには、上等な背広を着た口ヒゲの男がいた。羽振りのいいヤクザのような格好だ。鉄扇野郎こと秦野建三と、その部下の金沢務《つとむ》の見張り役だろう。ソ連代表部と諜報員を結ぶ重要人物と思われた。

藤江が秦野らを知っていたおかげで、ＣＩＣとＣＡＴは、一晩のうちに秦野と金沢の身元や軍歴を調べ上げた。藤江が撃った青年だけはわからなかったが。クライスラーのなかにもいなかった。急所を外したとはいえ、秦野らの仲間割れの様子を見ると、満足な治療を受けられずに死亡したのかもしれない。

永倉は後ろを振り返った。ドラム缶から上がる黒煙を見上げる。

「飛んで火に入るなんとやらってところか。まさか本当にやって来るとは」

狼煙でおびき寄せようと提案したのは藤江だ。ＣＩＣのオリハラも永倉もこの作戦に懐疑的だった。そんな見え透いた罠にかかるはずがないと。

藤江は隅田川のほうを眺めながら煙を吐いた。

「秦野さんですが、とても家族想いの方でしてね。もしかすると……と思ったわけです。我ながら、自分の勘を褒めたくなりますよ」

「のんきなことを言ってる場合か。まだ仕事は終わっちゃいないぜ」

古いフォードがやって来る。

運転しているのは、車輛班《しやりよう》の新田老人だ。欠けた前歯にタバコを挟んで、機関車みたいに煙を吐いている。

浮浪者に混じって変装したばかりで、今にも蠅《はえ》がたかりそうなほど、顔や手足を土や炭で汚していた。ご丁寧に衣服に生ゴミをまぶし、臭いまで染みこませている。

永倉は口を曲げた。

「……爺さん、着替えさせなかったのかよ」

「まだ仕事は終わっちゃいません。早く連中を追いましょう」

フォードのドアを開けた。

思わず顔をそむける。卵やたくわんが腐敗したような悪臭が充満している。藤江と新田は平然としていた。鼻をつまんでフォードに乗りこむ。

「新田さん、お疲れさまでした」

「お役《やく》に立ててなによりだべ。ひさびさに緊張したなや」

新田は、東北弁を喋る朴訥《ぼくとつ》な老人だが、おそろしいほどの運転技術と狙撃の腕を持っている。

永倉は悪臭に耐えながら言った。

「きっとオリハラは不愉快な顔をするだろうぜ。せっかくおびき寄せたのなら、なぜその場で捕まえないのかってな」

「ここでやりあったところで、どうせまた逃げられるか。人的損害がむやみに大きくなるだけです。無関係な住民に流れ弾や岩が当たるかもしれない。そのために新田さんに危険を冒してまで、芝居を打ってもらったんじゃないですか」

浮浪者に紙切れを持たせ、秦野の動揺を誘った。新田を使って、さらに罠を仕かけた。永倉は尋ねた。

「効いたと思うか？」

「おそらくは。顔色がすっかり変わりましたからね」

フォードは隅田川を渡り、西へと向かい出した。

エンジンがうなり、速度がみるみる増していく。自転車に乗る豆腐屋や納豆売りを抜き去っていく。フォードの風圧で彼らは身体をよろめかせた。新田の運転技術は信頼しているが、相変わらず心臓にはよくない。

「だからって、信州くんだりまでおびき寄せることはねえだろう。そんな田舎にやつの妻子が本当にいるのか？」

「さあ、どうでしょうね」

藤江は煙をくゆらすだけだった。

6

信州伊那町はなかなか冷えた。

温暖な東京よりも気温が低い。太陽はすでに傾きつつあり、山から吹く風が冷たかった。うっすらと降り積もった雪の景色が満州を思わせる。

東には赤石山脈がそびえ、西は木曽山脈と、険峻《けんしゅん》な山々に囲まれているため、平原が延々と続く大陸とは、風景はまるで違っていたが。

秦野らは八王子までクライスラーを走らせた。穴掘りは得意技だ。農家からスコップを拝借すると、見晴らしのいい丘の頂上に穴を掘って、淀橋を埋めてやった。

甲州街道をひたすら走り、下諏訪《しもすわ》から南下して伊那町へとたどりついた。早朝から車を走らせたが、すでに夕刻を迎えつつあった。

妻の親戚が住んでいるとはいえ、初めて訪れた土地だ。駅の側にあった郵便局を訪ね、紙切れに記されてあった住所を訊いた。郵便局員はとくに疑いを持たずに教えてくれた。

牧場は駅から約十キロほど離れた天竜川沿いの場所にあるとのことだった。そこには罠が待っている。妻や子供たちが生きているという保証もない。だが、心の昂《たか》ぶりは抑えられなかった。

住所の近くでクライスラーを降りた。ボルコフも連れて。彼は手の骨を砕かれ、手足を縛められ、だいぶ衰弱していた。もし家族が生きているようならボルコフを殺す気でいた。だが、今《いま》となってはどうでもいい。とにかく事実を確かめたかった。

車を降りると、天竜川の川風が吹きつけてきたが、涼しいくらいだった。白い息を吐きながら、金沢とともに川沿いを南に歩む。

やがて二軒の木造建ての厩舎《きゅうしゃ》が見えてきた。伊那地方では馬肉を食す習慣があり、食肉用の馬が飼われている。馬糞《ばふん》や獣の臭いが鼻についた。厩舎のそばには、山のように乾草が積まれてある。

厩舎から五百メートルほど離れた位置で足を止めた。秦野は呟いた。

「……美鈴《みすず》」

厩舎では熊手《くまで》を使って、エサ用の乾草を運んでいる少女がいた。

髪を三つ編みにし、汚れたドテラを着用している。慣れた手つきで、乾草を運んでいる。

秦野は瞬きを繰り返した。最後に会ったのが昭和十七年の春。あの娘が五歳のころだった。二度目の召集に応じて出征して以来だ。

あれから約六年もの月日が流れている。すっかり別人のようだ。栄養は足りているようで、東京にいる子供よりも身長が高い。身体は丸みを帯びている。若いころの母親によく似ていた。

隣の厩舎では、いがぐり頭の少年が同じく乾草を運んでいた。美鈴の二歳下の杉雄《すぎお》だった。

彼が知る息子は、まだヨチヨチ歩きの坊やだった。雪焼けした茶色い肌をした健康そうな男児だ。姉よりも巧みに熊手を使い、驚く量の乾草を厩舎内へと運んでいる。

駆けだしそうになる衝動を抑え、厩舎の様子を見守り続けた。ボルコフに言う。

「おれの子に見えるが、お前はどう思う」

ボルコフはただ首を振るだけだった。

厩舎のなかから、手ぬぐいを頭に巻いた作業服姿の男性が現れた。初めてみる中年の男だ。年のころは秦野と同じぐらいに見える。子供たちとは反対に、馬糞で汚れたわらを熊手で外に掻きだしている。乾草を運ぶ杉雄の頭をなでてやっていた。

「曹長」

金沢が耳打ちした。遠くから雪を踏みしめる音がした。背後からだ。

「ああ」

厩舎から離れた位置に家があった。

厩舎に似て、粗末な造りではあったが、東京下町のせせこましい家々と違い、広々としている。

腕時計に目を落とした。もう夕食の時間だ。台所と思《おぼ》しき場所から、炊事の煙が立ち昇っている。

中年男が美鈴と杉雄を呼び寄せる。

勝手口から女性が現れた。染みのついた割烹着《かっぽうぎ》を着ている。妻の好子《よしこ》だった。背中に赤ん坊を背負っている。秦野は息を呑《の》んだ。

後ろを振り向いた。防寒着を着た藤江と筋肉男が近づいてきた。藤江に語りかける。

「あの赤ん坊は？」

「あの男性と、好子さんの間にできたお子さんです」

再びため息をついた。藤江はコルトを手にしながら続けた。

「あの男性は、好子さんの従姉妹の夫にあたる人物です。終戦の年に妻を妊娠中毒で亡くしまして。ちょうど、この家に疎開していた好子さんが後添いとなったということです」

「死の知らせを聞いたのは、おれだけじゃなかったということか」

「あなたは今でもシベリアで行方不明になったまま……ということになっています。好子さんはあなたの帰りを待っていましたよ。舞鶴に何度も足を運んでいます。そこで数人の引揚者から、機動第二連隊は全滅したと聞かされたようです。子供がふたりもいる女性が生き抜くには――」

「あの男は」

「温和で働き者という評判です。少々、酒癖が悪いぐらいで」

秦野は押し黙った。ボルコフがわめいた。

「デタラメだ。たしかにおれは嘘をついた。だが、こいつらの言うことだって騙《かた》りに決まってる」

ボルコフの言葉は耳に届かなかった。自分の妻子を見間違えるはずがない。厩舎と妻子、それに中年男の姿が、真実を雄弁に語っていた。

藤江が訊いた。

「恨みますか？　ここまでおびき寄せたことを」

「まさか。深く感謝している」

藤江は真顔になった。

「投降してください。これ以上の戦いに意味はない。ソ連を裏切ったあなたがたに居場所はありません」

「ここにもな」

自嘲的《じちようてき》な笑いがこみあげてきた。「これで後腐れなく、のびのび戦える。少なくとも、おれは終戦を迎えちゃいないんだ」

ボルコフを放り投げた。やつは雪の積もった休耕地を転がった。懐に入れたワルサーを掴む。

藤江は金沢を見つめていた。秦野は訝る。

背中に硬いものが押しつけられた。拳銃だと悟る。首を動かして後ろを向いた。金沢にワルサーを突きつけられていた。目を見開いた。

「……金沢」

「曹長、投降しましょう。おれたちは糸の切れた風船です」

「吹きこまれたわけか。おれと同じく」

かつて家があった場所。風景が脳裏をよぎる。

ドラム缶に薪がくべられていた。秦野が浮浪者から紙切れを受け取っていたとき、金沢は歯の欠けた老人にまとわりつかれていた。そのとき、なにかを渡されたのだろう。おそらく、自分と同じで家族に関する情報だろう。金沢が訴える。

「すみません……すみません」

藤江にコルトを向けられた。前後から拳銃を突きつけられる。

秦野はひっそり笑った。藤江に向かって突進する。体当たりを喰らわそうと駆けた。藤江がコルトを発砲した。左肩に熱い痛みが走る。かまわずに前へ進む。

しかし、横から筋肉男が組みついてきた。低い姿勢で腰にしがみついてくる。

「足掻くなよ。腹が減るだけだぜ」

筋肉男の背中に右肘を叩きこんだ。

やつは息をつまらせ、膝をついたが、即座に左拳を振り上げ、股間《こかん》を叩いてきた。秦野の下腹に激痛が走る。筋肉男はケンカ慣れしていた。

撃たれた左腕が上がらなかった。肩の傷口から血が滴る。急所の痛みをこらえつつ、右腕を振り回した。筋肉男の横っ面に当たり、やつは首をねじらせて地面を転がったが、すぐに立ち上がって秦野と向き合った。やつは地面に唾を吐いた。唾には血と歯の欠片《かけら》が混じっている。

「さすがは超人様だ」

筋肉男は拳のフシを鳴らした。金沢が叫ぶ。

「曹長、もう止めてください」

筋肉男が左へ回った。

秦野の左腕が上がらないのを見越した動きだった。やつが顔面に拳を放ってくる。それに合わせて左脚で蹴った。

筋肉男の拳が頬に衝突した。目の前を火花が散った。かまわずに左脚を振り上げた。前蹴りが筋肉男のわき腹をえぐる。やつは苦しげに顔を歪め、身体をくの字に曲げた。苦痛を与えたが、秦野も損傷を負った。視界がぶれだす。目の前のものが二重に見える。鼻から生温かい血があふれる。

地面の石ころを拾った。鶏卵ぐらいの大きさの石を、筋肉男に投げつける。当たれば相手は無事ではいられない。しかし、筋肉男はよけようともしなかった。視界がぶれて狙いが外れていた。金沢がなおも叫んでいたが、耳鳴りがしてよく聞こえない。

筋肉男が突進し、頭から突っこんできた。頭突きを喰らう。再び顔面に硬い衝撃が走り、目の前が暗くなった。鼻骨が砕ける音を耳にした。意識が遠のく。身体が自動的に動き、右肘で筋肉男をかちあげる。

膝がガクガクと揺れる。下半身が頼りない。出血のためか、急速に身体が冷えていく。日本に戻って以来、初めて寒さを感じた。さぞやひどい見た目になっているだろう。筋肉男も鼻血で顔を赤く染めている。

「まだだ。まだ終わってはいない」

自分の声さえ、くぐもって聞こえる。

筋肉男に向かおうとしたときだ。後頭部に激痛が走った。

硬いなにかで殴られた。脳が揺さぶられ、視界が完全に真っ暗に変わった。

7

藤江はラッキーストライクに火をつけた。煙をゆっくりと吐く。

横から永倉が手を伸ばして、箱から洋モクを一本をくすねた。顔は鼻血で汚れ、右頬は熟れた桃のように腫《は》れている。

ライターで火をつけてやった。

「お前らしくねえな」

永倉は苦々しそうに煙を吐いた。

「なにがです」

「こんなとこまで、わざわざ足を延ばしたことだよ」

信州の田舎は静かな空気に包まれていた。だが、今は騒然としている。

米兵を乗せた軍用トラックとジープが現れ、倒れた人間らを担架で運ぼうとしている。

現場周辺を屈強なMPが封鎖していたが、住人たちは米兵を恐れて近寄ろうとはしなかった。ただ、遠巻きに見やっている。

牧場の人々も同じだ。好奇心旺盛《おうせい》な子供が近づきたがっているが、継父と母親が玄関で引き止めている。担架で運ばれたのは彼らの実父であり、かつて夫だったはずの男性だ。しかし、彼らに知らせる気は毛頭なかった。

「そうですかね」

担架には秦野が乗せられていた。

永倉と壮絶な肉弾戦を繰り広げたが、トドメの一撃を加えたのは金沢だった。強い絆《きずな》で結ばれた戦友の後頭部を、ワルサーの銃把で殴りつけたのだ。

金沢には新田を通じて、家族の現状を伝えてあった。浮浪者のフリをした新田が、金沢の靴を磨きながら、紙切れを手渡していた。

ふたりの兄は戦死。父親もすでに肝臓を患って死亡している。母親がひとりで暮らしていると。田畑を耕す労働力がなく、生活もままならないと。

「場所、地形、それに相手の感情を利用しただけです。まともにぶつかっても、勝てる相手じゃないですからね。別の男に寝取られた妻と、新しい父親になついている子供たち。その光景を見せれば動揺を誘える。金沢にも寝返りを考えさせる時間を与える必要があった。それだけです」

「非情なスパイらしいお言葉だ」

永倉は鼻で笑った。

ジープには金沢務と連絡役の男が乗っていた。両手に手錠をかけられている。金沢は身体を震わせていた。

GHQ側が秦野らをどう遇するのかはわからない。GHQに知っている情報をすべて打ち明け、なるべく近いうちに解放されるのを望んだ。

ふいに遠い昔を思い出した。吉林市の新市街地にある太馬路《タイマールー》の裏通り。日本人が集まる酒場で、秦野や金沢と酒を酌み交わした。

ふだんは無口な秦野だったが、お銚子《ちょうし》を何本も空けた彼は、懐から写真を出した。スタジオで撮影した家族写真だ。金沢が囃《はや》し立てた。

――また曹長どのの家族自慢が始まった。

――藤江さん、これを見てくれ。家内と子供たちだ。

詳しい内容までは覚えていない。ただ饒舌《じょうぜつ》に語りつつも、目に涙を溜めていたのを、はっきりと覚えていた。

秦野の顔は腫れあがっていた。しかし、その表情は満足そうにも見えた。

第四章 猫は時流に従わない

CAT Won't Go with the Flow.

昭和23年秋

「待ちやがれ！　毛唐ども！」

永倉一馬は跳躍した。走行中のジープに向かって。後部座席に頭から突っこむ。

「うがっ」

頭頂部を固いシートに打ちつけ、目の前に火花が散った。衝撃で首の骨がきしむ。身体《からだ》が一回転し、勢いあまって腰をドアにしたたかにぶつけた。うめき声が勝手に口から漏れる。脊髄《せきずい》に電流のような痛みが走る。

しかし、無茶な飛びこみが功を奏したのか、ジープは急ブレーキをかけて停止した。

ハンドルを握るのは歯並びの悪い白人GIだ。助手席にいるのはニキビ面をしたGI。どちらも二十歳前後くらいのガキだ。ただでさえでかい目を、飛び出さんばかりに見開いていた。断りもなしに乗りこんできた日本人《ジャップ》に面食らっている。

「へ、へイ！」

ニキビ面の白人が怒鳴った。顔をまっ赤にさせて。

いや、永倉が飛びこむ前から、ふたりのGIのツラはすでにまっ赤だった。

ニキビ面の手には、かなり中身の減ったバーボンの瓶がある。頭をしたたかに打ったせいで、視界がだいぶ揺れていたが、嗅覚《きゅうかく》のほうはいたってまともだ。

GIたちからは、たまねぎとチーズを混ぜ合わせたようなひどい体臭に混じり、バーボンウイスキーの香りがぷんぷんと漂ってきていた。どうやら泥酔したまま運転していたらしい。だからこそ、マーケットの屋台なんかに衝突したのだ。

ジープはおでん屋の屋台を、派手な音をたてて破壊しつつ、おでん屋のオヤジと、ちくわを立ち食いしていた女児をはね飛ばした。

やつらはとくに悪びれる様子はなく、まるで犬猫でも轢《ひ》いてしまったとでもいうように肩をすくめると、平然とギアをバックに入れた。再び池袋駅前の道路に戻り、その場から走り去ろうとする。

進駐軍の車両は、人がひしめくマーケットだろうが、細い路地だろうが容赦はしない。ジープもトラックも、高級将校が乗るシボレーも、やたらとびゅんびゅんスピードを出す。酒をかっくらってようが、どんなに乱暴な運転をしようが、決して非を認めようとはしない。そもそも日本人を人間扱いしていなかった。

じっさい、大事故を起こして多くの日本人を殺傷し、MPに身柄を拘束されたところで、それが新聞やラジオで報じられることなど一切なければ、裁判で罪に問われたという話も聞かない。進駐軍自体が犬猫扱いするのを認めているようなものだ。おかげでこうしたバカ野郎どもが、懲りることなく砲弾のごとく突っこんでくる。

周囲は目撃者であふれていた。多くの人でごった返し、GIたちに憎悪の目を向けていた。ただでさえ最近は、MPによるマーケット潰《つぶ》しがひんぱんに行われている。ジープによって潰されたおでん屋にしても、先月MPらに摘発されていた。廃材をかき集めて、ようやく店を再開させたばかりだ。

しかし、GIに挑むのは永倉のみだった。相手は天下無敵の占領者。ジープを停《と》めようとする者もいなければ、連中に罵声《ばせい》を浴びせる者さえいない——罵声を浴びせるだけで、ピストルで返り討ちにされる恐れがある。その場には、池袋のマーケットを仕切っている野田《のだ》組のヤクザもいたが、頬《ほお》をひきつらせるばかりで動こうとしない。

たちの悪いGIは一種の災害だ。遊び半分でドブ川に叩《たた》きこまれようと、集団で強姦《ごうかん》されようと、じっと黙って耐えるしかない。警官のなかには、ドル札やチョコレートが欲しくて、連中の犯罪行為に加担し、見張り番まで買ってでる外道もいる。

永倉はといえば、別の屋台で焼き鳥を齧《かじ》っていたが、そのふざけた事故を目にするなり、ジープめがけて一目散に駆けていた。

ふたりのGIは、後ろにいる永倉を怒鳴りつけていた。香港憲兵隊に属していた彼は、それなりに英語が理解できたが、あくまでイギリス流のキングス・イングリッシュだ。

GIたちが口にする英語は訛《なま》りがきつく、詳しい内容まではわからなかった。それでも、アメリカ野郎が好んで使う定番の文句や罵倒語はもう聞き飽きている。

「ゲラアウリヒア《Get out of here》、ゲラアウリヒア《Get out of here》、ファキンジェアップ《Fuckin' Jap》」「デムユー《Damn you》、カックサッカー《Cocksucker》」

永倉は頭を振った。

瞬きを繰り返して視界を取り戻すと、まずは唾《つば》を飛ばして文句をたれるニキビ面に正拳突《せいけんづ》きを見舞った。なんの予備動作もないまま繰り出した拳《こぶし》は、ニキビ面の鼻柱にめりこんだ。卵の殻が割れるような音がした。

ニキビ面は盛大に鼻血を噴きださせ、首をのけぞらせた。グローブボックスに後頭部をぶつけると、座席からステップへと真っ逆さまに転がり落ちる。

運転手のほうは、口をぽかんと開け、相棒が殴り倒されるのを傍観していた。事態がうまく呑《の》みこめていないらしい。おそらく、戦闘経験もないまま、日本にやって来たクチだろう。

GIにはおおむねふたつのタイプがいる。ひとつは、命を放《ほう》り捨てて向かってくる日本兵の恐ろしさをよく知る戦中タイプ。もうひとつはろくに抵抗もせずに、驚くほどあっさりと占領政策を受け入れた従順な日本人しか知らない戦後タイプだ。

若い二人組は明らかに後者だ。バカンス気分で兵役に就いているため、おおむね勤務態度は悪く、気まぐれに日本人をいじめて楽しむ輩《やから》だ。

もっとも、それはアメリカ人特有の気質ではない。戦中の香港では、中国人相手に似たようなことをした同胞たちを腐るほど見てきた。殿様にでもなったように舞い上がり、道端の苦力《クーリー》に難癖をつけ、日本刀で斬《き》り殺した将校もいた。憲兵隊に向かって、美しい女がいれば、スパイだなんだと因縁つけてしょっ引いて来いと、股間《こかん》を膨らませて命じた陸大出の士官もいた。占領とはそういうものだ。

ニキビ面が持っていた〝アーリータイムズ〟のボトルを奪い取り、ぼやぼやしている運転手の耳やこめかみを小突いた。力を抜いたつもりだが、GIは大袈裟《おおげさ》に悲鳴をあげた。

「ドライブは当分控えろ。ハンドル握ってる姿を見たら、ぶっ殺してやる」

ボトルを思いきり振り下ろした。運転手の手の甲を叩きつける。木の枝がへし折れるような音がし、運転手は大きな身体を震わせ、冬眠中のクマみたいに丸まった。

「兄貴！　警察《ポリ》とMPだ！」

野田組の若い衆が叫んだ。

ジープによって破壊されたおでん屋の屋台には、はねられた店のオヤジと少女が血を流して倒れていた。ふたりとも、ぴくりとも動かない。浮浪者と野良犬が好機とばかりに、地面に落ちたおでんをむしゃむしゃ食らう。

永倉は若い衆に怒鳴った。

「早くはねられた者《もん》を病院連れてけ。バカタレ！」

サイレンの音が鳴っていた。複数のジープやMPパトカーがぞくぞくと近づいてくる。痛みにもがき苦しむGIを置いて、ジープから降りた。

「どけどけ！　どいてくれ！」

「よくやってくれた、真の日本男児だ」「あんたが噂《うわさ》の人だね」「胸がすっとしたよ」

マーケットの混沌《こんとん》にまぎれこんだ。賞賛の言葉をむやみやたらと浴びながら。永倉には、それらの賛辞がかえって不快だった。

GIに逆らえないのは仕方がないとしても、ろくに被害者を助けずに傍観する野次馬たちの根性にもむかむかする。それだけ死や暴力に対する感覚が麻痺《まひ》している。自分の身を護《まも》るだけで精いっぱいなのだ。

屋台や露店が並ぶ一角から、無秩序に並ぶバラック小屋の住宅街へとまぎれこむ。

GIとトラブルになるのは、これが初めてではない。むしろ、しょっちゅう喧嘩沙汰《けんかざた》を起こしては、屈強な米兵をも殴り倒すことから〝キャプテン・ジャップ〟なる異名までついた。

「ああ、クソ、クソ」

――諜報《ちょうほう》の人間が目立ってどうするんです。GIを小突いて英雄気分に浸る前に、CAT《キャット》のメンバーとしての自覚を持ってください。

元中野学校出身の藤江から、事あるごとに注意を受けている。だがしかし、目の前の非道をどうして見過ごせよう。そう反論すると、やつは呆《あき》れたように言った。

――だったら、地回りのヤクザみたいな仕事から足を洗ったらいいでしょう。何度言わせれば気が済むんです。けっきょく、あなたは戦争から足を洗えていないんですよ。

なぜか藤江の言葉が脳裏をよぎる。忌々《いまいま》しい。

GIなんぞを小突いて、気分が晴れるかといえば正反対だ。MPに追いかけ回されるうえ、ひどく苦々しい気分に陥る。己の首を絞める行為だ。

なにしろ永倉がひそかに所属するCATは、その進駐軍と組んで諜報活動にあたっている。米兵を痛めつける一方で、占領者の統治に加担している。

CATの中心メンバーである緒方竹虎に、日本の将来のためだと諭されてはいるが、ときおり大量のダイナマイトを抱えて、GHQへと突っこみたくなる。こうして逃走している今が、そんな衝動に駆られるときだった。

バラック街は、相変わらず線香と便所の臭《にお》いが漂っていた。真夏ほどではないが、全力疾走で駆けていると、ツンと来るような臭気が肺のなかに入りこんで強い吐気を覚えた。どこかの家のラジオから、大流行《おおはや》りしている『東京ブギウギ』が聴こえる。

バラック街の隅には共同井戸があった。揉《も》め事《ごと》を起こしたさいに逃げこむ場所のひとつだ。井戸のポンプに飛びつき、蛇口からあふれる水を手ですくって飲んだ。

喉《のど》を潤して息を整えた。最近は、MPや警官たちの追跡もだいぶしつこくなっている。

池袋には、GIを叩きのめす元日本兵がいる……そんな噂が、もうずいぶん前から飛び交うようになった。

しかし、その類《たぐい》の情報には尾鰭《おひれ》が付きものだった。空襲によって死んだ家族の復讐《ふくしゅう》のため、もくもくとGI狩りに励んでいるという噂を始めとして、じつの正体は、インディアンの血を引き、頭の皮を剝《は》ぐのを好む狂戦士《バーサーカー》だの、日本の婦女子の純潔を守るため、米兵の男根を切り取る国粋主義の柔術使いだのと、禍々《まがまが》しい情報に変換されて、米兵たちの耳に伝わっているという。

六尺を軽く超えるデカブツの米兵たちが、噂の〝キャプテン・ジャップ〟を潰そうと、ナイフや警棒を携えて、集団で乗りこんできたときもあった。さすがにあれには肝を潰したものだ。あのときのように、ひとまず野田組の親分の家にでも転がりこんで、ほとぼりが冷めるのを待つ必要がある。

手にはアーリータイムズの瓶があった。琥珀《こはく》色の液体が三分の一ほど残っている。逃亡中にもかかわらず、辛抱できずに蓋《ふた》を開け、ラッパ飲みをする。燻香《くんこう》が口いっぱいに広がった。腹立たしいくらいにうまい。

香港憲兵時代は、英国産のスコッチのうまさに感動したものだが、敗戦後に知った米国産のバーボンも賞賛に値する美酒だ。いくら戦勝国の兵隊だろうと、ろくに味のわからないニキビ面のクソガキに飲ませるには、あまりにもったいない。

井戸水をチェイサー代わりにして、もう一度、瓶に口をつけた。酒臭い息を思いきり吐き、手の甲で口元を拭《ふ》いた。胃に火がともり、ようやく落ち着きを取り戻す。

そのときだった。人の気配がした。あわてて背後を振り向く。

ソフト帽に背広姿の男がひとり立っていた。永倉を追ってきたのか、肩で息をしている。外見は同じアジア人のようだ。

永倉はボトルに蓋をした。ボトルの首を持ち、武器として握り直した。

「誰だ、てめえ。見かけねえツラだな。刑事《デカ》か？」

質問を投げかけながら、背広の男を観察した。

刑事にしては、着ている背広は上等すぎた。大半の市民が栄養不足で痩《や》せているのに、均整の取れた体型をしている。おそらく元軍人だろう。肩幅が広く、がっちりとした身体つきをしている。背広の下には、引き締まった筋肉がついているものと思われた。ていねいに整えられたコールマン髭《ひげ》なんぞをたくわえていた。ただし、こめかみから顎《あご》にかけて、刃物でざっくりと斬られたような大きな傷跡があった。

背広の男は答えようとしなかった。目を大きく見開き、じっと永倉を凝視している。なにやら人相を、必死に確認しているようだった。

「おい、こら。なんとか言ったらどうだ」

すばやく目を走らせた。背広の男の腰、それからわき腹に。

少なくとも拳銃は所持していないようだ。この時代の東京で、きちんと栄養が摂《と》れていて、パリッとした背広を着ていられる人間は、ひどく限られている。

闇《やみ》マーケットを仕切るヤクザや愚連隊の幹部、米軍の物資を手に入れやすい三国人《サードナショナルズ》、もしくは米軍のもとで働いている日本人。相手の正体を連想した。

まさか殺し屋じゃねえだろうな。永倉は迷った。ボトルの瓶を井戸のポンプで叩き割るべきかどうか。相手はなかなか腹の据わった野郎だ。〝キャプテン・ジャップ〟と対峙《たいじ》しているのに、物怖《ものお》じする様子を見せない。

ひとまず、ぶん殴ってみるか。永倉がボトルを振り上げると同時に、ようやく背広の男が口を開いた。

「一馬……永倉一馬じゃないか。おれだよ！」

「あん？」

永倉は動きを止めた。相手はやはり元軍人らしく、声に張りがあった。

「香田《こうだ》だ！　香田徳次《とくじ》だ！　親友の顔を見忘れたのか！」

今度は永倉が黙る番だった。しばらくして答える。

「……徳ちゃんか？」

「懐かしいな。閻魔《えんま》みたいな髭面のせいでわからなかったぞ」

永倉は相手の顔を改めて確かめた。

相手の服装や武器の有無に気を取られ、顔といえば頬の傷とコールマン髭に目を奪われていた。しかし、よくツラを見てみると、たしかに幼馴染《おさななじみ》の香田だった。涼やかな目と濃い眉毛《まゆげ》が特徴的な二枚目だ。

ボトルを持った手を下げた。

「徳ちゃん……どうしてこんな場所に。お前のほうこそ、俳優みたいな髭なんぞ生やしてるから、あやうく頭を叩き割っちまうところだったぞ」

「噂を耳にしたのさ。お前らしき人物が、ここのマーケットを仕切っているらしいと。青竜刀を持った中国人や、図体のでかい米兵相手でも、怯《ひる》むことなく叩きのめしているとな。まさかと思って来てみたが、噂通りにならず者のGIを打ちのめしてるじゃないか。驚いたよ」

香田はにこやかに笑った。

裏表のなさそうな屈託のない笑顔。まさしく、永倉が知る同郷の仲間の表情だった。ようやく警戒を解いて近づいた。手を兵隊服で拭《ぬぐ》ってから、香田の肩を叩く。

「ただのちんけな用心棒だ。それより、やはり生きていたんだな、大尉殿。何年ぶりになる」

「六年にもなるか。このくらいの時期に、香港の日本料理屋でしこたま呑んだだろう。あのとき以来だ。もっとも、お前は昼夜関係なく働きっぱなしで、おれと呑んでる最中も、飼ってる密偵に呼び出されたがな。抗日ゲリラの追跡のために、すっ飛んで行っちまったのを忘れたのか？」

「そうだったか」

永倉は頭をなでた。

香港憲兵時代、たしかに彼と酒席を囲んだ。憲兵隊本部は、香港島の中環《セントラル》地区にあり、その近くの日本料理店『むら田』で飲んだことも思い出した。中座したことまでは覚えていなかったが。

当時、抗日ゲリラとの戦いでぴりぴりしていたが、同じ村の出身である彼と再会し、ほっとしたのと同時に、強い郷愁に襲われたものだった。

永倉らは甲府の生まれだ。どちらも家は貧しい百姓で、同じ集落で暮らしていた。子供のころの香田は、痩せっぽちのチビで、村のなかでも身体の成長が人より遅かった。そのため、たびたびいじめの標的にされた。クソガキどもから石を投げつけられたり、肥溜《こえだ》めに突き落とされそうになったのを、永倉は何度も助けている。

ただし、体格こそ劣っていた香田だが、学校の成績は飛び抜けていた。村一番の神童と呼ばれていたほどだ。中学校を卒業すると同時に、彼は陸軍士官学校の入学を果たした。ふたりが十七歳のころだ。

勉強好きで学費がかからず、士官候補生ともなれば手当金が出る。香田家はトンビが鷹《たか》を生んだと喜び、彼は陸軍士官学校のある神奈川県の相武台へと向かった。風呂敷《ふろしき》を担いで列車に乗る香田を、甲府駅の歩廊から見送った。

香港で再会したとき、香田はすでに陸軍大尉となり、歩兵中隊を率いていた。裏表のない笑顔は郷里にいたころから変わりなかったが、陸軍士官学校では厳しくしごかれたらしく、その肉体は見違えるように引き締まり、がっちりとした体格には、いかにも軍人のような貫禄《かんろく》さえ備わっていた。

下士官に過ぎなかった永倉は、酒席で彼を上座に座らせ、言葉にも気をつけて「大尉殿」と呼んだが、香田は不満そうに口をへの字に曲げて言った。

——部下の前じゃ、さすがにまずいが、ふたりのときぐらいは、昔と同じく「徳ちゃん、一馬」と呼び合おう。お前に大尉殿と呼ばれると、どうも尻《しり》がむずむずする。

陸士出ともなると、急に人が変わったように威張りくさる青年将校をさんざん目撃してきたが、かつての幼馴染は心も昔と変わってはいなかった。やはり、こいつは信頼できる。日本酒を酌み交わしながら思ったものだ。

昭和十八年、香港に一時的に滞在していた香田中隊は、ビルマへと投入され、イギリス軍や中国国民党軍と熾烈《しれつ》な戦いを繰り広げた。壊滅的な大敗を喫したインパール作戦に加わり、香田の率いる中隊は全滅したとの噂も耳にしていた。

永倉が復員して故郷に戻ったのは、終戦から半年後だった。その時点でも、香田の消息は不明のままだった。鷹を生んだはずの香田の両親は、完全に生気を失った顔で、田畑を耕していたのを思い出した。香港で再会した話を伝えると、母親はその場で泣き崩れてしまった。

とはいえ、懐かしがってばかりもいられない。とっくに戦争は終わったというのに、また揉め事の火種を作ってしまったばかりだ。互いに肩を叩きあいつつも、永倉は周囲にそれとなく目を走らせる。

香田は首を振った。

「心配するなよ。おれは警察やMPの回し者じゃない。ヤクザともつながりはない」

「わかってるさ」

香田の背広を見やった。

最近になって仕立てたものらしく、糸のほつれも破れ目も見当たらなかった。型崩れもしていない。多くの市民が、大事に抱えていた一張羅や家財を田舎に持っていき、食料と交換しなければ生きていけないタケノコ生活を強いられているのに。時代が時代であるゆえに、背広の上等さがより際立って見える。

香田は背広の襟をつまんでみせた。

「気になるか?」

「羽振りがよさそうだな。なにをしている」

「それだよ。そのことで、ずっとお前を探していたんだ」

香田は真顔になった。元職業軍人らしく、背筋をぴんとまっすぐに伸ばす。

「なんだ。改まって」

「おれに力を貸してくれないだろうか。GIどもを手玉に取る姿を見て確信した。お前はヤクザの用心棒ごときで収まる器じゃない」

「ふむ」

永倉は頬を指で掻《か》いた。

思えば藤江に声をかけられたのも、この共同井戸でのことだった。あの男もかつて似たようなことを言ったものだ。

香田の真剣な眼差《まなざ》しから、なにか重要な事情を抱えていることが伝わってきた。

無言のままアーリータイムズのボトルの蓋を開け、中身の酒を勢いよく飲んだ。火酒が胃に滑り落ちていく。ボトルを香田に手渡した。彼は無言で受け取り、残り少なくなった液体を、喉を鳴らして飲み干した。たまらなそうに歯を嚙《か》みしめる。

「うまい。あんな札つきのGIに飲ませるのはもったいない」

「まったくだ」

永倉は笑みを浮かべた。少年時代を兄弟のように過ごしてきた。顔の造形や頭の出来は違っていても、昔から考えることは同じだった。たとえ何年も会わずにいても、心のうちはだいたい察しがつく。以心伝心というやつだ。

「他ならぬお前の頼みだ。話を聞かせてもらおう。だが、ついてこられるか？」

旧友との喜びを嚙みしめたいところだったが、逃げ方をまちがえればMPにズドンとやられる可能性があった。

香田は胸を叩いた。

「任せろ。地獄のビルマを生きぬいたんだ。進駐軍如《ごと》きの弾なんかに当たるもんか」

「頼もしいな」

永倉たちはバラック街を走り出した。

1

「貿易会社か」

永倉は名刺を見つめた。『万波通商』と記されてあった。香田の肩書きは貿易部部長とある。

「ああ。ちゃんとGHQの御墨付きを得ている」

香田はバーボンを舐《な》めてから答えた。

ふたりは、バラック街からうまく逃げ出した後、タクシーを拾って新宿東口まで移動した。香田の知る小さなスタンドバーへと入った。額縁ショーで有名な帝都座の近くとあって、あたりは助平な顔をした男たちで賑《にぎ》わっている。

額縁ショーとは、舞台上に用意された額縁のなかで、裸の女が名画のポーズをとって立つという。裸を拝めるのは、わずか数十秒という話だったが、大評判を呼んでいた。

乾杯をして、改めてお互いの無事を祝いあったが、思い出話に花を咲かせることなく、さっそく仕事について話し始めた。

朝鮮人の中年女がひとりで切り盛りしている店で、愛想もへったくれもなかったが、進駐軍とのつながりがあるらしく、酒の品揃《しなぞろ》えは豊富だった。カストリ焼酎《しょうちゅう》や自家製のマッコリに混じり、酒保《PX》から流れた洋酒が置かれてあった。

「이모《イモ》！（おばさん！）」

香田は、店主の朝鮮人の中年女に声をかけた。しかし、彼女は微動だにしない。彼は頭を掻いた。

「미안《ミアン》、언니《オンニ》（ごめん、おねえさん）」

中年女はようやく声に反応した。

香田は、店の隅に置いてある電気蓄音機に目をやった。中年女はかったるそうに動き、積み重ねられたレコードから、適当に一枚を選びだしてかけた。

ジャズ風のメロディに合わせて、哀愁を誘う男の渋い声が聞こえた。少し前に流行ったディック・ミネの『夜霧のブルース』だ。しっとりとした曲調ではあるが、複数の管楽器が狭い店内に鳴り響く。

香田は店主に手を合わせ、感謝の意を示すと、スツールを動かして永倉との距離を縮める。

「おれたち元軍人は、自分じゃ気づかないほど声がでかい。静かな声でひとつ頼む」

「物騒な仕事なのか？　ＧＨＱがついてるんだろう」

永倉はそれとなく店内を見渡した。

十人も入ればいっぱいになる小さな店で、客はもう満杯だ。店特製のマッコリや三級ウイスキーを大切そうにすすっている。労務者風からチンピラまで、客層はさまざまだった。汚れた革ジャンや生地のすり減った外套を着用している。

香田は首を振った。

「念を入れるためさ。危険はない……とは言いがたい、こんな時代だからな。儲《もう》かる仕事と聞けば、すかさずカモろうとする輩《やから》が現れる。砂糖にむらがる蟻《あり》みたいに」

「おれを見つけるために、池袋くんだりまで探しにきたのも、念には念を入れてのことか？」

「ああ」

香田は即答した。「南方ではかろうじて命を拾った。仲間たちの死臭をかぎながら、マラリアで七転八倒の日々だった。あんなのは二度とごめんだ。蛮勇だけを頼りに突き進むのは、もう一度だけで充分だ。同じことを繰り返せば、死んだ者たちに合わせる顔もない」

「ビルマは悲惨だったらしいな」

「……ろくに戦闘すらできないまま、部下たちは飢えと病でバタバタと死んでいった。生き残って復員できたのは、中隊のなかで、おれと数名の部下だけだった。指揮官として責任を取って、腹を切って詫《わ》びようかとも悩んだが、腹をかっさばいて、血と内臓をぶちまけたところで、ジャングルに残してきた仲間たちが満足してくれるとも思えん」

香田はバーボンを含んだ。苦い顔つきになった。

「台湾経由で下関《しものせき》から戻ったが、鉄道から見える内地の有様には目を見張ったよ。あれを見て思ったのさ。焦土と化したこの国を、再び建て直すのが死んでいった者たちの供養になるんじゃないかと。そのためなら、占領者だろうと、なんだろうと誰でもいい、白人どもの靴を舐めてでも生き延びてやろうと決めたのさ」

相槌《あいづち》を打ってみせた。

敗戦後、香田のような告白をする元軍人は、とくに珍しくはなかった。たいていの人間は、おめおめと生き残ってしまったことへの言い訳として使い、自害するだけの度胸のなさを隠すための理屈として用いたものだが。

しかし全員が全員、嘘《うそ》をついているわけではない。占領国日本の再建を志す元軍人や政治家に出会ってきた。香田も恰好《かっこう》こそ変わったが、目の輝きは昔と変わっていなかった。

香田がバーボンの瓶を取り、永倉のグラスに注《つ》いでくれた。

「故郷じゃ、親父《おやじ》やお袋に挨拶《あいさつ》してくれたそうだな」

「とんだ愁嘆場だった。おれはなにもしてやれてない」

「いいや。親父たちが言っていた。お前だけが、生きて帰ってくると励ましてくれたと。じっさい、おれは生きて古里に戻った。百姓として土にまみれて生きようとも思ったが、陸士時代の同期生が会社を興して、おれを東京に誘ってくれた。そのときから、ずっとお前のことを気にかけていた。おれが故郷に戻ったころ、お前はすでに姿を消していたからな。数日前に噂を耳にした。池袋でお前らしき人物が、占領軍だろうとギャングだろうと、誰彼かまわず相手にして暴れ回ってると。まさかと思ってやって来たが、ジープに乗りこんで、でっかいGIをぶん殴ってるじゃないか。たまげたよ」

「故郷《クニ》には居場所がなかったからな。いつの間にか、ヤクザどもの客分だ」

客分となって暴れているのは事実だが、永倉にはもうひとつの顔がある。とはいえ、CATの存在を教えられるはずもない。たとえ気心の知れた幼馴染といえども。

「貿易会社といったな」

「おもな取引先は台湾、支那といったところだ」

「支那？」

首をひねった。「ついこの間まで、ずっとドンパチしていた国と取引しているのか？」

「とくに珍しいことじゃない。〝昨日の敵は今日の友〟というだろう。この日本国もついこの間まで、鬼畜米英相手に一億火の玉となって戦ってきた。たった数年前までの出来事だ。それが垂れ幕や看板には『マ元帥を大統領に』ときた。あれにはさすがに目を疑ったよ」

「う、うむ……」

思わず顔が火照るのを感じた。

ならず者じみた米兵を殴りつけては鬱憤《うっぷん》を晴らしているが、その裏でGHQと手を組んでは諜報活動を行っている。そんな自分のことを言われたような気がした。

もうじき、CATなる組織に加わって十か月になる。構成員の出身はさまざまであり、後援者や他の諜報員に関する情報は、未《いま》だに不透明な点が多かった。組織の形がわかっていない。

バックにGHQがいるのは確実だが、かといって米国の手先となるのを良しとはしないという。手足を失《な》くした傷痍《しょうい》軍人や、糧を得るために行商へと出る戦争未亡人を見るたびに、ただ戦勝者にすり寄る変節漢に堕したという忸怩《じくじ》たる思いがつきまとっていた。そのために、今もマーケットを荒らす三国人《サードナショナルズ》や、調子に乗ったGIたちを相手に鬱憤晴らしをしている。

居心地の悪さを感じたが、永倉はうなずきながら耳を傾けた。香田はバーボンを口にし、中年女にお代わりを要求した。火酒を飲んでも姿勢を崩さず、背筋をしっかり伸ばしている姿が、いかにも元帝国軍人らしさを感じさせる。

「かといって、今の風潮を嘆かわしいとも思わん。あれだけ長い戦争を続けた挙句、自国の民族をひとり残らず火の玉と称して戦わせていた軍も政治も、もはや正気の沙汰ではなかった。戦争末期には、女子供や年寄りどもに、竹槍《たけやり》を持たせて戦うように指示したそうだ。焼夷弾《しょういだん》がいくら落ちても、逃げずに炎を消せという。そうまでして死を美化してきた連中が、急にデモクラティックなどと言いだすのは悪い冗談としか思えんが、とにかくおれが言いたいのは、急速に変わっているのは日本だけではないということだ。他の国もそう変わらん。たとえば支那だ」

「内戦か」

香田はうなずいた。

日本軍を叩きのめした翌年、中国共産党と国民党は、アメリカが必死に仲を取り持とうとしたにもかかわらず、再び熾烈な内戦を繰り広げることとなった。当初こそ国民党が有利と思われたが、民衆の支持は中国共産党側に集まり、勢力を盛り返しつつあるという。ソ連からの支援を受け、人的にも物量的にも国民党軍を圧倒している。一方の国民党軍は兵数を大きく減らしていた。

「取引相手はもっぱら青いほうだ」

「アオ？」

意味を摑《つか》みそこねて眉をひそめた。

しかし、すぐに国民党軍を指しているとわかった。中国共産党の党旗はソ連のそれに似た、鎌《かま》と槌が描かれた赤旗だ。それに対して、国民党が掲げていたのは青天白日旗。青空と白い太陽を示す青い旗だ。

国民党を青と呼ぶのは、もうひとつ理由があった。蔣介石は、秘密結社である青幇《チンパン》の大親分の杜《と》月笙《げっしょう》と義兄弟の仲にあった。蔣介石自身も、青幇の構成員と言われている。

青幇は中国全土の麻薬を支配し、国民党の重要な資金源ともなっていた。熱烈な反共主義者だった蔣介石と手を組み、過去に多くの共産党員を殺害している。かつて香港憲兵隊として働いていたさい、戦禍から逃れた人々で急激に人口が増えた魔都香港には、八路《はちろ》軍系と国民党軍系のスパイがうろついていた。

狂信者のような頑《かたく》なさと使命感に突き動かされた赤いスパイに比べて、国民党軍の諜報員といえば、青幇系のならず者やヤクザ同然の麻薬中毒者が多かった。阿片《アヘン》の売人だった者もいる。つまり、憲兵隊にとって話のわかる人間であり、少し小突けば、仲間のスパイを平気で売った。香田が国民党を〝青いほう〟と称したのは、それらの理由があったからだ。

国民党軍の不出来な諜報員たちは、戦争末期ともなると、中国共産党との内戦を視野に入れ、積極的に八路軍の諜報員に関する情報を提供してくれたものだ。たいていは八路軍にもいい顔をする二重スパイや三重スパイであったり、麻薬欲しさに手あたり次第に情報を売っては、維多利亜《ビクトリア》港に沈められるか、ことが露見してどこかの軍によって銃殺されるかのどちらかだったが。中国共産党が勝利すれば、栄華を誇った老舗《しにせ》の秘密結社も叩き潰されるだろう。

国民党と中国共産党の戦いは果てしなく長い。大日本帝国という共通の敵がいたからこそ、紆余《うよ》曲折《きよくせつ》を経て共闘したものの、憎悪と不信が消えたわけではなかった。共闘しているときでさえ、お互いへの牽制《けんせい》や裏切りはたびたび発生していた。

永倉は腕組みをした。

「〝青〟と取引して、商売になるのか。あっちは劣勢だと、新聞で読んだぜ」

「なる」

香田は断言した。「劣勢だからこそ、こっちが有利に立てる。言い方は悪いが、相手の足元をしっかり見させてもらってる。大衆から支持され、ソ連から支援されている人民解放軍と違って、国民党軍は物資不足に陥っている。アメリカから長いこと潤沢な補給を受けていたが、アメリカ内も一枚岩じゃない。容共派が多数いるらしく、国民党軍の支援に消極的になっている。つい先日まで戦勝国として大きな顔をしていた連中に、モノを高く売りつけてやるのは、なかなかの快感だよ。国民党は巨額のドルと金銀財宝、貴重な美術品を丸ごと抱えているからな」

「つまり、昔の仕返しか」

「いや、そんなつまらん復讐が目的じゃないんだ。終戦後、世界はソ連を中心とした共産主義側と、米国を中心とする自由主義側の戦いになる。商売人となって初めて、この国に必要なのは自由だとわかった。この焼け野原で商売に励む男や女の活気に驚かされた。混沌として、秩序もなく、猥雑《わいざつ》にさえ思えるが、この国が再興するには、この奔放な力こそが必要だとな。上からなにもかもを押しつけるようなやり方では人間は動かん。国民も軍部による統制経済には、もううんざりしているはずだ」

　魅惑的な色と味のバーボンと、香田の上等な背広姿を交互に見やった。

「その目論《もくろ》みはうまくいっているようだな」

「まずまずと言ったところだ。制限つきではあるが、ＧＨＱは二年前から支那との貿易を認めている。うちの会社は、おもにフカヒレや昆布といった水産物を扱っている。そいつを輸出して、大陸からは大豆を買いつけている。世のなかは深刻な不況に見舞われているが、業績は決して悪くない」

「運ぶのは水産物だけじゃないんだろう」

「そのとおり。松下製の機械やモーター類もだ」

店内はずっと『夜霧のブルース』が流れていた。

香田は主人の中年女を呼んだ。もっと明るい音楽に変えてくれと。中年女は面倒臭そうにレコードを替えた。

のどかなラッパの音に続いて、ゆったりとした女性の歌声が聴こえた。『ブンガワン・ソロ』だ。松田トシが歌ったもので、今年の流行歌となった。

「おっ」

香田の表情が、ふいに緩んだ。洋モクのキャメルをくわえ、懐かしい目をしながら火をつける。

ブンガワン・ソロ　果てしなき
清き流れに　今日も祈らん
ブンガワン・ソロ　夢多き
幸の日たたえ　共に歌わん

南国らしい緩やかな曲調で、もともとは仏印で生まれた民謡だ。香港に駐留したころ、英語や広《カン》東《トン》語でも耳にしたものだった。男女問わず、幅広く歌われていた。

香港にいた永倉ですらそうだったのだから、仏印にいた香田にとっては忘れがたい曲だろう。かの地で大きな犠牲を払い、苦すぎる撤退を余儀なくされただろうに、彼は遠い目をしながら聴き入っていた。

香田に尋ねたいことはまだ山ほどある。だが、曲に耳を傾ける香田のために、いったん口を閉じた。ラッキーストライクで一服したが、いつもよりまずく思えた。

尻のあたりがむずむずした。香港駐留時代に聴いた歌など、あまり思い出したくはない。歌だけではない。メシも酒もたくさんだった。池袋には、支那料理屋がいくつもあるが、香辛料の臭いを嗅《か》ぐだけで嘔吐《おうと》しそうになった。

甘い記憶もなくはない。だが、料理や歌がきっかけで、当時の自分の行いが蘇《よみがえ》ってきた。広東語版のこの曲が、どこかから聞こえてくるなか、永倉は八路軍系のスパイを木刀で殴りつけた。スパイの太腿《ふともも》は赤紫色に腫《は》れあがり、馬の脚のように不自然な形へと変貌《へんぼう》していた。

――アジトを吐け。

喉が擦り切れるほど訊《き》いたが、スパイは口を歪《ゆが》めてせせら笑うだけだった。

上官から早急に自白させるよう命じられていたため、やっとこバサミで歯をあらかた引き抜くと、神経がむき出しになった歯茎を木槌で叩いた。スパイは激痛に耐えきれず、諜報員が出入りする安宿を自白し、牢屋《ろうや》のなかで泣き喚《わめ》いた。翌日には、歯のなくなった口のなかに自分の下着をつめこんで自死した。スパイの死体は、憲兵隊の同僚らが日本刀の試し切りに使用した。首と手足をズタズタに切断されて埋められた。

音楽など聴かずとも、永倉の手によって捕縛され、斬首《ざんしゅ》され、撲殺された人間が、夢のなかでひんぱんに現れる。あるいはテロによって爆殺されかけ、集団で待ち伏せされては青竜刀や手槍で切り刻まれたときもある。

香田が味わった地獄は、それ以上だったはずだ。飢えやマラリアで動けずにいるなか、英国軍から容赦なく攻撃を加えられた。気楽そうに曲に耳を傾けられるところに、感性の違いを感じた。

香田は、キャメルの吸い殻を灰皿に押しつけた。

「失礼。つい懐かしくなっちまった」

「嬉《うれ》しそうだったな」

香田は不思議そうな顔をした。

「この歌が嫌いか」

「そうじゃねえよ。あっちの民謡なんか聴いていたら、思い出したくもねえことまで蘇ってこないか?」

彼の表情に翳《かげ》が差した。グラスの氷に目をやる。

「いいことも悪いことも、毎日のように蘇ってくるさ。抱いた女の体温から、ジャングルの熱気までな。内地に戻ったというのに、命を落とした部下の腐臭を嗅ぐときもあれば、急に身体が猛烈にかゆくなるときもある。今日の朝にしても、大量のハマダラ蚊が飛び回る音を聞いて目を覚ましたぐらいなんだ。ちょくちょく枕元《まくらもと》に、部下たちがじっと立っていることもある。靖国《やすくに》の行き方がわからんと訊いてくる」

「お、おいおい」

「怪談を披露したいわけじゃない。すべて、おれが勝手に見ている幻だということはわかってる。こうして酒をやるか、カルモチンでも呑まんと寝つかれん」

香田の顔を注視した。

特徴はコールマン髭や大きな頬傷。しかし近くでよく見ると、白粉《おしろい》のようなものを顔に塗っているのがわかった。目の下にできた隈《くま》を隠している。上等な背広姿もあって、いかにも血色がよさそうに見えた。

「化粧か？」

「笑わんでくれ。今の会社でも、それなりの地位にある。ノイローゼで寝不足だと知られたら、部下に不安を与えてしまう。荒っぽい船乗りが相手だ。心中した作家じゃあるまいし、そうそう不健康なツラなど見せられん」

戸惑いを覚えた。

香田はガキのころから変わっていない。痩せっぽちでチビだったが、曲がったことが大嫌いだった。永倉は、子供のころから体格には恵まれていたが、そのころから敵は多く、すでにケンカ三昧《ざんまい》だった。富農のガキ大将に逆らったからだ。自分の手下につこうとしない永倉は敵視され、なにかと因縁をつけられては、大勢の敵に囲まれて袋叩きにされた。大人の拳ほどの石を大量に投げつけられ、頭をカチ割られたときもある。

貧乏百姓の倅《せがれ》たちは、みんなガキ大将のほうについた。下手に逆らえば、親たちが迷惑をこうむるからだ。

――一馬、大丈夫か！

――こんなの屁《へ》でもねえよ。

ガキだったころを思い出す。痩せっぽちだった香田だけは、永倉の味方についてくれた。たいして戦力にはならなかったが、反骨心のある筋の通った男だった。その強い精神力が学問の才能を伸ばし、難関である陸軍士官学校に入学させたのだ。もっと生まれた時期さえ早ければ、中隊長などという中途半端な地位ではなく、陸軍の中枢に食いこめたかもしれない。

香田は蓄音機に目をやった。回転するレコードを見つめる。

「この国は通商国家として生まれ変わるだろう。そのなかでカネを稼ぎまくる。おれには新たな目標があるんだ。何年かかってもいい。再び仏印やビルマを訪れて、鎮魂の碑を建ててやるんだ。そして、少しでも遺骨や遺品を持ちかえる。それをやり遂げられんうちは、せめて腐臭や藪蚊《やぶか》にまみれ、さまよう魂たちの恨み辛《つら》みに耳を傾けようと思う」

香田は苦笑した。「僧侶《そうりょ》でもないおれに、そんな資格があるかわからんが」

「お前らしいな。忘れようとばかり考えていた自分が恥ずかしくなってくる」

香田は本気だろう。壮大な目的のため、戦後を生きようとしている。ただ衝動的に若いGIを小突いていた自分が、ひたすら小物のように思える。

肩を叩かれた。

「そんなわけで、GHQの許可は得ているが、危険がまったくないわけじゃない。今すぐに、とは言わん。おれに力を貸してくれないか。お前のような男が必要なんだ」

バーボンをあおった。グラスをカウンターに置く。

「少しばかり時間をくれるか。他ならぬお前の頼みだ。力になりたい。だが、極道の世界に片足突っこんじまってる。話をつけなきゃならん」

「助かる。お前がいれば百人力だ」

香田は永倉の正面に向き直り、頭を深々と下げた。頭頂部や後頭部が目に入る。頬傷ほど目立たないが、火傷《やけど》や銃創らしき傷があちこちにある。身なりこそ上等ではあったが、香田もまた傷だらけの元軍人だった。

「頭を上げてくれ。大尉殿。むしろ、こっちが感謝したいくらいだぜ。いいかげん、ゴロツキ稼業に飽きていたところだ」

永倉は香田の背中を叩いた。バーボンの瓶を摑み、酒をグラスで満たすと、何度目かの乾杯を行った。

2

思い出話をしばらくしてからバーを出た。

香田は、タクシーで送ると言ってくれた。しかし、その申し出を断った。ぶらぶら歩いて風に当たりたいと。近日中に返事をすると告げ、店の前で幼馴染と別れた。

池袋も相当なものだが、久しぶりに訪れた新宿は相変わらずいかがわしく、すさんだ空気を放っていた。尾津《おづ》組のマーケットでは、干魚や畜肉が焼かれ、街が白く煙っていた。バラックの飲み屋では、汚れた労務者や学生が焼酎をあおっている。笠置シズ子のブギウギを大音量でかける店があれば、茶碗《ちゃわん》やコップを箸《はし》で叩き、軍歌をがなっている集団もいる。

ソビエトから戻った抑留者の集団もいるのか、負けじと『インターナショナル』や『赤旗の歌』を大声で歌う軍服姿の男たちもいる。代々木の共産党本部を訪問した帰りだろう。

道端のあちこちでは、ゴロツキや酔っ払いがデンスケ賭博《とばく》に興じていた。巨大なマーケットの利権をめぐり、ヤクザたちが勢力争いを繰り広げている。

新宿東口だけでも尾津組や和田《わだ》組、野原《のはら》組がぶつかりあっているという。それを証明するように、ド派手な恰好をした愚連隊やヤクザが道を闊歩《かっぽ》していた。まん中を歩く永倉を睨《にら》みつけるチンピラもいた。目に力をこめて睨み返すと、チンピラは無言で隅に避《よ》けてくれた。

角筈《つのはず》の停車場までやって来た。ちょうど都電の青電車がやって来ていた。十一番系統の路線で、行き先は日比谷経由の新佃島《しんつくだじま》だ。住居のある池袋方面とは逆方向だ。

かまわずに電車に乗りこんだ。電車内は混み合っていたが、肩が触れ合う程度で済んだ。つり革に摑まり、しばらく無言で窓の風景を見つめた。真っ暗な新宿御苑の森が目に入る。

ふいに後ろを振り返って言った。

「どこに行けば、局長さんに会える」

永倉の野太い声に乗客が驚く。

彼が声をかけたのは、すぐ後ろにいる背広の男だった。ほっそりとした顔つきの二枚目で、丸メガネをかけている。

CATの課報員である藤江忠吾だった。彼はいつの間にか変装を解いていた。

「しばらく、このまま乗っていてください。乗り換えなしで行けますよ」

永倉は舌打ちした。

「いつから人を監視してやがった」

「監視だなんて言葉が悪い。今日も巨漢のGIふたりと大乱闘でしょう。危うくMPに蜂《はち》の巣にされかけたでしょうが。いざとなったら、逃げ道ぐらい確保してあげようと、見張り役を買って出ただけですよ」

「なに言ってやがる」

新宿のバーで藤江が入店してきたときは、さすがにギョッとさせられた。幼馴染との再会に水を差されている。

彼はなに食わぬ顔をして労務者のフリをし、マッコリを呑んでいた。髪はボサボサで、顔は茶色く日焼けしていた。口につめものを入れ、顔の形も変えている。生粋の諜報員だけあり、変装はお手の物だ。

永倉は尋ねた。

「おれたちの会話は」

「おおむね。唇の動きを読ませてもらいました。すみませんね、せっかくの再会の場に」

「だったら話が早《はえ》え。あいつの力になりてえ」

「ちょうどいいところでした。その件については、こちらも話があります」

「ああ?」

「私が見張っていたのは、あなたじゃありませんよ。幼馴染の香田元大尉のほうです」

藤江の目が鋭く光った。

3

十一番系統の青電車に乗り続けた。

三宅坂や桜田門などの停車場を通過した。街の風景が占領者の色で塗りつぶされる。連合軍の将校が暮らすパレス・ハイツやイギリス大使館、GHQ本部のビルがそびえたち、それらの窓には煌々《こうこう》と灯《あか》りがついていた。

銀座四丁目を通り過ぎたところで、藤江に背中を小突かれた。降りたのは築地の停車場だ。海が近いとあって、潮の香りが漂ってくる。

築地は、池袋や新宿とは異なる華やかさがあった。復興したばかりの新橋演舞場の巨大な建築物や、築地本願寺の鉄筋コンクリートの風変わりな本堂が目に入る。東京都庁から近いこともあり、高級官僚や闇市成金らしき男たちが、新橋芸者や幇間《ほうかん》を連れ、我が物顔で道を歩いていた。人力車が忙しそうに料亭街を走り回っている。永倉はにやけてみせた。

「しけたバラックじゃなく、今夜は料亭で豪華にやろうってのか？」

「ええ」

彼はすたすたと歩いた。冗談のつもりだったが、藤江にあっさりと返されて戸惑う。

「お、おいおい。待てよ」

藤江に連れていかれたのは、停車場からすぐのところだ。高い塀で囲まれた堂々たる日本家屋だった。数ある料亭のなかでも、抜きんでた威容を感じさせる。

料亭のそばには人力車だけでなく、ロールスロイスやベンツといった高級車がずらっと停まっている。建物のなかから、三味線の艶《つや》っぽい音色が漏れてきた。遊ぶにはあまりにお上品すぎる。ふつうの月給取りの給料では、たった一晩の飲み食いすらできやしない。そんな類《たぐい》の店だ。

思わず足を止めた。よれた兵隊服がいかにも場違いだ。おまけに米兵とのケンカで汚れている。

掌に唾をつけてぼさぼさの頭髪を整える。

「なんで香田の話をするのに、こんなところに足延ばさなきゃならねえんだよ」

藤江は無言のまま、料亭の門をくぐった。

やつは折り目がぴしっとついた品のある背広を着こなしている。靴までもがピカピカに磨かれていた。ついさっきまで汚い労務者に扮《ふん》していたというのに。片岡千恵蔵《かたおかちえぞう》演じる〝多羅尾伴内《たらおばんない》〟のような変わりっぷりだ。

またハメやがって。恨み言を呟《つぶや》いてから、ヤケクソになって建物のなかへと入った。春の花々が活《い》けられた玄関では、やけに大柄な老女将《おかみ》が正座をして出迎えてくれた。老女将は兵隊服姿の永倉を見ても笑顔を崩さなかった。部屋へと案内される。

世のなかは不況のはずだが、どの部屋にも客が入っているらしい。芸者遊びに興じている客たちもいるが、しっとりとした気品が建物内を包みこんでいる。居心地の悪さを感じながら廊下を歩む。闇市暮らしのドブネズミがまちがって、急に清潔な場所に舞いこんでしまった気さえする。

「局長が贔屓《ひいき》にしてるのか?」

ひそひそと尋ねた。藤江が答える。

「贔屓にしているのは局長のご友人ですよ。今回の案件も、その方を通じて知ることができたんです」

「香田か。あいつはなにをしようとしている」

藤江の肩に触れた。彼に払いのけられる。

「それを飲み直しながら話そうというんじゃないですか。いいお酒と極上の肴《さかな》にありつけますよ。

ただし、お行儀はよくしていてください」

へらず口叩きやがって。心のなかで毒づいた。

奥の間に通された。やけに天井が高く、広々とした部屋だった。大きな木机を挟んでふたりの男が座っている。

ひとりは緒方竹虎だった。永倉たちの到着を待っていたのだろう。深くうなずいてみせた。

床の間を背にしているのは、髪の毛が薄くなった肥満体型の小男だった。

洒落《しゃれ》た丸メガネをかけ、三つ揃いの高級背広を身に着けており、英国製の腕時計を巻いている。英国紳士を思わせる恰好だったが、金持ちらしい鷹揚《おうよう》さは感じられず、頑固で気難しそうな顔立ちをしていた。

小男は永倉を見やった。

「彼かね」

小男は緒方に訊いた。

やけにかん高い声の持ち主だった。どこかで聞いた覚えがある。

緒方がうなずくと、小男は胡散《うさん》くさそうな視線を向けた。永倉を指さす。

「ひどい恰好だな。君、ここは伊藤博文《いとうひろぶみ》公や大隈重信《おおくましげのぶ》公が足しげく通った一流の店だよ。その薄汚い恰好は、なんとかならなかったのかね」

「なんだと――」

この爺《じじい》。怒鳴り返そうとしたが、藤江に喉仏を手刀で叩かれた。声をつまらせる。

好きこのんで、こんな恰好で来たんじゃねえや。小男に言い放つつもりだったが、口から漏れるのは咳《せき》だけだった。喉を押さえて藤江を睨みつける。彼は騙《だま》し討ちや不意打ちの名人だった。

緒方が小男に頭を下げる。

「申し訳ありません。彼にはなにも知らせずに、ここへ参上させました。責任は召集をかけた私にあります」

「理由にならんねえ。かりにも諜報に生きる者なら、こうした場に出入りする機会もあるだろう。粗暴を画《え》に描いたような男に務まるのかね」

小男は、犬の糞でも見るような目つきをしていた。占領軍の将校や、その妻子のそれと同じだった。

永倉の頭が沸騰した。傲慢《ごうまん》な米国人には多く出会ってきたが、こんな偉そうな態度の日本人に出くわしたのは久しぶりだ。

声が怒りで震えた。

「言うじゃねえか、爺さん」「心配無用です、閣下」

永倉の言葉をかき消すように、緒方が声を張り上げた。永倉は眉をひそめる。

「閣下？」

小男は鼻を鳴らした。

「どうやら新聞もろくに読んでおらんようだぞ。そんな諜報員など見たことも聞いたこともないがね」

小男は、灰皿に置いてあった葉巻に手を伸ばした。

灰皿の隣にあるのは英国製のブライアント・アンド・メイ社のマッチだった。香港時代に見かけた軸の長い高級マッチだ。堂に入った仕草で葉巻をくゆらせる。

「あっ」

永倉は思わず声をあげた。

小男はたしかに新聞でおなじみだった。ラジオでも。ついでにデモのプラカードや雑誌の風刺画にも、ひんぱんに登場している。毎日のように目撃していたが、目の前にいる小男と一致せずにいた。

総理大臣の吉田茂《よしだしげる》だった。GHQの民生局《GS》が支えてきた芦田《あしだ》内閣が、昭和電工汚職事件によって総辞職。再び首相の座に返り咲いたばかりだ。

緒方がふたりに声をかけた。

「ふたりとも、突っ立っていないで座りなさい」

部屋の隅で正座をした。

ただし相手が首相だとわかっても、萎縮《いしゆく》する気はさらさらなかった。つまらん上下関係を信奉するのは戦争中だけで充分だ。不満を露骨に表しながら、上目で吉田をじっと見つめる。

たとえ相手がマッカーサーだろうと、偉そうで胸糞《むなくそ》悪い野郎ならば、他の米兵や三国人《サードナショナルズ》と同じく、拳骨で殴りつけるつもりでいる。吉田を殴らずにいるのは、ただ緒方の顔を立てているだけだ。

「まあいい。まずは一杯やりたまえ」

吉田は徳利を持って、ふたりを手招きした。

藤江は猪口《ちょこ》を持ち、うやうやしく掲げた。吉田は大儀そうに酒を注いだ。

永倉もにじりよりながら猪口を差し出した。吉田が口をへの字に曲げながら徳利を傾ける。

徳利と猪口が触れ合ったときだった。永倉は猪口を引っこめた。口に放りこみ、奥歯で噛み砕いた。

陶器でできた猪口は硬い。顎の骨に痛みが走り、割れた破片が上顎に刺さった。表情に出さずにぼりぼりと音をたてて咀嚼《そしやく》する。室内の空気が張りつめ、猪口が砕ける音だけがした。藤江は顔色を失っていた。

「なにが一杯だ。酌は受けねえ」

吉田の目が鋭くなった。徳利を乱暴に置き、大机が派手に鳴る。

「永倉」

緒方が強い力で肩に触れてきた。

肩に気を取られた瞬間だった。吉田が顔をぬっと近づけてきた。葉巻の煙を大量に吹きかけてくる。

「うっ」

辛みを伴った煙を目に浴びた。永倉はうめいて顔をそむけたが、涙が勝手にあふれだす。

「一杯とは言ったが、飲めとは言っとらん」

吉田が初めて頰をゆるめた。やがて膝《ひざ》を叩いて大笑いをし始める。

「緒方君、どうだ。自慢の部下に一杯喰らわせてやったぞ」

緒方が苦笑した。

藤江が胸をなで下ろした。室内の空気が緩み出す。

「そのハッタリと馬鹿力で、進駐軍のチンピラを震え上がらせたらしいが、私には通じんよ。強面《こわもて》の憲兵の顔なら、飽きるほど見てきたからね」

呆気《あっけ》にとられた。

吉田を激怒させるつもりで挑発したが、思いがけない行動に出てこられた。手玉に取られたが、怒りよりも驚きが勝った。

大笑いしていた吉田だったが、再びもとの渋い表情に戻った。

「CATとかいう緒方機関からは、しかるべき給料は出ているんだろう。任務遂行中ならともかく、そのルンペンみたいな格好は止《や》めて、身だしなみに気を払いたまえ。後援者には私や元華族もいる。いつ召集されてもいいよう、恥ずかしくない恰好をするんだね」

「後援者……」

オウム返しで呟いた。

CATには、多くの協力者や後援者がいると聞いていたが、その名に吉田までが含まれているとは。未だに謎《なぞ》の多い機関ではあった。

「指導が到《いた》りませんでした。彼には改めて、私のほうからも言っておきます」

緒方が吉田に頭を下げた。「閣下、お時間のほうですが」

彼は腕時計に目を落とした。

「いかん。よその会合を抜けてきたのだった。どこまで話をしたかな」

「おおむね」

吉田は立ち上がった。やはり身長が五尺程度の小さな男だった。態度はむやみにでかかったが。

「君のほうからふたりに伝えてくれ。」

「わかりました」

「頼んだよ。まったく……アカどもだけでも頭が痛いというのに、右翼や軍人たちまでつけあがる。手が焼ける時代だよ」

吉田は早足になって部屋を後にしようとする。

「敵は手強い。GIなんかよりもな」

去りぎわに背中を叩かれた。汚れた兵隊服から埃《ほこり》が舞い、吉田は叩いたのを後悔したように顔をしかめた。

吉田はハンカチで手を拭い、部屋から去っていった。最後まで人を虚仮《こけ》にしっ放しだった。

藤江が廊下をそっと覗《のぞ》いた。吉田が去るのを確かめると、大きくため息をつく。永倉を憐《あわ》れむように見る。

「無茶をやらかす人なのはわかっていましたが……さすがにキモが冷えましたよ」

「冷えたのはおれだ。事前に教えてくれりゃ、おれだってそれなりにかしこまってみせたさ」

緒方に猪口を渡された。酒を注がれる。

なみなみと注がれた酒を一気に飲んだ。ふだん口にしている三増酒や、加水された金魚酒とは違い、深みのある米自体の味がする。

返杯をしながら頭を下げた。

「申し訳ありませんね。せっかくの後援者を失っちまったかもしれねえ。吉田首相っていえば、好き嫌いがはっきりしてる人なんでしょう。我がままというか、傲岸っていう――」

藤江に睨まれて口を閉ざした。緒方は静かに笑う。

「その心配は無用だ。存外、君は気に入られたと思うよ」

「冗談でしょう」

緒方はいつもの眠たそうな顔に戻った。春風駘蕩《しゅんぷうたいとう》と呼ばれた穏やかな気配を漂わせながら酒を飲む。

「たしかに、あの方は辛辣《しんらつ》な頑固者だ。それが災いして、戦中は憲兵隊に拘束されたこともあった。心の奥には俠気《きょうき》というものを持ち合わせている。君がＧＩたちを叩きのめすのと同じく、あの方はＧＨＱそのものと戦っている。自分と似た人間を見つけて、ひそかに喜んでいるのではないかな。体格や恰好はまったく異なるが」

「はあ……」

永倉は首をひねった。

狐《きつね》につままれたような感じがした。せっかくの酒が喉を通らない。首相との対面のおかげで、すっかり用件を忘れていた。

藤江に尋ねた。

「それより、香田の件だ。一体、これとなんの関係がある」

「まずはあなたの意志を確かめなきゃなりません。このＣＡＴよりも、香田元大尉の貿易会社を選ぶ気ですか」

「ちょ、ちょっと待てよ」

永倉は頭を掻いた。

藤江は、労務者に変装して香田を監視していた。つまり、香田の貿易会社には裏があるらしい。

しかも、わざわざ首相が乗り出してくるほどの。

「たった今、誘われたばかりなんだ。選ぶもなにもねえよ」

「嘘を仰《おっしゃ》らないでください。あなたは気のいい人だ。単純とも言いますがね。『他ならぬお前の頼みだ。力になりたい』『むしろ、こっちが感謝したいくらいだぜ。いいかげん、ゴロツキ稼業に飽きていたところだ』なんて気前のいいセリフを吐いていたのを、しっかりこの目で見ているんですから」

藤江は、わざわざ永倉の言葉を真似《まね》て追及してきた。なんとも嫌らしいやつだ。

しぶしぶ口を開くしかなかった。

「……そりゃ、あいつは親友だ。どんな性格なのかもよく知っている。GHQも認めている貿易会社だと言っていた。それに南方で多くの部下を失っている。しこたまカネを稼いで、何年かかってでも、再び仏印を訪れて、鎮魂の碑を建てたり、遺骨だのを持ちかえりたいと言っていた。おれはそれに胸を打たれたんだ」

話しているうちに口が重たくなった。香田はこうも言っていた――危険がまったくないわけじゃない。

猪口の酒を飲んだ。やはり味がわからない。

香田は騙すつもりでいるのだろうか。そんな男ではないと否定しつつも、敗戦のおかげですっかり心が変わった人間を、これまで山ほど目撃してきた。

「教えてくれ。香田はおれを嵌《は》めるつもりだったのか？」

永倉はふたりの顔を交互に見やった。藤江がマルボロをくわえて火をつける。

「香田元大尉が勤務している会社は『万波《まんなみ》通商』という貿易会社です。取り扱っているのは、フカヒレや昆布といった水産物で、それらを大陸に輸出しては大豆などを買いつけてくる。劣勢の中国国民党を相手に太く儲けてます」

「国産の機械やモーターなんかも運んでるらしいな。ケツを持っているのは、例によって参謀第二部《G2》か」

藤江はうなずいた。つまり香田の会社は、GHQ右派が抱え持つ特務機関のひとつということだ。GHQは決して一枚岩ではない。終戦後しばらくは、弁護士や役人出身の軍人で構成される左派の民政局《GS》が影響力を行使。占領政策に深く関わり、財閥の解体や軍国主義思想の破壊に力が注がれ、社会主義的な政策が取り入れられた。

占領から約三年。しばらくはGSの天下が続いたが、片山内閣と芦田内閣が短命に終わり、昭電事件においてGS幹部の名が取り沙汰され、その影響力は縮小したと言われる。アメリカがソ連と対立を深め、中国大陸における国共内戦で中国共産党が優勢に立つなど、共産主義が世界で拡大しつつある背景もあった。

GHQは政策を転換している。日本を反共の防波堤とし、組織内の容共派を排除。公務員のストライキを法律で禁止し、A級戦犯として巣鴨に収監されていた戦前の指導者たちを釈放した。

新しく施行された憲法には、武力による威嚇や行使はせず、軍を保持しないと記されているが、今のGHQは日本に再軍備をするよう強く要請している。熱烈な反共主義者として知られる吉田茂が、再び首相に返り咲いたのは、その象徴ともいえる出来事であった。

今やGHQは右派G2の天下にあるといってもよく、吉田もまたG2と近しい関係にある。G2

の庇護《ひご》のもと、諜報活動に励んでいる元軍人は数多くいるらしかった。香田もそのひとりだろう。

ＣＡＴにしても、過去にＧＳの中心人物であるケーディス次長が、日本人女性と情事にふけっているところを撮影している。また、ソビエトの命を受けたシベリア帰りの日本人戦闘員と戦う羽目にもなった。

ＣＡＴは、武力の放棄を謳《うた》った平和憲法のもとで、丸裸になった日本がどこよりも優れた情報収集能力を持つために設立された組織だ。警察の力が衰えた中、あやしげな宗教団体や政治団体、武力闘争も辞さない極左勢力、海外の諜報組織などの動向をいち早く察知するために。そのため吉田と同じく、Ｇ２やその下部組織の対敵諜報局《ＣＩＣ》と手を組むときもある。

永倉は藤江に尋ねた。

「つまり、香田に協力しろってことか」

「それなら、ぼくが香田氏を監視したりはしません」

「もったいぶるなよ。おれになにをさせたいんだ。首相閣下はＣＡＴになにを頼んだんだ」

藤江が緒方をちらっと見つめた。緒方の表情が曇る。嫌な予感がした。

緒方が告げた。

「逆だよ。香田元大尉の任務を探ってほしいんだ」

4

夜の焼津《やいづ》港は静かだった。

大規模な港湾施設があり、戦前はマグロの遠洋漁業基地として、多くの漁船が出入りしていたという。

しかし、戦争が泥沼化するにつれて、漁船はのきなみ軍に徴用され、ほとんどは帰還することがなかった。周囲には巨大な缶詰工場や加工工場が林立しているが、未稼働の状態が続いている。進駐軍により遠洋漁業が禁止されているため、漁民は小規模な沿岸漁業で細々と食いつないでいるという。

永倉が乗りこむ予定の第一源龍丸は、かつては焼津に戻ってきた遠洋マグロ漁船だったが、現在は『万波通商』所有の貨物船へと改造されていた。

永倉はダンボール箱を運んでいた。中身は機械の部品らしく、ずっしりと重い。ダンボールが破けないよう注意しながら船の貨物室に運んだ。

港には人気がなかった。時刻は夜十二時。荷物を運ぶ男たちの息や足音、それに波の音だけが聞こえた。凪はほとんどなく、船出にはもってこいの天候だが、永倉の心は荷物よりも重かった。

ねじり鉢巻きをした中年男に背中を叩かれた。

「新入り。村田《むらた》とか言ったな。でっけえ図体しているわりには、ずいぶんシケたツラしてるじゃねえか。びびってんのか？」

「いや……」

橋げたを降りて、岸壁のトラックに戻った。中年男はなおも話しかけてくる。

「おめえも大陸から戻ってきたクチだろう。何人やった？」

「あん？」

「何人、チャンコを殺《や》ったかって訊いてんのさ」

中年男は握り拳を作り、中指と人差し指の間に親指を挿しこんだ。性交を意味する仕草だった。

「こっちのほうでもいい。何人、姦《や》った。この仕事に雇われたのは、みんな歴戦の強者《つわもん》ばっかだ。おれなんざ、また大陸に戻れると思うと、ムスコが勝手にうずうずしちまう」

永倉は中年男の股間を摑んだ。

力をこめると、ぐにゃりとした手応《てごた》えが伝わった。中年男の目が飛び出し、短いうめき声をあげると、へっぴり腰になる。

「ぺちゃくちゃうるせえな。くだらねえ話をもういっぺん披露してみろ。自慢のムスコを潰してやる」

中年男は顎を震わせながら何度も首を縦に振った。股間から手を放すと、中年男は地面にへたりこんだ。股間を握った手を、中年男の作業服になすりつける。

「どうした」

香田が声をかけてきた。

彼はトラックの荷台に乗り、荷物を下ろしている。永倉は中年男の襟首を摑んで引き起こす。

「なんでもねえ。けっこうブツが重てえんでな。おっさん、へたばっちまったようだ」

「モノによっては、とてもひとりでは運べない。協力しあって慎重に運んでくれ」

永倉はうなずいた。

岸壁には四トントラックが八台停車していた。二ダースもの男たちが貨物船に積んでいる。『万波通商』に雇われた人間たちだ。同社が扱うのは昆布やフカヒレのはずだが、水産物などほとんどなく、荷物はラジオや電線、通信装置やモーター類だ。

貨物船の行き先は山東省の青島《チンタオ》だ。中国共産党軍は華北地方を支配して勢いに乗っている。劣勢に立たされている国民党軍に物資を売りつけるには好条件といえた。

密輸に関しては、GHQがバックについているため、進駐軍に拿捕《だほ》されるようなことはない。

しかし、内戦によって海の秩序も乱れ、海賊による襲撃にも備えなければならない。貨物船には香田と永倉を含めて、十三人の船員が乗りこむ予定だ。人数分の自動拳銃がすでに積まれている。

香田から、ラジオ入りのダンボールを受け取った。両手で抱える。

「もうひとつ、上に載せろ」

「無理するな」

「問題ねえ。時間がないんだろう」

香田は微笑《ほほえ》むと、さらにダンボールを積み重ねた。重量のあるふたつの箱を抱えて貨物船へと運んだ。なにをしているんだと自問自答しながら。

運搬をしながら、一週間前の会合を思い出した。築地の料亭でのことだ。緒方につめよったものだ。

——探る？　なにをだ。

永倉は言い返した。

『万波通商』のバックには、GHQ右派のG2がついている。相手は一国の総理大臣の首をもすげ替えられる占領者だ。密輸の妨害は、そのG2に対して弓を引くことになる。

永倉の問いに対し、緒方がうなずいた。

——閣下じきじきの依頼でね。閣下と私とでは、いろいろと国家観に違いはあるものの、今回は了承した。

——首相やあんたも、G2のやつらと親しいんじゃなかったのか。

新聞をちゃんと読んでいるにもかかわらず、目の前の小男を吉田首相と認識できなかったというつまらない失敗をしでかしたものの、CATに在籍していれば、なにかと情報が入ってくる。

吉田は左派のGSから蛇蝎《だかつ》の如く嫌われていた。GSのケーディス次長からは、超保守主義者《ウルトラ・コンサバティスト》とさえ言われているほどだ。尊皇家としても知られ、天皇に忠誠を誓っているという。

緒方は腕を組んだ。

——G2と近しいのは間違いないだろうが、連中の言いなりになるわけではないよ。閣下は、日本が平和を貴ぶ民主主義の国に変わったことを世界にアピールし、早期の主権回復を目指している。それゆえに、再び戦争指導者たちが台頭するのを危惧《きぐ》されている。ただでさえ、アメリカ国務省やGHQからは、我が国を反共の砦《とりで》とすべく、再軍備を行うように強い圧力をかけられている。閣下は共産勢力を嫌っているが、同様に旧陸軍をひどく嫌悪している。巣鴨から釈放された軍人やファシストたちが、今度はアメリカの威を借りて、再び〝帝国〟に戻りたがろうとするのを深く憂慮されている。青年将校たちが首相官邸に乗りこみ、問答無用に銃弾を撃ちこむような事態をね。前にも言ったが、G2はいくつもの特務機関を抱え、それには旧軍のエリートらが関わっている。

——香田のいる『万波通商』も、その手の連中が仕切っているのか。

藤江が肩をすくめた。

——オーナーは超国家主義者の新垣誠太郎です。元指導者たちと連携して、再軍備を目的とした政党をこしらえるため、海運業で儲けたカネを、政界や特務機関にばら撒《ま》いています。

——あいつか。

新垣誠太郎は戦時中に暗躍した札つきの大陸浪人だ。関東軍に取り入って軍属となり、約五十人もの人間を率いて上海で特務機関を作った。軍の庇護のもとで、阿片やヘロインといった麻薬から、鉄や塩、金属類までを扱い、一億ドルに値するダイヤモンドやプラチナなどの貴金属を保有していた。

また、抗日スパイの殲滅《せんめつ》等を請け負っていたため、戦後はGHQにA級戦犯として逮捕され、巣鴨プリズンへと放りこまれたが、反共思想と過去の実績を見込まれて釈放された。

中国から密輸した貴金属類を原資として、今や複数の海運会社を保有する大実業家だ。莫大《ばくだい》な資金力を背景に多数の政治家を動かし、各地で起きている労働争議を潰すため、極道を派遣するなど、政界やヤクザ社会の黒幕としての地位を築きつつあった。

昭和の初めに、二十歳で右翼団体を設立。早くも活動家として頭角を現した彼は、ときの首相や閣僚らの暗殺を計画。軍部の皇道派を焚きつけてクーデターを起こそうとして懲役刑を喰らっている。

緒方が言った。

——GHQ自体が政局によって色を変えている。社会主義的な政策の実験場として扱われたかと思えば、国民を死に追いやり、国土を荒廃させた指導者らを復活させる。今の時代に必要なのは閣下のように、かつての軍部やGHQとも渡り合える骨のある政治家だ。G2のウィロビー少将は、熱烈なファシスト信奉者でもある。閣下はそのG2と仲がいいが、連中のやることすべてを認めているわけではない。

緒方の言葉に耳を傾けながら酒を飲んだ。一流料亭の出す酒にもかかわらず、最後まで味がわからず酔えなかった。

緒方と藤江が代わる代わる、日本の現状について解説をしてくれた。しかし重要なのは国の将来よりも、香田の運命だった。

——あんまりじゃねえか。あいつは数少ねえ友人だってのに。

——友人だからこそ、君が適任者なのだ。むろん、君の意志も尊重しよう。拒む権利はある。

永倉は首を横に振った。徳利に直接口をつけ、一合の酒を一気に飲んだ。

——待ってくれ。ただの密貿易だろう。香田はもう言ってたぜ。軍需品の機械類を運ぶんだってな。これ以上、なにを探れというんだ。

——機械類だけじゃなさそうなんですよ。運ぶのは。

——なんだと……。

藤江から続きを聞いた。永倉は引き受けるしかなかった。この目で確かめなければならない。香田と対峙するのは自分しかいない。永倉は決意を固めていた。

会合の三日後、永倉は香田に連絡を取った。手を貸す旨を伝えると、彼は旧友が加わるのを素直に喜んだ。

第一源龍丸の貨物室は、ほどなくして満杯になった。ほとんどが国民党軍への軍需品であり、本来運ぶべき昆布などの水産品は、軍需品を覆い隠すための偽装に用いられた。

輸送の責任者は香田が務め、十三人もの乗組員が乗船する。貨物船は荷物を積み終えると、ディーゼルエンジンを稼動させて焼津港を離れた。

乗組員たちの半分は、とくに出航に際して感慨を抱く様子はなかった。すでに幾度となく、大陸と日本との間を行き来しているようで、近場の漁場に向かう漁師のようだった。荷物の積みこみを終え、船が大海原へと出ていくと、下っ端の乗組員たちは焼酎の回し飲みをし始めた。

注意深く乗組員たちを見つめた。貨物船には、香田よりも年かさの中年男や初老の男も乗っていた。背筋をぴんと伸ばした元職業軍人風の人間たちだ。彼らはしばらくデッキに立ち、遠ざかっていく港を長いこと見つめていた。

出航から間もなくして、永倉はデッキでの見張りを命じられた。戦争中にばら撒かれた機雷や不審船の有無を確かめるためだ。新入りが率先してやるべき任務——永倉に股間を握られた男が主張した。

双眼鏡を持たされて、夜の海の監視に出たものの、待っていたのは濃密な闇であり、エンジンが吐きだす黒煙と潮の香りだった。波による揺れも加わり、船酔いに襲われて海に胃液を吐きだす羽目となった。

第一源龍丸自体が、灯りを最小限に抑えて航行しているがゆえに、いくら暗闇に目が慣れたところで、夜間で目に見えるものは限られており、黒々とした海と、雲で覆われた暗黒の空が果てしなく続いていた。

「つらいだろうが、三日もすれば慣れる」

香田から声をかけられた。数回目の嘔吐をしている最中に。

彼は船長室にこもり、海軍出身の機関長と海図を睨みあいながら、しばらく打ち合わせをしていた。

「まだ、眠っていなかったんですか。船長」

永倉は丁寧語を使った。

『万波通商』に就職するにあたって、永倉は香田にひとつの条件をつけた。

永倉一馬という人間はいない。幼馴染でもないと。池袋では国籍に関係なく、多くの男どもを殴り倒している。どこの誰に恨みを買っているかわからないと。憲兵隊に所属していた事実も、戦後となった今では負の経歴でしかない。村田一郎《いちろう》という別人になりすまして、働かせてほしいと頼んだ。香田は了承している。

香田は貨物室を指さした。

「おれも連中のようにすやすや眠りたいが、そうもいかん。なにしろ荷物が荷物だ」

「いつも、あれほどのブツを積んでいくんですか」

永倉は尋ねた。

おそらく一千万円以上はするだろう。いくら物価が不安定だとしても、ダットサンが三十台以上は買える。

香田は苦笑した。

「毎回、荷物の量が増えていく。GHQの後ろ盾があったとしても密輸は密輸だ。事情を知らない田舎の自治体警察や港湾関係者に見つかって、間の抜けたところから足がつくときもある。やはりGHQの庇護のもとで、密輸に励んでいた船があったが、乗組員が遊ぶ金欲しさに、余った燃料を闇に流そうとしたのがきっかけで逮捕され、密輸まで発覚したという事例もある。ことが大っぴらになれば、いくらGHQでもかばい切れない」

「気の緩みですな。何べんも運んでいるうちに、感覚が麻痺しちまう」

「だからこそ、お前に加わってほしかった。乗組員から緊張感が徐々に消え失せている。バカな真似をしでかしそうなやつがいたら、すぐに教えてほしい」

「ぴしっとした将校らしき男たちもいましたが。あの連中は？」

「目敏《めざと》いな」

「憲兵時代が抜けてねえんです。どうしても、じろじろ見つめちまう」

香田はキャメルをくわえ、海のほうを見やった。

「おれたちと同じさ。大陸にいい思い出だけを残してきた連中ばかりじゃない。部隊が全滅して、戦友をすべて失った者もいれば、かろうじて命拾いした者もいる。あっちの土地に詳しければ詳しい人間ほどそうだ」

香田の横顔を見つめた。キャメルの火が彼の頬傷を照らす。

「神経のすり減る仕事だ」

「化粧までしなきゃならん理由もわかってくれたか」

ふたりは小さく笑いあった。香田に肩を叩かれる。

「しかし、この仕事は一度やったら止められない。帰りはもっと高価な荷物を受け取ることになる」

「国民党が持っている金銀財宝ですか」

「ドル紙幣に貴重な薬もな。この仕事に慣れたら、お前をオーナーに紹介するつもりだ」

「そいつはありがたい」

屈託のない笑顔を作ってみせる。香田は大きく伸びをする。

「さて、そろそろ、ひと眠りしておかなければ身体がもたん」

約十時間後には門司を経由。三日後には青島に到着する予定だった。永倉は訊いた。

「眠れるのか?」

「カルモチンがある。それに、お前のおかげで心が楽になった」

香田はデッキを去った。

永倉は彼の背中を見つめた。すべてを打ち明けて、語り合いたいという衝動に駆られつつも。

香田はおそらく嘘をついていた。決定的な証拠を摑んだわけではないが、元憲兵としての勘が告げていた。

――この国に必要なのは自由だとわかった。

香田は酒場で言ったものだった。あれもただの嘘だったのか。

香田はカネを稼ぎたがっているという。だからといって、なぜ新垣のような男に仕えるのか。戦中は、愚かな作戦のおかげで大勢の部下を失い、自身も命からがら敗残兵として引き揚げてきた。鎮魂のためだと言いながら、軍人が君臨できた時代が忘れられず、〝帝国〟の復活でも願っているのではないか。次々に湧《わ》く疑問をぶつけたかった。

5

「さっきはよくもやってくれたな」

香田がデッキから去って一時間が経った。

ちょうど行動に出ようとしたとき、船室の出入口から中年男が出てきた。手には刺身包丁があり、後ろには仲間をひとり連れていた。ふたりとも焼酎をあおったのか、鼻と頬を赤く染めている。

永倉は顔をしかめた。

「なにか用か」

「軍隊時代を思い出したぜ。おめえみてえな生意気な新入りに、さんざんビンタで教育していたころをよ」

仲間のヒゲ面の男は、拳のフシを鳴らしている。

「ちょうどよかった。おれもお前のツラを張り飛ばしてやろうと思っていたところだ」

「この野郎」

中年男が刺身包丁で突いてきた。

怒りに任せて刃物を振り回す者ほど楽な相手はいなかった。攻撃が一直線で読みやすい。刺身包丁の刃は腹に向けられていた。

半身になってかわし、中年男の胃袋に鉄拳を見舞った。腹を深々とえぐったのは、永倉の拳のほうだった。

中年男は焼酎と胃液を吐きだし、声も出せずにうずくまる。こめかみをつま先で蹴り、静かにさせた。騒がれるわけにはいかない。

中年男があっさり倒されると、仲間のヒゲ面は色を失った。回れ右して背中を向ける。

永倉は後ろから組みついた。首に腕をからめて絞め上げた。頸動脈《けいどうみゃく》をあえて押さえず、まともな呼吸をさせずに苦しみを与える。

ヒゲ面は手足をバタつかせた。永倉の前腕を爪《つめ》で引っ掻く。

「質問に答えろ」

ヒゲ面の顔が葡萄《ぶどう》色に変わる。苦しげにうめく。

「な、なにを……」

「お前らのような三下に用はねえ。職業軍人みたいな一派がいただろう。あいつらは何者だ」

「な、なんでそんなことを。てめえ——」

「質問してんのはこっちだ。絞め殺されてえのか」

ヒゲ面は鶏の鳴き声みたいな悲鳴をあげた。涙やヨダレで前腕が汚れる。

「話す、話すから」

わずかに力を緩めた。ヒゲ面が一気に喋《しゃべ》る。

「誰だかは知らねえが、元大隊長だの元司令官だの……どえらい将校たちだと聞いてる」

「どうして、そんな連中が乗ってやがる」

「決まってんだろう。八路軍みてえなアカと戦うためだ。この船が扱う積荷は機械類だけじゃねえ……これでいいだろう。く、苦しい、放してくれ、死ぬ」

「ありがとうよ」

改めて裸絞めを行った。

頸動脈を流れる血を止める。暴れていたヒゲ面の手足がダラリと下がった。失神したのを見届けてから腕を解《ほど》いた。

「やっぱり、そういうことなのか」

気絶したふたりをロープで縛り上げながら、緒方たちの言葉を思い出す。

——問題は、新垣が取引しているのは軍需品だけじゃないということだ。

——他になにがあるっていうんです。

永倉が尋ねると、藤江が答えた。

——人ですよ。それも支那に詳しい将校たちです。蔣介石のお手伝いをしたがってる。

——正気か。あんだけ長いことやり合って、まだ戦い足りねえってのか。

——他人《ひと》のことは言えないでしょう。〝キャプテン・ジャップ〟。とにかく、新垣は捲土重来《けんどちょうらい》を願う将校らを義勇軍として派遣し、よその国の内戦に手を突っこもうとしているわけです。新垣ひとりの企《たくら》みではありません。反共に凝り固まったG2を利用して、再軍備と返り咲きを目論む旧軍将校たちがついています。吉田首相はそれを快く思っていません。平和な通商国家として生まれ変わることを世界にアピールしている最中に、義勇軍の派兵なんてものが行われていると知られれば、極東委員会も黙ってはいない。なにより、我が国が米国の消耗品として使われるのを危惧なされている。

——新垣の商売を潰せばG2だって黙っちゃいないぜ。

藤江がうなずいた。

——そこはうまくやる必要があります。

——どうやって。

——いろいろと。ＣＡＴにあるのは車輛班《しゃりょう》だけじゃありませんから。

デッキに落ちた刺身包丁を拾い上げ、船室の階段を降りた。通信室へ近寄る。

通信室は操舵室《そうだしつ》の下にあった。二畳程度の狭い空間だ。小机には無線機が備えつけてある。横には寝台が設けられてあり、通信士が窮屈そうに身を縮めながら毛布をかぶって眠っていた。

毛布を乱暴に引きはがした。通信士がぼんやりと目を開けた。その目に刺身包丁を突きつける。

通信士の目がみるみる大きく見開かれた。永倉は左手で口を押さえつける。

「ちょいと打電をお願いしたい」

目に力をこめて通信士を睨みつけた。逆らえば刺身包丁で血だるまにすると伝える。通信士は何度も首を縦に振った。小机と向き合い、電鍵に手を添えた。

「し、識別信号は」

アルファベットと数字を告げた。

藤江のいる無線局に繋《つな》がるはずだ。彼はそう遠くない場所にいる。通信士は震える手で電鍵を打った。モールス符号を送信する。

ややあってから応答があった。どうぞ送信してくれとの旨が返ってくる。通信士のように鮮やかな打電はできないが、憲兵時代はスパイ同士の交信を聴取《ワッチ》していた。略符号の意味もおおむね理解できる。

「和文で打て。〝ネコネズミヲトラエシ〟だ。早くやれ」

刺身包丁で通信士のわき腹を突いた。通信士の喉が動く。

「どんなネズミがいた」

出し抜けに背後から声をかけられた。心臓が停まりかける。

息をゆっくり吐きながら後ろを振り向いた。通路に自動拳銃を持った香田がいた。冷やかに永倉を見すえている。視線は鋭い。とても睡眠薬を服用している者の眼光ではなかった。

「すまねえ。ここの酔っ払いどもと揉めちまった」

「それで無線室に駆けこんだわけか」

黙りこむしかなかった。香田が苦く笑う。

「誰に雇われている」

首を横に振った。

「最初から疑っていたのか？」

「目だよ」

「ああ？」

「ヤクザになりかけて、ＧＩ相手に暴れているというから、どれだけすさんだ目つきになっているかと思えば、昔とまったく変わっていなかった」

香田は、自動拳銃を永倉の顔に向けて続けた。

「いい目をしすぎていたんだ。戦争は終わったというのに、香港にいたころと変わっていない。なにか大きなものを背負っているように見えた。それだけが引っかかった」

「おれだって引っかかってる。どうして新垣みたいな野郎とつるむ。ジャングルの泥をすすって命拾いしたってのに、まだ戦争の味が忘れられないのか。いくらカネが欲しくても、こんな稼ぎ方じゃ死んだ者《もん》は浮かばれねえ」

絶体絶命の危機だというのに、永倉の心は晴れつつあった。ずっと抱えていた疑問をようやくぶつけることができた。

だが、香田は答えなかった。会話は終わりだと言わんばかりに睨みつけてくる。

「武器を捨てろ。スパイめ」

香田は自動拳銃の引き金に指をかけていた。外しようのない距離だった。包丁を床に落として両手を挙げた。

6

頭に固い衝撃が走る。

焼酎の入った瓶で殴りつけられた。頭頂部に衝突した瓶が派手な音をたてて砕け、大量の焼酎を浴びた。衣服が濡《ぬ》れそぼる。安いカストリ焼酎だ。エチルアルコールの臭いがする。あまり加水していないのか、火酒を含んだように口内が熱くなる。

「この野郎!」

軍靴が腹にめりこんだ。頰を棒切れで叩きつけられ、スパナで後頭部を打たれた。

ケンカでの痛みには慣れている。屈強で大きなGIから、ハンマーのようなパンチももらったことがある。苦痛には強いとはいえ、怒りで見境のなくなった酔っ払いの攻撃であっても、無防備で喰らい続けるのはきつかった。

とくに刺身包丁で襲ってきた中年男、それに永倉が絞め落としたヒゲ面は、お返しとばかりに執《しっ》拗《よう》に殴りつけてきた。

「スパイ野郎が！　つけあがりやがって！」

なすがままにされるしかなかった。せいぜい歯を食いしばって耐えるしかない。永倉はロープで縛られ、デッキのうえを転がされていた。ヒゲ面の男がくわえタバコで蹴りつけてくる。

香田は冷やかな目で見下ろしていた。自動拳銃の銃把を握りしめながら。幼馴染ではあったが、これまで目にしたことのない険しい表情だった。軍人らしい顔つきだ。横には〝積荷〟である将校たちが、似たような顔で立っている。

中年男が香田に訴えた。手には刺身包丁があった。

「船長！　こいつをナマスにして、魚のエサにしちまいましょう！」

「ダメだ。背後に誰がいるのかを吐かせるんだ」

中年男が刺身包丁を振るった。

腹に冷たい痛みが走った。作業服ごと腹の皮膚を斬られた。焼酎が傷にしみて、思わずうめき声を漏らす。苦悶《くもん》する永倉を見て、男たちが笑う。

苦痛にまみれながら不思議に思った。自分こそ、なぜ未だに戦っているのか。友を裏切ってまでなぜＣＡＴに忠誠を誓うのか。国の未来など知ったことではないはずだ。一体、なぜ――。

中年男に耳を摑まれた。刺身包丁をあてがわれる。酒臭い息が伝わる。

「さっさと喋れ。耳を魚のエサにされてえか」

血にまみれた唾を吐いた。香田に向かって叫ぶ。

「徳ちゃん、徳次！　おれがペラペラ喋ると思うか？　こいつらの言うとおり、とっととナマスにしたほうがいい！　時間の無駄だ！」

「アカか、てめえ。ふざけた口利きやがって」

他の船員が棒で殴りつけてくる。

永倉は顔をあげて額で受けた。目の前を火花が散った。棒のほうがへし折れる。額が割れて、生温かい血が顔を滴る。船員は折れた棒に目を剝《む》く。

香田に笑いかけた。

「懐かしいなあ。ガキのころを思い出すぜ。おれとお前が、ガキ大将どもに死ぬほど痛めつけられたころを」

銃声が鳴り響いた。船員たちの動きが止まる。香田が天に向かって発砲していた。

永倉は縛《いまし》められた両手を掲げた。

「どこ見て撃ってる。的はここだぜ」

香田が頰を紅潮させた。歯を剝きだして近寄る。自動拳銃を腰の拳銃嚢《ホルスター》にしまうと、両手で永倉の胸倉を摑む。

強い力で揺すぶられた。額の血が香田の顔にまで飛び散る。

「なぜだ！　なぜ話してくれない！　おれとお前は幼馴染同士だ。喋ってさえくれれば、命までは取らない。一体、なんのために、誰のために、こんな危険を冒してまで乗りこんできた！」

永倉は口を歪めた。

「カネに目がくらんだだけだ。おれを買いかぶりすぎだぜ。マジメに憲兵なんぞやっていたのは敗戦までだ。今はただのヤクザ者に過ぎねえんだよ。こんなクソみてえな時代に、のこのことうまい話を持ちかけるお人好《ひとよ》しがいるんで、いっちょカモろうとしたんだよ。それ以外になにもありはしねえ」

胸倉を摑む香田の手が震えた。

彼の唇も同じだった。ぶるぶると震えている。今度は永倉が表情を消す番だった。そうしなければ、すべてを打ち明けてしまいそうになる。

香田が拳を振るった。頬に当たる。血がデッキへと飛んだが、さほどの威力はない。

永倉は血を舐めた。

「すべて打ち明けたぜ。約束どおりに、命を助けてくれるんだろう。大尉殿」

香田の目から力が消えた。怒りも苦しみも感じられない。ゆらりと立ち上がって背中を向けた。ハンカチで血に濡れた拳や顔を拭き、船室の階段を降りようとする。

「親友だった男は、もう戦争で死んだ。そこにいる盗人《ぬすっと》を助ける理由はない」

香田は肩を落として船室へと消えていった。将校たちも欠伸《あくび》をして、興味を失ったように船室に戻る。船員たちが同意する。

「そうこなくちゃ」「ぶち殺してやろうぜ」

永倉も小さくうなずいた。これでいいと。

今さらCATについて吐く気などない。いくら責められようとも。おまけに、友情をダシにして情けをかけてもらいたくもなかった。かりに香田が同じ立場だったら、やはり口など割りはしなかっただろう。やつもまだ戦いを終えていない。

中年男が腕まくりをした。刺身包丁の先端を向けてくる。

「こんなふざけた盗人野郎は、四の五の言わずに殺っちまえばいいんだよ。おれは大陸でそうしてきた。日本刀がありゃいいんだがな。見事にその首斬りおとしてやる」

「お前には無理さ」

ぼそりと言った。中年男が唾を吐く。

「口の減らねえ野郎だ。死にやがれ」

刺身包丁を振り上げた。

そのときだった。闇に包まれていたデッキが、海上からのライトによって照らされた。船員たちが彫像のように固まる。ようやくお仲間が到着したらしい。

刺身包丁を握った中年男もまた、光の源に目を吸い寄せられていた。

「水上警察か！」

中年男に推理をさせる気はなかった。

ロープで縛められた両腕を振り上げる。両拳で中年男の股間を突きあげる。中年男は犬のように吠えると、白目を剝いてその場に崩れ落ちた。刺身包丁がデッキに落ちる。

刺身包丁の柄を摑み、側《そば》にいたヒゲ面の膝を切り裂いた。やつは身体をよろめかせた。ちょうど焼酎瓶が割れた場所に倒れた。タバコをくわえたままで。

デッキを転がってヒゲ面から距離を取った。エタノールに引火して、炎がヒゲ面を取り囲んだ。他の船員たちが炎を消そうと衣服を脱いで、ヒゲ面についた火を揉み消そうとする。その間に、刺身包丁の柄を前歯で嚙みしめた。両手のロープを刃で切断する。

ライトがぐんぐんと近づいてくる。高電圧のサーチライトを搭載した巡視艇だ。水上警察などではない。一週間前の会話を思い出した。

藤江は言った。

――そこはいろいろと。CATにあるのは車輛班だけじゃありませんから。

――おんぼろのフォード以外になにがあるんだよ。

――海上保安庁です。

――あん?

永倉は、聞きなれない組織名に首をひねったものだった。海上保安庁とは、数か月前に設けられた洋上警備や救難などを目的とした機関だ。

終戦によって日本の海軍は解体され、洋上における治安維持能力は大きく損なわれた。戦争時にばら撒いた機雷がいたるところにプカプカと浮かび、海賊まで出現する状況に至っていた。

不法入国や密貿易が堂々と行われており、これらを取り締まる組織の創設が不可欠だったが、GHQの腰はとても重かった。日本海軍の復活への警戒感が根強く、日本の海運や造船のみならず、水産活動を厳しく制限する占領政策を採っていたからだ。

しかし、GHQは日本を統治するうえで、海上における治安維持組織が不可欠と考えを改め、紆余曲折を経て、アメリカ沿岸警備隊をモデルとし、洋上治安を一手に担う機関が誕生した。

――その海上保安庁とやらが、おれたちに協力してくれるのか。

――占領者たるGHQに、堂々と反抗はできませんがね。一艇ぐらいは拝借することはできるでしょう。

――……たいした味方だな。

海上保安庁は運輸省の外局だ。現内閣の官房長官は運輸省元次官の佐藤栄作《さとうえいさく》だ。たしかに、船のひとつぐらいは動かせるだろう。貨物船から十キロほど離れた位置にいたが、永倉が送った電文をきっかけに動き出した。

永倉は刺身包丁を両手で握り直した。深呼吸をひとつして、下半身に力をこめる。さんざん痛めつけられたせいで、両足がひどく頼りなかった。視界がグラグラと揺れるが、それは単に波が揺れているだけではない。

「よくもやりやがったな！」

刺身包丁を振り回しながらデッキを駆けた。船員たちは悲鳴を上げる。刃をかわそうとして、次々に海へと落下していく。

船員のなかには、刺身包丁をひったくろうと手を伸ばしてくる者もいた。その手を切りつけた。いくつもの指が散らばり、船員が手を抱えてしゃがみこむ。

ヒゲ面はまだ消火に躍起になっていた。肩から体当たりを喰らわせる。ヒゲ面の身体が吹き飛び、暗黒の海へと落下していった。

「何事だ！」

香田が再びデッキへと姿を現した。

同時に拳銃を永倉に向けた。デッキを去ったときとは違い、怒りと驚きを伴っている。ぴたりと狙いを永倉の胸に定めながら巡視船に目を走らせる。

「あれは海上保安庁――」

巡視艇が汽笛を鳴らした。

すさまじい音量に鼓膜が痛む。巡視艇のマストには黄と黒の旗が掲げられている。旗りゅう信号の〝L旗〟だ。国際信号旗で〝停船せよ〟を意味する。香田に続いて将校らが、拳銃を持って姿を現したが、巡視艇の存在に息を呑む。

「香田、拳銃を捨てろ」

香田の耳に届いてはいない。拳銃を持った腕をまっすぐに伸ばしている。ごろつきの船員どもと異なり隙がない。

「そうか……ようやく目的がわかったぞ。やっぱり、お前は昔と変わっていなかった」

彼はかすかに微笑んだ。

「そいつはなによりだ。今度はお前のほうだ。教えてくれ。お前まで義勇軍とやらに参加するつもりだったんじゃねえのか」

巡視艇が貨物船の横を通り過ぎる。

そのデッキでは、藤江と新田が米国製のライフルを構えていた。銃口を香田のほうに突きつけている。藤江はともかく、新田なら動いている船のうえでも、彼を正確に撃ち抜くだろう。

香田がゆっくりと口を開いた。

「そこまでわかっていたか」

「軍人や反共主義者とつるんで、今度は誰を相手にドンパチを繰り広げる気だ。再びビルマを訪れて、鎮魂の碑を建ててやりたいと言っていただろう。あれも嘘だったのか」

香田はわずかに首を横に振った。

「新垣の夢はアジアの解放と、共産主義の拡大をふせぐことだ。密貿易で儲けたカネを使い、アジア各地に軍事顧問団を派遣するつもりでいる」

「なに……」

「ビルマは英国から独立したが、ビルマ共産党や独立軍が入り乱れて、未だに政情不安定な状態が続いている。そこに中国国民党の一派が割りこむつもりらしい。新垣もそれに呼応して軍事顧問団を送る気だ」

顔を歪めた。なんて真似を。

香田は魂を未だに南方に置いてきたままだった。ジャングルのなかで朽ちていった部下たちと会うため、手段を選ばずビルマに戻ろうとしていた。彼は死んだ部下の腐臭を嗅いでいる。部下たちの恨み辛みを聞かされているのだとわかった。

香田が息を吐いた。

「お前のことだ。巡視艇に帰るよう伝えろと言っても聞かないだろう」

「ああ」

永倉の脳裏に男たちの姿がよぎった。香田のように、終戦を迎えてもなお、戦争によって運命を狂わされた人間たちだ。

家族を失い、ヒロポン中毒になりながら、GHQの高官の命を狙った大迫征司。ソ連の工作員としてシベリアから帰還し、GHQの特務機関から多額のカネと貴金属を奪った秦野建三と金沢務。

そして目の前にいる香田徳次。すべて戦争のぬかるみから脱出できずに足掻《あが》き続けている男たちだ。永倉も抜け出せているとは言い難い。

香田が吠えた。

「さあ、突いてくるなり、仲間に撃たせるなり、好きにするといい！　決着《ケリ》をつけよう！」

「んなことはしねえ」

刺身包丁を海に投げ捨てた。巡視艇に向かって掌《てのひら》を向けた。撃つなと身振りで示す。

香田が眉をひそめた。

「なんの真似だ」

永倉は膝をついた。頭を深く下げる。

「徳ちゃん……もういいだろう」

額をデッキに擦りつけて続けた。

「おれも大陸に戻りてえと思ったときはあった。あの土地で朽ちた同胞たちをなんとかして弔ってやりてえとな。同胞だけじゃねえ。おれは香港で泥蜂《ニーフォン》と呼ばれていた。スパイや八路軍の協力者をひっ捕まえては、拷問にかけて首を斬り落とした。なかには罪もねえ者《もん》もいたはずだ。謝りてえんだよ。この戦争で逝っちまった人間みんなにだ。死んで事が済むのなら、絞首刑でも銃殺刑でも受けるつもりだった」

「だが、お前は生き残って政府の犬になった」

香田が近づいてきた。拳銃を頭に押しつけられる。

「お前と違って頭がよくねえ。死んだ者《もん》にしてやれることがなんなのか……今でもろくにわかっちゃいねえ。ただ、玉砕だのマラリヤだの空襲だのから生き残ったんだ。せめて死んだ者《もん》の家族や、この先生まれてくるガキどもをくたばらねえようにするのが、死者への手向《たむ》けになるんじゃねえかとな」

「一馬……おれにどうしろと」

いつの間にか涙があふれていた。

「くたばるのは、生きるよりもずっと簡単だ。おれたちは逝っちまった仲間の死臭を嗅いででも、枕元に幽霊が立たれても、恨みつらみを投げつけられても、生きて焼け野原をどうにかしなきゃならねえ。それこそ、徳ちゃんみてえな頭のいいやつが必要なんだ。ビルマに行くのはまだ早い」

涙声で訴えた。デッキを涙や鼻水が濡らした。

再び巡視艇が汽笛を鳴らした。かりに永倉が撃たれたとしたら、香田はライフルによって射殺されるだろう。

「降伏してくれ。頼む」

頭頂部に押しつけられた銃口が震えていた。

震えているのは永倉も同じだった。歯がガチガチとなる。口のなかが乾いている。呑みこむだけの唾もない。弾丸が発射されるのを待つ。

銃口が頭から離れた。香田が命じる。

「顔を上げろ」

上目遣いになって、おそるおそる香田を見上げた。彼は拳銃の安全装置をかけていた。銃把を永倉に向ける。

「降伏する」

「徳ちゃん」

拳銃を受け取った。手の甲で涙をぬぐう。

「耐えられなかった……生きているのが」

うなずいてみせた。

目の前の幼馴染は永倉と同じだった。池袋のマーケットで武装した三国人《サードナショナルズ》やヤクザ、米兵たちとケンカに明け暮れた。自分の身体を痛めつけるように。たまたま藤江が先に声をかけてくれたものの、新垣の募兵活動を先に知っていれば、死に場所を求めて参加していただろう。

将校らが拳銃を床に置いていた。投降を示すように手を上げていたが、永倉を憎々しげに睨んでいた。

「貴様……覚えていろ」

言われるまでもなかった。拳銃を拾い上げては海に放る。抵抗はなかった。

香田とふたりで操舵室に向かった。操舵手が、幽霊にでも出くわしたようなツラをしていた。香田が船を停めるように命じた。

7

永倉は新宿のスタンドバーにいた。

香田に連れられた酒場だった。相変わらず無愛想な女主人が切り盛りしている。

新聞を読みながら、焼酎に口をつけた。

密輸船の件が大きく取り上げられていた。単なる密輸事件では済まない。荷があまりにも大規模過ぎた。大手紙はこぞって事件を扱っていた。

水産物を取り扱っているはずの『万波通商』の貨物船、第一源龍丸が深夜に和歌山県田辺港に立ち寄った。不審に思った田辺市警察と港湾関係者が点検を行ったところ、なかからはラジオや電線、通信装置やモーター類が大量に発見され、同市警が船長の香田と乗組員らを逮捕したという。

しかし、乗船していた大物将校らの名前は掲載されていなかった。

黒幕である新垣誠太郎の名前も挙がってはいない。ＣＡＴのメンバーである永倉の名前もない。

新聞の報道は半分が当たりで、残り半分がハズレだった。

香田が降参した時点で、貨物船は紀伊水道を航行していた。永倉らＣＡＴが、田辺港へ寄るように指示したのだ。日本を占領しているＧＨＱだが、田舎の自治体警察まで監視の目は届いていなかった。

それこそＧＨＱ左派の民生局《GS》のおかげだった。戦前のような中央集権型の警察組織を見直し、市民の手による民主的な警察を目指して設置されたものだ。米国流の市警察や保安官のような制度であり、今は約千六百もの市町村に警察組織が誕生している。

ＣＡＴが事前に不審船が港に停泊しているのを同署に密告。なにも事情を知らない署員らは、港湾関係者を連れ、おっとり刀で第一源龍丸を摘発した。いくら『万波通商』のバックに参謀第二部《G2》が控えていたとしても、事情のわからない田辺市警察としては摘発に動かないわけにはいかない。報道も動いた。

巡視艇に乗り移った永倉は、警察に連行される香田を遠くから見つめていた。手錠をかけられた香田だったが、その表情は晴れ晴れとしていた。

隣に、汚れたジャンパー姿の男がスツールに座った。女主人にマッコリを頼む。衣服同様に頭髪や顔は土埃で汚れている。ひどい歯並びをした醜男《ぶおとこ》だった。

醜男に声をかけた。

「香田はどうなる」

醜男はマッコリをすすった。

「保釈させますよ。我々に投降してくれた貴重な人物ですから。CATが責任もって生命を守ります」

醜男の正体は藤江だった。相変わらず手の込んだ変装を施している。

「CATが絡んでいるのは、新垣は知っているのか」

「無論です。もうカンカンですよ。私たちの首に賞金を賭けてるらしいです」

「ほ、本当かよ」

「一方で、緒方局長が手打ちの段取りを進めています。国粋主義者とはいろんな伝手《つて》を持ってる方ですから。今回のように新垣と争うときもあれば、協力しあうときもあるでしょう。とはいえ、あまり無防備に街をうろつくのはお勧めできませんね。今度は土下座なんかしても、許してもらえませんよ」

「うるせえ」

藤江は鼻で笑った。ピースをくわえて、マッチで火をつける。煙を吐きながら呟く。

「……あなたを誘ってよかった」

「ああ？」

「香田さんとあなたのやり取りを見て思ったんです。永倉さん、あなたは案外、この仕事に向いている」

「なにを偉そうに」

焼酎をすすった。身体中が熱くなったが、それとともに戦いで負った傷まで、ずきずきと痛み出した。思わず顔をしかめる。

「身体を大切にしてください。それと警戒を怠らぬように。泥蜂《ニーフォン》さん」

藤江は店を出て行った。人を小馬鹿にしたような態度は相変わらずだった。

女主人に声をかけた。

「『ブンガワン・ソロ』をかけてくれ」

女主人が言った。

「あなた、あの歌が嫌いじゃなかった？」

「おれにもわからねえ」

中年女は面倒臭そうにレコードを変えた。のどかなラッパの音が流れ出す。

　ブンガワン・ソロ　果てしなき
　清き流れに　今日も祈らん
　ブンガワン・ソロ　夢多き
　幸の日たたえ　共に歌わん

南国らしいゆったりとした曲に耳を傾けた。歌声が心地よく胸にしみた。

参考文献

『重ね地図シリーズ　東京　マッカーサーの時代編』（企画・構成 太田稔　地図編集・製作 地理情報開発　光村推古書院）
『戦後値段史年表』（週刊朝日編　朝日文庫）
『図説　占領下の東京』（佐藤洋一　河出書房新社）
『遙かなる昭和　父・緒方竹虎と私』（緒方四十郎　朝日新聞社）
『人物叢書　緒方竹虎』（栗田直樹　吉川弘文館）
『緒方竹虎とＣＩＡ　アメリカ公文書が語る保守政治家の実像』（吉田則昭　平凡社新書）
『日本の黒い霧』（松本清張　文春文庫）
『性風俗史年表　昭和「戦後」編　１９４５-１９８９』（下川耿史　河出書房新社）
『増補新版　現代世相風俗史年表　１９４５-２００８』（世相風俗観察会編　河出書房新社）
『廃線都電路線案内図』（人文社）
『フィールドワーク陸軍登戸研究所』（姫田光義監修　旧陸軍登戸研究所の保存を求める川崎市民の会編　平和文化）
『陸軍登戸研究所の真実』（伴繁雄　芙蓉書房出版）
『ワシントンハイツ　ＧＨＱが東京に刻んだ戦後』（秋尾沙戸子　新潮文庫）
『日本の地下人脈　戦後をつくった陰の男たち』（岩川隆　祥伝社文庫）

『黒の機関　戦後、特務機関はいかに復活したか』（森詠　祥伝社文庫）
『MPのジープから見た占領下の東京　同乗警察官の観察記』（原田弘　草思社）
『証言陸軍中野学校　卒業生たちの追憶』（斎藤充功　バジリコ）
『関東軍特殊部隊　闇に屠られた対ソ精鋭部隊』（鈴木敏夫　光人社NF文庫）
『CIAと戦後日本　保守合同・北方領土・再軍備』（有馬哲夫　平凡社新書）
『GHQ知られざる諜報戦　新版ウィロビー回顧録』（C.A.ウィロビー　延禎監修　平塚柾緒編　山川出版社）
『キャノン機関からの証言』（延禎　番町書房）
『態度がデカイ総理大臣　吉田さんとその時代』（早川いくを　バジリコ）
『昭和史発掘　幻の特務機関「ヤマ」』（斎藤充功　新潮新書）
『凍りの掌　シベリア抑留記』（おざわゆき　小池書院）

初出　月刊「ランティエ」２０１３年11月号～２０１５年5月号

本文におきまして、現代では必ずしも事情が同じでないものや、適切でないとされる表現も含まれますが、作品で描かれている一九四七年当時の時代状況に鑑み、そのままの表現を残しているものもあります。ご了承ください。

日本音楽著作権協会（出）許諾第１５０８３８１－５０１

著者略歴

深町秋生
1975年、山形県生まれ。2005年『果てしなき渇き』で第3回「このミステリーがすごい！」大賞を受賞してデビュー。他の著書に『ヒステリック・サバイバー』『ダブル』『ダウン・バイ・ロー』『ジャックナイフ・ガール 桐崎マヤの疾走』「組織犯罪対策課 八神瑛子」シリーズなどがある。またデビュー作は中島哲也監督によって「渇き。」のタイトルで2014年に映画化された。

Kadokawa Haruki Corporation

深町秋生《ふかまちあきお》

猫《ねこ》に知《し》られるなかれ

*

2015年8月8日第一刷発行

発行者 角川春樹
発行所 株式会社 角川春樹事務所
〒102-0074 東京都千代田区九段南2-1-30 イタリア文化会館ビル
電話03-3263-5881（営業） 03-3263-5247（編集）
印刷・製本 中央精版印刷株式会社

ISBN978-4-7584-1265-0 C0093
http://www.kadokawaharuki.co.jp/